10,-€

e Billig
n innen

Die Deutsche Bibliothek - CIP-Einheitsaufnahme
Billig, Susanne: Angriff von innen : Helen Marrows erster
Fall / Susanne Billig. –
1. Aufl.. - Berlin: Orlanda, 2002
ISBN 3-929823-87-X

1. Auflage 2002

Umschlaggestaltung: Ulrike Wewerke
Umschlagfoto: Julia Martineck
Texterfassung: Tatjana Popovic
Herstellung & Satz: Anna Mandalka
Druck: Fuldaer Verlagsagentur

Susanne Billig

Angriff von innen

Helen Marrows erster Fall

Orlanda

A Faint Cold Fear Thrills
Through My Veins
William Shakespeare

Danksagung

Ich möchte mich ganz herzlich bei allen bedanken, die das Manuskript gegengelesen haben: Beatrice Kindler, Stefan Korte, Tina Krause, Annik Pietsch und Petra Geist. Der danke ich vor allem dafür, dass sie jetzt an mich glaubt, weil sie nämlich Geschmack hat und nicht damit hinterm Berg hielt, als ich noch Gedichte verfasste. Meiner Mutter danke ich dafür, dass sie die deutsche Zeichensetzung beherrscht und sich mit so entlegenen Dingen wie der Lage von Friedhöfen relativ zu ihren Friedhofskapellen in katholischen wie evangelischen Gegenden auskennt. Frauke Hiller danke ich für ihr medizinisches Fachwissen. Mein Dank gilt auch der Bertelsmann Stiftung und ihrem Krimiautor/inn/en-Seminar, das mir sehr weitergeholfen hat.

Dieser Kriminalroman ist reine Fiktion. Ähnlichkeiten mit tatsächlichen Ereignissen oder lebenden Personen sind zufällig.

1. Kapitel

Jennifer packte mir ein paar Pasteten, eine Tüte Orangensaft und eine Stange Reiscracker ein und schob mich am Donnerstagmorgen ins Auto. Als ich den Motor anließ, lief sie noch einmal ins Haus zurück, kam mit der angebrochenen Flasche Gin vom Küchenbord wieder und warf sie hinter meiner Nackenstütze auf den Rücksitz. »Für die Nacht«, sagte sie, »dann kannst du besser schlafen, Lil, und jetzt mach, dass du wegkommst.«

Jennifer ist die Schwester meines Mannes, und sie nennt mich Lil, weil ich sie an eine Figur aus einem Kinderbuch erinnerte, als sie mich das erste Mal sah. Sie ist vor drei Jahren von der schottischen Grenze hinunter nach London gekommen, um auf mich aufzupassen. Ich persönlich vermute, dass ihre Trennung von Raymond damals der wahre Grund gewesen war. Mein Zustand hatte Jenny den idealen Vorwand geboten, ihre Koffer zu packen und »Raybaby« endlich auf Wiedersehen zu sagen. Die beiden waren zwei Jahre miteinander verheiratet gewesen und hatten sich schon auf der Hochzeitsreise so verstritten, dass Jenny mit rotgeheulten Augen und drei Tage vor Ray zur Victoria Station zurückkehrte und mir wie eine verrückte kleine Taube in die Arme flatterte. Vor drei Jahren stand sie dann auf einmal vor meiner Tür. Sie wollte einziehen. Meine Proteste fegte sie mit ein paar knallharten Argumenten zur Seite:

»Lil, du bist einsam!« stellte sie fest, und das konnte ich wohl kaum verneinen. »Lil, du vergräbst dich. Diese Bude sieht aus, als ob seit Jahren niemand außer dir einen Fuß hineingesetzt hätte. Kein Wunder – wenn du tagsüber die Vorhänge zugezogen lässt. Meine Güte, ist das hier düster und ungemütlich! Lil, wann hast du das letzte Mal ein Fenster aufgemacht?«

»Wie es bei mir aussieht, konntest du nicht wissen, als du

dir vorgenommen hast herzukommen«, hielt ich schlapp dagegen. Jenny ließ das nicht gelten.

»Ich konnte es mir an fünf Fingern ausrechnen! Deine Briefe sind ein einziges Chaos. Du fängst an, Sachen zu erzählen, und brichst irgendwo ab. Manchmal steht nicht einmal dein Name darunter, oder du schreibst nur die halbe Anschrift auf den Umschlag. Gut, dass sich der Postboste oben bei uns noch ein bisschen Mühe gibt. Wie machst du eigentlich deine Arbeit? Lil, ich bleibe hier!«

Sie schleifte ihre Kisten und Taschen und Koffer an mir vorbei durch den Flur und machte Anstalten, sie die Treppe hinaufzuziehen.

»Da oben ist nirgendwo Platz«, rief ich. »Ich will seit Wochen entrümpeln, aber ich hab's einfach nicht geschafft.«

»Okay, okay«, Jennifer schnappte nach Luft. Dann machte sie sich daran, ihr Gepäck in das kleine Zimmer unten rechts zu bugsieren. Als ihre Hand schon auf der Türklinke lag, blickte sie noch einmal hoch und sah mich an.

»Ist das in Ordnung so? Lil, Baby, du zitterst ja!«

Jenny ist elf Jahre jünger und zwei Köpfe kleiner als ich. Sie nahm die Hand von der Klinke, kam zu mir und holte meinen Kopf in ihren Arm.

»Mädchen, ich mach das nicht, wenn du das nicht willst«, sagte sie. »Ich kann auch im Flur schlafen oder auf dem Hängeboden da oben. Ich bau mir meine Matratze da oben auf die Bretter, Lil, hör auf zu zittern, niemand geht in das Zimmer, wenn du das nicht willst.«

Ich wusste, dass das Unsinn war mit dem Zimmer. Kathy war seit vier Jahren tot. Vier Jahre, 48 Monate, eintausendvierhundertvierzig Tage – Kathy war tot. Ich zählte die Tage nicht mit, aber die Tage zählten sich in mir. Ich tickte, seit Kathy tot war, wie eine Uhr. Wie eine Zeitbombe, dachte ich manchmal. Mit ihrem Zimmer benahm ich mich wie eine der aus dem Zweiten Weltkrieg übriggebliebenen, verdrehten Soldatenmütter. Noch vierzig Jahre nach Waffenstillstand gehen sie jeden Tag zur Straßenecke, um zu gucken, ob ihre verschollenen Söhne, denen sie frühmorgens das Bett aufgeschüttelt, die Jugendbücher abgestaubt und den Tisch mit frischen Blumen verziert haben, nicht endlich müde vom Kriegmachen sind und heimkommen wollen. Aber ich konnte nicht anders. Ich staubte auch nicht ab. Ich goss keine Blumen, und ich lüftete keine Bettdecken. Ich betrat das Zimmer einfach nicht mehr, und ich hätte es nicht ertragen, jemand anders als Kathy selbst das Zimmer betreten zu sehen.

Jennifer fing dann tatsächlich an, auf dem Hängeboden zu leben. Sie strich die Leiter und die Bohlen des Bodens weiß an, schraubte ein kleines Regal darüber und fand sogar einen Tisch mit kurzen Beinen, den sie neben ihre Matratze stellte. Mitten an die Flurdecke hängte sie meinen selten benutzten Fernseher an einen Haken, so dass sie vom Bett aus die Nachrichten und diese albernen Fernsehserien sehen konnte, die sie so liebt.

Tagelang sah es bei mir aus wie in einem Hobbykeller, mit Farbtöpfen und Lackpinseln überall. Danach gab es unten im Haus ein zweites kleines Haus unter der Flurdecke, einen baumelnden Fernseher über der Garderobe, und ich hatte schon viermal gelacht.

Der Donnerstagmorgen war das Ergebnis davon, dass Jennifer mich seit zwei Jahren in Urlaub zu schicken versuchte. Eigentlich bin ich viel unterwegs, seit Sturgis mich zu den Kultur- und Reiseseiten versetzt hat. Jeden zweiten Monat bin ich für ein, zwei lange Wochenenden nicht in London. Ich gehe jedoch von der Insel nicht fort. Mir steht nicht mehr der Sinn danach, in fremden Städten durch fremde Straßen zu laufen an Menschen vorbei, die mich ebensowenig brauchen wie ich sie. Für den Job begebe ich mich mal zur Premiere eines Theaterstücks in die Provinz, wohne den Vernissagen walisischer Ausstellungen über Heimatkunst bei, schreite Wanderwege im schottischen Hochland ab oder mache mir die Schuhe in alten Hafenanlagen in

Cornwall dreckig. Kleinkunst und Landschaften, Industriegebiete und arme Leute, die ich mit dem fatalistisch-romantischen Flair zu umgeben hatte, das waren nach der Versetzung meine Themen geworden. *Die Berge von Dartmoore weisen in die Vergangenheit, Albee in Torquay* und *Dunkel ist der Tag in der Kohlengrube,* so hießen meine Artikel jetzt. Früher hatten sie geheißen: *Vizebürgermeister Dave Lant will nach oben* und *Jetzt dreht Maggie durch.* Aber das ist lange her. Viereinhalb Jahre, vierundfünfzig Monate und auch schon eine Menge mehr als tausend Tage bei den Reiseseiten. Einer meiner früheren Artikel hatte geheißen: *Bezirksrat Graham Turner: Mörder und korrupt* – und das war mein letzter gewesen. Der Prozess, den Turner dem *Cities Listener* anhängte, hätte der Zeitung fast das Genick gebrochen, und Sturgis musste sogar an die Rücklagen gehen, um die Sache bezahlen zu können. Er war ein zäher alter Kerl und tat eine Menge für sein Blättchen, und er tat nicht weniger für mich. Er mochte mich. Nach Kathys Tod war er ein paar Tage sehr blass durch die Redaktionsräume gelaufen. Früher, als Kathy noch ein kleines Kind und ich noch mit Ed zusammengewesen war, hatte ich sie an Wochenendtagen manchmal mit in die Redaktion gebracht, wenn ich noch einen Artikel fertigmachen musste. Sturgis hatte sie gemocht, so wenig er es auch zu zeigen in der Lage gewesen wäre. Er hasste Turner gewiss so sehr, wie ich ihn hasste –

»... aber da sind Sie einfach zu weit gegangen, Helen.« Er hatte mit den Händen gerungen und mir nicht in die Augen gesehen, als er das sagte. Er wusste, dass ich recht hatte, auch wenn ich es nicht beweisen konnte: Unser sauberer Mr. Turner hatte sich 5000 Pfund dafür geben lassen, dass die Abby Lane seitlich des Stadtparks nicht als Wohngebiet deklariert wurde, sondern die Sondererlaubnis seiner Verwaltung zum Durchgangsverkehr für Schwertransporte erhielt. Das Geld war von einem Bauunternehmer gekommen, dessen Zementmischer sonst einen umständlichen und ständig verstopften

Weg mitten durch Camberwells Geschäftsviertel hindurch hätten fahren müssen, um zum Autobahnzubringer zu kommen. Der Baulöwe hatte einen Riesenaufstand gemacht, als die Verkehrsberuhigung der Zone anstand. Dann war es plötzlich still um die Sache geworden, und schließlich war die Sondererlaubnis da.

Am 12. Januar vor vier Jahren zerriss einer der Zementmischer Kathys Körper, als sie auf ihrem Rad aus dem Park auf die Abby Lane fuhr. Es hatte gefroren, die Straße war glatt, der Fahrer hatte Kathy wegen einer Plakatwand übersehen und konnte seinen Siebzehntonner nicht mehr zum Stehen bringen. Kathy war am Tag zuvor fünfzehn geworden. Der Fahrer hat am Tag danach versucht, sich die Pulsadern aufzuschneiden.

Ich vermisse Kathy sehr.

Jennifer winkte mir nach, bis ich mich am Ende der Straße einordnete, um abzubiegen. Im Rückspiegel sah ich sie in die Haustür zurückgehen. Ich hatte das Gefühl, sie atme auf. Ihr Rücken streckte sich, als sie im Dunkel des Hausflurs verschwand. Sie würde alle Fenster aufreißen, die Stereoanlage aufdrehen, Bob Marley mit 120 Phon hören, drei Wochen lang von viel Cornflakes mit Nektarinenbuttermilch leben und sich ab und zu einen Liebhaber mit auf den Hängeboden nehmen, was alles nicht geht, wenn ich zu Hause bin. Jennifer ist noch keine dreißig, sie will etwas erleben, und das meiste davon macht ziemlich viel Lärm.

Die Straßen waren hoffnungslos vom Mittagsverkehr verstopft. Ich war froh, als die letzten Vorortsiedlungen hinter mir verschwanden. Spuckend und qualmend ruckelte mein alter Austin auf der Landstraße quer durch Kent. Die Sonne lag in warmen, goldenen Streifen über dem Land. Dichte Trauben noch unreifer Äpfel zogen Kilometer von Apfelbaumästen zu Boden. Ich wünschte einen Moment, ich könnte den Wagen anhalten und aussteigen, das Gesicht in die Sonne halten und genießen. Aber ich konnte, ich wollte nicht. Ich hatte mein Innenleben darauf reduziert, zur richtigen Zeit die richtigen Sätze aufs Papier bringen zu können, und das reichte mir mittlerweile. Nur wenn ich an Kathy dachte, regte sich noch so etwas wie ein Gefühl in mir. Trauer? Aber auch das wurde mit der Zeit immer weniger, so dass ich mich manchmal fragte, was eigentlich noch von mir übrigbliebe, wenn Kathy ganz aus meiner Erinnerung verschwunden war.

Ich kurbelte das Fenster hinunter und versuchte mir vorzustellen, wie es in Deutschland ausgesehen hatte, als ich es verließ. Ich musste an meine Eltern denken, die längst tot waren. An unsere Nachbarn. Einsilbige, einfache Leute. Die Siedlung mit den Ruhrgebietsreihenhäusern, die ich heute wohl trist fände. Für uns Kinder hatten die Vorgärten, die Schrottplätze und die Baracken, in denen wohl Obdachlose untergebracht waren, endlos Geheimnisse und Überraschungen bereitgehalten. Zwanzig Jahre lang hatte ich meinen Fuß nicht mehr in dieses Land gesetzt. Ed und ich hatten einander in einem Sommer vor zwanzig Jahren auf einer Urlaubsreise kennengelernt und waren zusammen geblieben, einfach so. Wir waren jung, trugen die Haare lang und tourten ein halbes Jahr lang durch die britischen Inseln, bis Ed entschied, dass er mit dem Dope aufhören und doch gern etwas Richtiges werden würde. Er schrieb sich in London an der Juristischen Fakultät ein. Ich fing an, Übersetzungen zu machen und nebenher für Zeitungen und Zeitschriften zu jobben. Botenmädchen, Aushilfsfotografin, Anzeigenentgegennahme, schlecht bezahlte Reporterin, Redakteurin – der klassische Weg. Nach einiger Zeit hatte ich mir als Übersetzerin und als Journalistin einen vorzeigbaren Namen gemacht, ein paarmal die Arbeitgeber gewechselt und war schließlich beim alten Sturgis und seinem kleinen, aber für seine politischen Analysen bei Kennern geschätzten *Listener* gelandet. Sturgis zahlte nicht schlecht und ließ

Leuten, wenn er sie endlich in sein nicht sehr weiträumiges Herz geschlossen hatte, freie Hand – Arbeitsbedingungen, die ich zu schätzen wusste. Das Übersetzen hatte ich etwas brachliegen lassen, aber ich hoffte dennoch, in meiner Muttersprache noch genügend fit zu sein, um diese drei Wochen zu überstehen. »Kulturwochen im alten Weinland« – so oder ähnlich würde mein Artikel diesmal heißen. Als Sturgis sich entschied, mich nicht vor die Tür zu setzen, sondern nur aufs Abstellgleis zu schieben – »Es tut mir leid, Helen, aber das ist alles, was ich für Sie tun kann. Sie sind auf den ersten zehn Seiten dieser Zeitung nicht mehr tragbar« –, war selbst bei den etwas unterbelichteten Kulturseiten des *Listener* nur noch die Vorortarbeit im Inland geblieben. Das Ausland wurde von meinen Kollegen Peter und Margret bearbeitet. Jetzt hatte Jennifer mich gedrängt, Sturgis um eine Auslandsreportage zu bitten, weil sie wusste, dass das die einzige Art war, mir für drei Wochen einen echten Tapetenwechsel zu verschaffen. Ihr hatte wohl so etwas wie die Toscana oder die Côte d'Azur vorgeschwebt, aber ich war mit Sturgis' kulturellem Weinsommer in Deutschland zufrieden. Wenn ich ehrlich war, spekulierte ich vor allem auf den Wein.

Das Einchecken auf der Fähre ging erstaunlich schnell. Der Austin spuckte, als ich auf die Landungsbrücke fuhr, und ich entschloss mich, böse Blicke zu vermeiden und ihn unter Deck zu schieben. Ein beleibter, irischer Hilfsarbeiter mit ölverschmiertem Hemd und breitem Grinsen half mir dabei. Es begann zu dämmern, als die Fähre ablegte. Ich stand oben auf dem Deck und fühlte, wie ihr dickbäuchiger Leib sich schwerfällig unter meinen Füßen in Gang setzte. Sie schwankte ein bisschen, kam aber bald auf Tempo. Die weißen Felsen von Dover hoben sich in der Abendsonne aus dem grauen Meer hervor und wurden kleiner und kleiner. Meine Hände klammerten sich um die feuchte Reling.

»Ma, ein Junge in meiner Klasse hatte heute keine Hausaufgaben, und da hat die Lehrerin gesagt, er soll nach vorne kommen und wir sollen alle über ihn lachen.«

Ich sehe sie bisweilen, nicht mehr oft, in einem hellgrünen Kleid vor mir, ein Eis mit zwei roten Kugeln in der Hand. Ein blasser, flatternder Wimpel hinter ihr. Wo war das? Auf einem Schiff? Trug sie die Haare noch lang? Blond waren ihre Haare, anders als meine oder Eds. Schon als Kind war sie sehr dünn gewesen, sehr still, unangenehm altklug und manchmal plötzlich wütend auf alle und alles. Hat es Sinn, sich daran zu erinnern? Als sie starb, war sie viel älter, als ich es in ihrem Alter gewesen war. Sie war mit fünfzehn schon eine junge Frau. Sie hatte einen oder zwei Freunde gehabt, mit denen sie schlief – mein Gott, ich weiß nicht einmal, wie sie verhütete –, und manchmal ist sie auf eine sehr erwachsene Art einsam gewesen. Wenn ich heute nach Hause komme, vermisse ich, wie sie an mir vorbeisah, wenn ich damals heimkam, weil es mich nichts anging, was sie dachte oder tat. Ich vermisse ihre stundenlangen, vorwurfsvollen Vorträge, die in noch längerem, hartnäckigen Schweigen endeten, weil Dad und ich uns getrennt hatten und sie angeblich genau seitdem in der Schule nicht mehr zurechtkam. Ich vermisse ihren gnadenlosen Egoismus und die politischen Parolen, die sie mir beim Frühstücken ohne Rücksicht auf die Uhrzeit und mein Befinden ins Gesicht schleuderte, nachdem ein junger neuer Geschichtslehrer mit kompromisslosen Einstellungen in ihrer Klasse zu unterrichten begonnen und sie sich in ihn verknallt hatte. Die Hetztiraden gegen meine Zeitung und mein Konto bei einer Bank, von der nicht hundertprozentig sicher war, ob sie nicht in Waffengeschäfte verstrickt war. Ich vermisse vieles, aber nach dem, was mich anstrengte, sehne ich mich manchmal am meisten. Nicht weil ich etwas bereue, das tue ich nicht. Ich will nichts anders machen. Es ist nur so, dass sie mir fehlt, einfach so, wie sie war.

Die Fähre legte um zwei Uhr nachts in Ostende an. Zwischen Menschen und Koffern eingezwängt, hatte ich ein paar Stunden unruhig in einem der Schiffssäle geschlafen. Mit Hilfe des Arbeiters schob ich den Wagen an Land, verbat mir seine fummelnde Hand, kurvte vom Hafengelände hinunter und fuhr den Rest der Nacht durch. Gegen Morgen ergriff mich eine bleierne Müdigkeit, und so sehr ich mich auch zu konzentrieren versuchte, brachte ich bald hoffnungslos die linke und die rechte Fahrspur durcheinander. Schließlich machte ich auf einem Rastplatz halt und schlief noch ein paar Stunden. In Belgien regnete es, in Deutschland schien wieder die Sonne, und dann wurde es immer heißer und schwüler, je weiter südlich ich kam. Ich war todmüde, als gegen vier Uhr nachmittags hinter einigen sanft geschwungenen Hügeln die Silhouette der Stadt auftauchte. 26.000 Einwohner, in den Semestern 60.000, eine altehrwürdige Universität, Weinanbau, Handwerk, erste urkundliche Erwähnung im dreizehnten Jahrhundert. Versatzstücke meines Artikels durchkreuzten mich, zum Ausspucken abgespeichert in der Stadtteilbibliothek von Camberwell. Ich suchte mir ein Hotel in der Nähe des Marktplatzes, bestellte ein Zimmer in einem Deutsch, das selbst in meinen Ohren zögernd und englisch eingefärbt klang, und ließ mir von einem dunkelgelockten, nach Rasierwasser duftenden jungen Mann die Koffer aufs Zimmer tragen. Auf dem Balkon nahm ich drei Schlucke von Jennifers Gin, unter mir blank gefegtes Kopfsteinpflaster und saubere kleine Geschäftszeilen mit großen, glatten Schaufenstern. Adrett. Nichtssagend. Vielleicht ganz das Richtige für eine Frau wie mich, die doch überall nur ihr erschöpftes Spiegelbild findet. Noch ein Schluck Gin. Dann fiel ich wie ein Stein ins Bett und schlief ein. Von dem riesigen, seit langen Jahren nicht mehr gewohnten Federbett tief in die Matratze gedrückt, träumte ich von Spaziergängen auf Weinlehrpfaden, dann von einer Bootsfahrt mit Kathy. Sie trug die Haare zu einem Knoten hochgesteckt wie eine alte Frau.

2. Kapitel

Am nächsten Tag lief ich durch die Stadt. Sie gefiel mir, wider Erwarten und vielleicht, weil ich nichts von ihr wollte. An ihren Rändern, wo der geleckte Kopfsteinpflasterkern aufhörte, liefen Straßen und Häuser auseinander, leere Grundstücke, Wiesen voller Löwenzahn und Margeriten, Schrottautos und Kinder mit schwarzen Haaren und fremden Sprachen tauchten auf. Ich setzte mich auf eine Mauer und sah ihnen lange zu, vergaß London, vergaß meine Arbeit, vergaß mich. Die Kinder waren in ein Ballspiel vertieft, das ich noch niemals gesehen hatte. Sie spielten leise, fast ohne Worte und friedlich. Ich versuchte, die Regeln zu begreifen, nach denen sie den Ball in die Höhe warfen, fallen ließen oder fingen, aus dem Kreis, den sie gebildet hatten, zurücktraten oder in ihn hineinliefen. Ich kam nicht dahinter. Dann wanderte ich in einem großen Bogen wieder in die Altstadt zurück. Hier wurden die Straßen schmaler, bis sie in Gassen mündeten, die kein Auto mehr befahren konnte, die engen Bürgersteige von schiefen, sorgfältig restaurierten Häusern begrenzt. Über jeder Tür hing eine ehrwürdige Jahreszahl der Erbauung. Ich ging ziellos, ließ die Sonne hinter mir. Nur kühle Steine waren jetzt noch da, dunkle Torbögen, Marienaltäre darunter. Hier roch es nach Moder, nach Gottesfurcht und gepressten Gebeten. Weiterlaufend fand ich die Reste einer Stadtmauer. Ein paar wilde Kirschbäume schlugen, ungerührt vom noblen Hauch der Geschichte, ihre Wurzeln lebensdurstig zwischen die alten Steine. Ich legte meine Hand an ihre Rinde. Sie wussten nichts von Vergangenheit und Schuld. Am Nachmittag drückte sich eine unnatürliche, brütende Hitze über die Stadt. Mir wurde schwindlig. Ich suchte ein Café auf, bestellte aus Trotz einen – scheußlichen – schwarzen Tee, las den *Guardian* von vor zwei Tagen, den ich noch bei mir hatte, und überlegte, wie lange ich es hier aushalten würde. Drei Tage? Vier? Niemals drei Wochen! Es war so reich, so deutsch, so hübsch. Etwas in mir sträubte sich gegen die Zurschaustellung von Geld und Wohlergehen, die ich hier überall sah. Es gab so viele große Wagen und gediegene Schaufensterauslagen; sogar die Hunde sahen überzüchtet und teuer aus. Die Leute auf der Straße trugen Jacken, die zu den Schuhen passten, und Taschen, die zu den Pulloverkragen passten, und an allem hefteten Markenetiketten. Ihre Gesichter sahen satt und selbstbezogen aus. Manche davon, die jungen, machten mich wütend. England war arm geworden. Ich wusste das, aber hier begriff ich zum ersten Mal den Unterschied. In den Straßen, wo ich lebe, gibt es Menschen, die keine Wahl mehr haben, zwischen nichts. Und ich sehnte mich nach dem abgeblätterten Charme von Camberwell.

»Liebe Jennifer«, würde ich sagen, »das war nett gemeint, aber weißt du, ich ...«

Am frühen Abend kehrte ich in das Hotel zurück und ließ mich in einen der Ledersessel in der Vorhalle fallen. In meinem Kopf kreisten ein paar Sätze, die ich mir für den Artikel bereits zurechtgelegt hatte. Hohle, verlogene Sätze. Sätze von Frische, Wein und Lebenskunst, nicht mehr als hundert Buchstaben und höchstens ein Nebensatz. Kein Satz von mir, nie ein Satz von mir, nie, niemals ein Satz von Kathy.

Der gelockte junge Mann von gestern abend kam hinter der Rezeption hervor und fragte mich, ob ich etwas trinken wolle. Er reichte mir eine Karte. Er war klein, aber in seinem Gesicht gab es Kraft, ein bisschen uneben waren seine Züge und südländisch, beinahe schön. Ich blickte ihm in die Augen und wollte die Karte entgegennehmen. In dem Moment hörten wir draußen ein Auto schleudern, Reifen quietschten, und dann kam ein dumpfer Aufprall, der meinen Magen vibrieren ließ. Glas klirrte. Jemand schrie. Eine Sekunde lang herrschte Totenstille. Der junge Mann starrte mich an.

Die Karte in seiner Hand zitterte. Ein Motor wurde angelassen, drehte mit ohrenbetäubendem Lärm auf und preschte davon.

»Mein Gott, das muss direkt vor dem Haus gewesen sein!« Der junge Mann ließ die Karte zu Boden fallen und rannte zur Tür. Ich lief hinter ihm her. Draußen versperrte der Wagen eines raschen Helfers mir die Sicht. Ich drückte mich hastig daran vorbei. Auf dem anderen Bürgersteig lag, quer gegen eine Laterne geworfen und ihren Mast mit den Beinen umwickelnd, ein regloser Körper. Blut. Ich fühlte, wie mein Kinn zu beben begann, und riss meine Augen nach oben. Ein Mädchen, fünfzehn oder sechzehn vielleicht, mit pechschwarzen, hochgekämmten Haaren und einer Leinentasche über der Schulter, stand neben der Laterne und hatte sich die Hände in einem stummen Aufschrei vor den Mund geschlagen. Ich sah das Weiße in ihren aufgerissenen Augen so deutlich wie in einer überdimensionale Fotografie, ihre Hände, ihr glänzendes Haar. Ihr T-Shirt war von oben bis unten voller Blut. »Die ist tot«, hörte ich jemanden sagen. Ich musste wieder auf den reglosen Körper starren. Seine Hand bedeckte den Kopf, wie zum Ausruhen lag die Hand über den Augen, wie zum Schließen der Augen. Ich rang nach Luft. Ich hatte Kathy nach ihrem Unfall nicht mehr gesehen, ich hatte es nicht gewagt; ich wollte nicht sehen, wie die Leichenwäscher sie herausgeputzt hatten, das Gesicht zum Aufbahren geschminkt und gepudert, den Körper sinnlos noch einmal zusammengeflickt. Ed wollte, dass ich mitkam, aber ich wollte nicht, mich ekelte vor der Leichenhalle. »Komm doch mit«, sagte Ed. »Es ist das letzte Mal, Helen.« – »No!! I don't want to!« schrie ich. »I don't waaant tooo!!!«

»Halt, halt, halt ...Was ist denn mit Ihnen los?« Der junge Mann stand neben mir und fasste mich fest an der Schulter. »Nur ruhig«, sagte er. »Schscht ...« Seine Hand war warm. Jemand sagte: »Die sind ihm direkt vor die Kühlerhaube gelaufen, und dann ist der einfach abgehauen.« Eine andere Stimme: »Die ist gar nicht tot, ihr Puls geht noch, wir müssen sie auf die Seite legen.« Der Krankenwagen kam. Zwei Männer mit weißen Kitteln sprangen heraus, ließen die Umherstehenden zurücktreten und legten den Körper vorsichtig auf eine Bahre. Als sie ihn hochhoben, sahen wir das Gesicht. Es war verzerrt, Blut lief an den Schläfen hinunter. Es glich dem Mädchen mit der Leinentasche aufs Haar. »Das sind Zwillinge«, flüsterte ich. »Mein Gott, ja«, sagte der junge Mann.

Die Nacht verbrachte ich mit Til. Eigentlich hieß er, wie ich später erfuhr, nach seinem griechischen Vater Tilemachos. Seine Wohnung lag nur ein paar Straßen vom Hotel entfernt. »Ich kann Sie jetzt nicht allein lassen«, sagte er, »Sie sind ja völlig aufgewühlt.« Wir lagen in unseren Kleidern nebeneinander auf seinem Bett. Ich heulte, ohne aufhören zu können, schluchzte wie ein durchgedrehtes Kind, bis meine Kehle ganz wund war davon. Til legte mir eine Decke über und schob seinen Arm unter meinen Kopf, fragte nichts, wartete, bis ich ruhiger wurde, rauchte und redete dann von Bremswegen, Motordrehzahlen und Strafen, die unter unterschiedlichen Umständen jeweils auf Fahrerflucht stehen, bis ich einschlief. »Du bist schön«, sagte er noch, als ob es darauf angekommen wäre.

Als ich morgens aufwachte, lag Til nicht mehr da. Mir war schlecht. Ich suchte das Bad, übergab mich, wusch mich, betrachtete nach dem Abtrocknen mein blasses Gesicht im Spiegel. Dunkle Ringe hatten sich unter meinen Augen gebildet, ein harter Zug um meinen Mund. Mein kurzes, blondgefärbtes Haar hing schlapp an den Seiten herunter. Mein rechtes Augenlid zitterte, heute mehr als sonst. Irgend jemand hat einmal gesagt, ab vierzig sei jeder für ein Gesicht selbst verantwortlich. Ich war einundvierzig, und für mein Gesicht war eine Schwertransportstraße neben einem Stadtpark verantwortlich. Ich sah mir in die Augen. Sie waren geschwollen, und ein Rest des gestrigen Grauens krallte sich noch um die braune Iris. Ich drehte den Hahn auf und brachte mit Wasser und Seife eine Art Stand in mein Haar. Dann wandte ich mich vom Spiegel ab.

Die Wohnung war makellos aufgeräumt, nicht einmal eine Zeitung oder ein Buch lag umher, die wenigen Möbel waren Ton in Ton mit der dezenten Tapete und dem Teppichboden abgestimmt, ein Foto mit einem feuchten grünen Apfel hing hinter einem rahmenlosen Bildträger an der Wand. Ich versuchte vergeblich, ein Bücherregal oder eine Plattensammlung auszumachen, schließlich fand ich einen Zeitungsständer. *Oldtimer*, *Hobby*, *Motor*, *Sport* und *Das Apothekermagazin* lagen darin, nach Monaten geordnet. In der Küche stapelten sich ein paar glänzende Edelmetalltöpfe und ein achteckiges Service. Ich nahm eine achteckige Tasse und füllte sie mit Leitungswasser. Vom Fenster aus sah man drei Garagen. Hinter der Küche gab es noch eine schmale Tür. Ich öffnete sie. Dahinter tat sich eine enge Kammer mit einigen Regalen und zwei Tischen auf, die zu meinem Erstaunen ein komplettes Laboratorium trugen: Kolben, Glasflaschen, seltsam gewundene Röhren, Bunsenbrenner, Chemikalien. Ich hörte einen Schlüssel in der Wohnungstür, ging rasch in die Küche zurück und schlug mit schlechtem Gewissen hastig die Kammertür hinter mir zu. Til kam herein und lächelte mich etwas unsicher an.

»Ich habe Frühstück gekauft ... Hast du dich umgesehen?«

»Was tust du da in der Kammer?« fragte ich.

»Ich studiere Pharmazie.«

»Zu Hause?«

»Ich übe zu Hause, ich meine, ich mache Experimente ... zu Hause, komm, Helen, geh ins Bett zurück, ich bringe das Frühstück. Willst du ein Ei?«

»Was sind das für Experimente, die du da machst? Kochst du Kokain?« Ich hatte einfach so drauflosgeraten, die Wirkung verblüffte mich. Til lief rot an und schluckte wie ein Sechstklässler, der beim Rauchen auf der Toilette erwischt worden ist.

»Nicht gerade Kokain, ein Mandelsäurederivat, wenn du verstehst, Mandelsäure. Schon mal gehört?« Er blickte mich an, zog dabei Augenbrauen und Schultern gleichzeitig hoch, seine schlaksigen Hände glitten verlegen durch sein dunkles Haar. Wie ein junger Robert de Niro sah er aus, nur dass er bestimmt noch mal einen halben Kopf kleiner war. »Hilft einem, sich zu konzentrieren. Du kannst vier Tage hintereinander lernen, ohne müde zu werden. Meine Kommilitonen sind ganz scharf darauf.«

»Du verkaufst das Zeug?«

»Geh ins Bett, Helen!«

»Ich will überhaupt nicht im Bett frühstücken. Hat du eine Zeitung mitgebracht? Steht etwas darin über den Unfall von gestern abend?«

»Ja, aber die gibt's nur im Bett.«

Seine Augen leuchteten erwartungsvoll. Die Situation war unzweideutig: ein Mann, eine Frau, ein verschlafener Morgen. Was sollte ich tun? Er gefiel mir. Ich hatte lange niemanden mehr gehabt. Aber in mir stieg plötzlich wieder die pure Verzweiflung hoch. Til machte ein paar Schritte auf mich zu, und auf einmal hätte ich schreien und gegen die Wände rennen können, anstatt hier zu stehen, die Hände lächelnd in die Hüften zu legen und halbherzig Avancen abzuwehren. Das Reifenquietschen und das Blut der Nacht zuvor hatten mich an einer Stelle getroffen, von der ich nicht einmal gewusst hatte, dass sie noch existierte. Hatte ich wirklich gestern geweint? Ich hatte doch seit vier Jahren keine Träne mehr vergossen. Mein Robert de Niro merkte das alles nicht und machte Anstalten, mich über die Schulter zu werfen.

»Ich bin größer als du«, gab ich zu bedenken. Meine Stimme klang ganz normal.

»Alles eine Frage der Technik«, gab Til zurück. »Hebelgesetz. Die Steinzeitmenschen haben riesige Gräber gebaut und waren höchstens einen Meter sechzig.«

»Ich bin einsachtzig. Wenn du mich hochhebst, schleifen meine Füße auf dem Boden!«

Er ließ sich nicht einschüchtern, bückte sich, umschlang meine Knie und brachte es wirklich fertig, mich in die Höhe zu heben.

»Alle Achtung«, komplimentierte ich, als wir im Bett lagen. Er beugte sein dunkles Gesicht über mich und gab mir einen Kuss, der mir besser gefiel, als ich gedacht hätte. Dann ging er in die Küche zurück, um das Frühstück zu machen. »Du wolltest mir die Zeitung geben!« rief ich, doch da stand er schon wieder im Zimmer, die aufgeschlagene Zeitung in der Hand.

»Fahrerflucht, wie ich gesagt habe. Der Typ war zu schnell und konnte den Mädchen in der Kurve nicht mehr ausweichen. Die sind offensichtlich gerade über die Straße gegangen. Hier steht: ›Augenzeugen gaben zu Protokoll, dass der Wagen, ein blauer Opel Kadett, mit überhöhter Geschwindigkeit‹ ... und so weiter, und so weiter ... ›Die jungen Frauen waren gerade im Begriff, die Straße zu passieren, als der Wagen in die Kurve schoss und eine der beiden frontal erfasste. Sie schleuderte ... ‹ – sie ist im Krankenhaus gestorben ...« Er ließ die Zeitung sinken. »Beinahe hätte es beide erwischt«, sagte er leise.

»Junge Frauen?« fragte ich.

»Siebzehn. Zwillinge. Sie waren gerade auf dem Weg zur Bushaltestelle. Es gibt einen Jugendclub ein paar Straßen hinter dem Hotel. Da kamen sie her.«

Wir schwiegen. Mir kroch die Verzweiflung den Nacken hinauf. Ich fragte Til nach ihrem Namen. Saskia und Manuela Matthäus. Er kam mit der Zeitung zu mir und setzte sich auf den Bettrand. Ich warf einen Blick auf den Artikel. Daneben war ein verschwommenes Foto von den Zwillingen, die keine Zwillinge mehr waren. Schwarzweiß und verschwommen, es schnürte mir den Hals zu. Genauso hatten die Zeitungsbilder von Kathy ausgesehen, blass, krank, ohne erkennbare Gesichtszüge und irgendwie monströs. Til legte mir die Hand an die Wange, tröstend und zärtlich. Ich schob das Bild der Mädchen in eine Ecke meines Kopfes. »Wieviele Touristinnen gibt das Hotel in einer Saison her?« fragte ich.

»Ich arbeite erst seit zwei Monaten hier«, antwortete er. Er zog meinen Arm zu sich und ließ seine Lippen darüberwandern. »Davor habe ich in den Semesterferien auf Naxos gekellnert. Meine Großmutter hat dort ein kleines Restaurant.« Seine Lippen waren jetzt auf meinem Schlüsselbein, und ich vernahm ihn nur noch undeutlich. »Das Durchschnittsalter der Touristin beträgt dort etwa um die Hälfte weniger.«

»Wenn es dir um jugendliche Frische ginge, hättest du mich nicht mitgenommen.« Ich war immer dafür, der Wahrheit ins Auge zu sehen.

»Es muss Ausnahmen geben«, räumte Til großzügig ein. Ich lachte, und die verschwommenen Mädchen schrumpften zu einem Punkt zusammen und verschwanden beinahe. Til, du bist keine Ausnahme, dachte ich und küsste seinen Haarwasserschopf. Du hast einen angenehmen Körper unter einem netten, wahrscheinlich mittelmäßigen Kopf, und ich hätte dich vor dem Frühstück schon verlassen, wenn ich nicht zu höflich dazu wäre. Er drängte sich an mich, zog mich aus, seine Hände erwiesen sich auf eine unaufdringliche Weise als routiniert, ich überließ mich meinem Körper, seinem Körper, überließ mich unseren Händen, unserer Haut, und dann geisterten doch die Bilder von Unfall und Zeitung wieder durch meine Gedanken: zwei Mädchen, kaum älter als Kathy. Ein blauer Opel, eine ohrenbetäubende Flucht, ein lebloser Körper, an einem Laternenpfahl zerschmettert. Ging mich das etwas an? Warum berühren mich fremde Menschen so einfach? Warum heften sie sich an mein Leben, machen mich zur Zuschauerin ihres Schicksals, ohne zu fragen, zwingen mir eine Erinnerung, ein Bild, einen Schrecken auf? Während Til immer wilder wurde und ich nicht mehr unterscheiden konnte, ob ich seinen Bewegungen nur folgte oder ob es mein Körper war, der sich hin- und herwerfen wollte, hätte ich schreien können: Ich habe Schrecken genug! Ich brauche kein fremdes Blut, keine fremde Ohnmacht! Lasst mich in Ruhe mit euern elenden, vielen Leben. Und du, Tilemachos, reck deinen verdammten Rücken nicht so stolz, ich schreie nicht wegen dir.

3. Kapitel

Samstag morgen. Die Sonne hing noch hinter den Dächern der Nachbarhäuser, als er aufstand. Es war noch nicht einmal sechs Uhr. Im Sommer kam die Sonne früh hier um die Häuser. Er hatte sie oft genug dabei beobachtet. Er konnte nie lange schlafen. Er ging nach unten in die Küche, setzte die Kaffeemaschine in Gang, wartete, bis zwei Tassen durchgelaufen waren, und goss sich eine davon in seine hellblaue Tasse. Wie jeden Morgen. Dann ging er wieder hinauf in den Salon, schob die Glastür auf und betrat im Schlafanzug und mit nackten Füßen die Terrasse. Die Steinplatten waren noch kalt von der Nacht. Er konzentrierte sich einen Moment ganz auf das eisige Gefühl in seinen Füßen, dann auf die heiße Tasse, die er mit beiden Händen umklammerte. Er sog die Luft ein, roch die Rosenblüten, den Hibiskus, die feuchten Blautannen. Edith hatte sie damals pflanzen lassen. Lange her. Ihn fröstelte. Doch es war gut zu frieren. Wenn er fror, spürte er die Angst nicht so deutlich. Wenn es noch so früh war, dass alle anderen schliefen und er allein sein konnte. Nur die Vögel sangen, wie jeden Morgen. Wenn dann der Tag begann, wenn er sich beeilen musste, um zur Arbeit zu kommen, wenn er im Auto saß und in den Verkehrskolonnen Richtung Innenstadt rollte und die Termine und Aufgaben des Tages sich in seinem Kopf aufzuzählen begannen, kam die Angst wieder hoch. Sie kroch ihm den Rücken hinauf oder legte sich ihm in den Magen wie eine harte, giftige Schlange. Manchmal hatte sie auch gar nichts Körperliches, dann war sie nur ein messerscharfes Gefühl irgendwo da, wo wohl innen ist, und dann war sie am schlimmsten.

Aber heute musste er ja nicht zur Arbeit.

Er verließ die Terrasse und ging Kaffee schlürfend auf dem Rasen auf und ab. Er genoss diese Momente am Morgen. Verrückt, im Schlafanzug mitten in der Siedlung umher zu laufen, das Gras kitzelte ihn unter den Fußsohlen. Auf der Terrasse standen ein paar übereinandergestapelte Gartenstühle und ein rostiger Tisch. Eine Tischtennisplatte, die Spanfasern von Regen und Schnee und den Jahren schon ganz aufgeweicht, lehnte verbogen am Werkzeughäuschen. Hinter der Terrasse erhob sich das Haus. Das alles war viel zu groß für ihn. Hier hatte eine Familie wohnen sollen. Es war für Kinderlachen und Geburtstagspartys und Grillabende geplant gewesen. Statt dessen schlief er oben allein in dem Doppelbett und benutzte ansonsten nur noch Bad, Arbeitszimmer und zum Kaffeekochen die Küche. Durch den Rest des Hauses schlich er sich wie ein Dieb.

Er blieb stehen und sah auf das Haus. Durch die großen, getönten Scheiben konnte man das Innere des Salons kaum erkennen. Hinter dem Fenster daneben lag das Arbeitszimmer. Er sah die Umrisse seines Schreibtisches, und die Angst bewegte sich wieder. Er wusste: auf diesem Schreibtisch lag seine Aktentasche, und in seiner Aktentasche lag der Brief. Er legte die Hände noch fester um die Tasse und versuchte, tief durchzuatmen, doch sein Atem blieb irgendwo zwischen Brustbein und Rippen hängen. Diese Briefe regten ihn auf. Das war jetzt der siebte oder achte in Folge. Sie waren in einem freundlichen, unbeholfenen Ton gehalten. Zahlen und Beobachtungen waren beigelegt, die etwas beweisen sollten, aber es nicht schafften, und es stand ihm doch eigentlich frei, darauf zu reagieren oder nicht. Frei. Was stand ihm schon frei? Ein Wort, eine Phrase, die mit dem wirklichen

Leben nichts zu tun hatte.

Er fing wieder an, auf dem Rasen hin und her zu laufen. Bisher hatte er es vorgezogen, auf die Briefe nicht zu reagieren. Er hatte sie mit nach Hause genommen und in der Schreibtischschublade aufbewahrt und es jedes Mal fast wieder geschafft, sie zu vergessen. Bis der nächste kam. Denn sie kamen weiter. Über fünf Monate zog sich das jetzt schon hin. Sie waren inzwischen dringlicher geworden, wenn auch der Ton noch immer gleich freundlich und unbeholfen geblieben war. Er vermochte nicht zu sagen, ob seine Reaktion auf diese Briefe noch normal war. Nichts an seinem Leben erschien ihm normal. Oder war das Ganze nicht eigentlich so gottverdammt normal, dass man es kaum sagen konnte? »Schicksale aus aller Welt« – die suchten sich seine Leute doch Tag für Tag aus der Flut der Tickermeldungen für diese armselige Zeitung zusammen, und jeden Tag kamen neue dazu, Minute für Minute, Sekunde für Sekunde, Schlag auf Schlag: Schicksale.

Was an seinem Schicksal war nicht normal?

In der Tasse gab es keinen Kaffee mehr. Bald würden die Nachbarn aufstehen. Mittlerweile hatte die Sonne die Rückseite des Hauses und die Terrasse erreicht, und die Steinplatten waren schon nicht mehr so kalt, als er ins Haus zurückging. Er würde diesen Brief jetzt aufmachen, und dann würde er versuchen, ein für allemal zu überlegen, wie er in dieser Sache vorgehen sollte. Ja, das wäre gut. Eine Entscheidung treffen, eine richtige Entscheidung.

4. Kapitel

Am Donnerstag morgen stand ich lange auf meinem Balkon und sah auf die aufwachende Straße. Hausfrauen rissen Fenster auf und hängten unförmige, dicke Federbetten zum Lüften hinaus, Männer traten energisch aus ihren Wohnungstüren in den Tag. Ich musste an mein ungepflegtes, englisches, kleines Haus denken, das Edward mir überlassen hatte und das mir so vertraut geworden war. An meine unbedarfte Nachbarin Elaine, die im Traum nicht auf die Idee gekommen wäre, eine Bettdecke zu lüften. An meine Schreibmaschine, auf der ich nur noch von Landschaften, Museen und Ausstellungen schrieb, die aber früher mein Leben gewesen war. Kühl oder wütend, treffsicher oder voller Empörung, immer jedoch selbstvergessen und ganz und gar eingenommen von der Bedeutung und dem Wert dessen, was ich tat und schrieb und ändern wollte, hatte ich Zeile um Zeile in die Maschine gehämmert, mit zwei Fingern und manchmal drei, vier, tausend Herzen. Dann dachte ich an Jennifer auf dem Hängeboden. Ihr enges Zimmer unter der Decke, das sie so gern verlassen hätte, um alle Räume der Wohnung mit ihrer Lebendigkeit und ihrer Lautstärke und ihrem Lachen in Besitz zu nehmen. Statt dessen schlich ich zweimal in der Stunde über den Flur in die Küche und zurück, bat mir Ruhe und regelmäßige Mahlzeiten aus, reagierte unwirsch auf Besuch und verbarg meine Erleichterung nicht, wenn Jennifer mich abends verließ, um sich in Clubs und Kinos auszuleben. Manchmal bekam ich ein schlechtes Gewissen, dann lud ich sie in eines der teueren indischen Restaurants ein, und sie nahm freundlich an – lächelnd, schulternzuckend, ergeben. In ihren Augen waren meine Restaurants wohl ebenso ruhig und langweilig wie ich selbst.

Jennifer hatte mir einen Urlaub verschrieben und sich drei schwägerinnenfreie Wochen. Sie war sehr geduldig mit mir und musste die freie Zeit wirklich nötig haben. Ich konnte ihr das nicht einfach wegnehmen, indem ich morgen wieder vor der Tür stand.

Seit unserer gemeinsamen Nacht hatte sich Tilemachos nicht mehr blicken lassen. Das war vier Tage her, und immer noch versuchte ich, den Unfall aus mir herauszudrängen, ihn zu einem belanglosen Schatten in meinem Hinterkopf zusammenzuschieben. Aber etwas in mir war aufgeplatzt. Ich kam mir vor wie eine offene Wunde: in meinen Ohren nichts als Reifenquietschen, vor meinen Augen nichts als Blut. In London hatte ich mir vorgestellt, wie ich diesen Urlaub vielleicht sogar würde genießen können. An Ruhe und Spaziergänge hatte ich gedacht, an moosbewachsene Gemäuer und abendliche Theateraufführungen. Aber jetzt war ich unfähig, auch nur den kleinen Finger zu rühren. Ich tat nichts, weder für meine Entspannung noch für meinen Bericht über die Kulturwochen. Ziellos tigerte ich durch den Ort, aß kaum, war vom schlechten Tee erst zu Kaffee und dann zu Wein übergegangen und las wahllos Illustrierte, von denen mir übel wurde im Kopf. Manchmal las ich die Tageszeitungen der Gegend. Es gab eine, die trug mit vielen schwarzen und roten Balken dick auf, und den *Regionalanzeiger*, der versuchte, etwas Besseres zu sein. Diese Zeitung hatte es schon zweimal geschafft, mich mit einem Bericht im Feuilleton für eine halbe Stunde auf andere Gedanken zu bringen.

Ich verließ den Balkon und fuhr mit dem Aufzug nach unten ins Frühstückszimmer. Als ich mein Brötchen aufschnitt und die Zeitung aufschlug, sah ich die große Anzeige. Saskia Matthäus wurde beerdigt.

Der Friedhof lag nicht weit vom Hotel entfernt. Ich betrat ihn durch einen Seiteneingang, ging einige Wege entlang und sah dann den Trauerzug. Die halbe Stadt schien auf den Beinen. Hinter dem Sarg gingen die Eltern, eine kleine Frau mit Schleier, ein unbeholfener, großer Mann in einem zu knapp bemessenen Anzug, der wie übriggebliebene Konfirmandenkleidung aussah. Dann kamen Männer mit Fotoapparaten. Dahinter Verwandte, Klassenkameraden, Neugierige, Sensationslüsterne. Der Zug kam näher, und mit einem Mal ergriff mich Panik. Ich lief ein paar Schritte zur Seite, aber da überfluteten sie mich schon. Die kleine verschleierte Frau schluchzte. Die Fotografen drängten sich unsanft an mir vorbei. Die Neugierigen zogen mich mit sich, und ich drehte mich um und ließ mich ein Stück mitschleifen in meinem unpassenden, blumengemusterten Kleid. Vor uns schwankte der Sarg hin und her. Ich heftete meine Augen auf ihn, auf seine Endgültigkeit, seine brutale Antwort auf jede Frage nach dem Sinn von Hiersein und Versuchen und Leben. Ich blieb zurück. Als ich den Friedhof durch das Seitentor wieder verließ, kam mir eine junge Frau entgegen. Sie hatte sehr langes Haar, trug schwarze Lederhosen und eine zerfetzte Motorradjacke. Blass und aufgeregt fragte sie mich, ob die Beerdigungsgesellschaft noch in der Kapelle sei. Ich verneinte und wies ihr den Weg. Ohne sich zu bedanken, rannte sie weiter. Ich sah ihr lange nach. Sie hatte etwas von Kathy. Dasselbe verschlossene Gesicht, die dünnen, dunkelblonden Haare, dieselbe aufgesetzte, jugendliche Unhöflichkeit.

Als ich an diesem Abend im Hotel zu Abend aß, war Til auf einmal wieder da. Lachend stand er plötzlich neben mir und stellte einen Aperitif auf meinen Tisch. Ich spürte, wie ich mich freute, ihn wiederzusehen, fast gegen meinen Willen. Ich hatte es seit Jahren nicht zu mehr als gelegentlichen, halbnächtlichen Affären kommen lassen, und selbst von diesen Männern hatte ich nicht einen mit zu mir nach Hause genommen – damit ich morgens verschwinden konnte, wann mir danach war. Aber Til strahlte eine Sorglosigkeit aus, die mir guttat.

»Nach dem Essen habe ich eine Überraschung für dich. An der Hotelbar«, flüsterte er und platzierte mir mit großem Schwung die Spargelcremesuppe vor die Nase. Ich musste lachen, als dabei die Hälfte davon auf der Untertasse landete und er ein bestürztes Gesicht zog. Anstatt sich zu entschuldigen, hakte er nach: »An der Hotelbar – in Ordnung?« Seine Augen waren schwarz wie meine Kinderbibel.

»In Ordnung«, seufzte ich lächelnd.

5. Kapitel

Der Angriff kam so plötzlich, dass sie keine Zeit mehr hatte, sich umzudrehen oder zu schreien. Sie riss die Hände hoch und versuchte, den nackten Arm, der sich so brutal aus der Dunkelheit heraus um sie geschlungen hatte, von ihrem Hals wegzuziehen. Doch er war wie eine eiserne Zange, pure Muskeln und Kraft. Sie hätte genausogut versuchen können, einen Lastwagen hochzuheben oder eine Felswand wegzuschieben. Verzweifelt griff sie an seinem Arm entlang und suchte die Hand. Vielleicht hätte sie eine Chance, wenn sie es schaffen könnten, seine Finger umzubiegen. Aber seine Hand war irgendwo hinter ihrem Hals, sie reichte nicht daran, und jetzt klammerte sich der Arm noch einen Millimeter fester um ihre Luftröhre. Schreien! Aber schreien ging nicht, sie konnte ja kaum richtig atmen. Panik überkam sie. Sie riss sich zusammen. Ruhig, dachte sie. Ruhiger, langsamer. Mehr denken. Dann grub sie mit aller Kraft ihre Fingernägel in seine Haut und trat gleichzeitig hinter sich. Sie hatte lange Fingernägel, und sie traf irgend etwas. Er stöhnte leise auf. Sie hörte das ziemlich weit über ihrem Ohr. Es musste ein großer Typ sein. Buddy schied also aus. Nein, das hier war nicht Buddy. Buddy tat nur so, als ob er einem Schmerzen zufügen könnte, oder? Er spielte mit seinem Klappmesser und versuchte einem Angst zu machen, wenn etwas nicht so lief, wie er es wollte. Aber er war viel zu fertig, um wirklich zuzuschlagen. Dieser Typ hier war anders. Er hatte eine gemeine Energie. Er wollte etwas, das ließ er sie mit jeder Faser seines verdammten Arms spüren. Jetzt drückte er plötzlich ihren Kopf nach unten und warf ihr in einer raschen Bewegung etwas darum, ein Tuch für die Augen, ließ ihren Hals los, zerrte ihre Arme nach hinten und band ihr die Hände auf den Rücken. Endlich atmen, eng presste sich ihr Atem durch die schmerzende Luftröhre. Endlich Luft, nicht ersticken.

Er überrumpelte sie in diesem Moment. Stieß sie zur Seite, dass sie aus dem Gleichgewicht kam, und schleifte sie am Oberkörper über die Straße. Er warf sie auf etwas Weiches, einen Autositz. Sie versuchte sich aufzurichten, aber er kletterte schwer über sie hinweg und traf mit seinem Bein oder dem Ellbogen schmerzhaft an ihre Schläfe. Dann drückte er ihren Kopf nach unten.

»Du verdammtes Mistschwein!« schrie sie und trat um sich, vergeblich. Er ließ den Wagen an, fuhr los, schaltete, drückte sofort die Hand wieder auf ihren Kopf.

»Du Dreckschwein, du verdammtes Dreckschwein. Lass mich hier raus, o Scheiße, du Schwein!« Die Kraft ihrer Stimme wurde zwischen ihren Beinen und dem Autositz zu einem dumpfen Murmeln zerdrückt. Sie schrie trotzdem weiter, alles, was ihr einfiel. Von ihm kam nichts. Dann hörte sie auf zu schreien.

Sie fuhren lange. Erst versuchte sie noch, sich die Kurven zu merken und den Weg im Kopf mitzuverfolgen. Doch nach dem fünften oder sechsten Hin- und Hergeschwenktwerden musste sie sich eingestehen, dass sie keine Ahnung mehr hatte, wo sie waren. Bald wusste sie nicht einmal mehr, ob sie sich noch in der Stadt befanden oder längst auf dem Weg hinaus. Der Typ hatte noch immer die Hand auf ihrem Kopf liegen und presste ihn nach unten. Nacken und Schultern taten ihr weh, aber sie sagte nichts. Das war nicht das erste Mal, dass jemand ihr weh tat, und sie konnte etwas vertragen. Sie starrte in das schwarze Tuch vor ihren Augen und versuchte gleichzeitig, regelmäßig ein- und auszuatmen gegen die Panik und halbwegs geordnet nachzudenken. Die Kerle, die sie kennengelernt hatte, redeten doch bloß, oder nicht? Sie waren entweder harmlos wie der schöne Micha oder der Kleine und die Leute aus dem *Floyd.* Oder aber sie waren wie Buddy und sein seltsamer, zum Fürchten blasser dreißigjähriger Freund, die eine ganze Ecke tiefer drinhingen, dafür aber auch immer unfähiger und hohler wurden. Oder nicht, verdammt noch mal?

Ihre Gewissheit, was die Leute anging, war schon nach Saskias Unfall ins Schwanken geraten. Das hatte sie wie eine blitzartige Erkenntnis durchschossen: Sie hatte den Wagen plötzlich erschreckend laut und schnell hinter sich gehört, war zur Seite gesprungen, wie durch höhere Fügung zur richtigen Seite, hatte gesehen, wie Saskia weggeschleudert wurde und der Wagen von dem Schwein losschoss, und hatte gedacht: Das sind sie. Sie machen Ernst. Die Typen machen wirklich Ernst!

Wenig später hatte sie diesen Gedanken schon wieder von sich geschoben. Sie war abends noch ins *Floyd* gegangen, am selben Tag noch, der Alte hatte geschrien und getobt. Doch er fand jeden Abend einen Grund zu schreien und zu toben. Und diesen Abend war es Saskias Tod. Er hatte sich sogar neben die Tür gestellt, besoffen, wie er war, und ihr befohlen, die Jacke wieder auszuziehen und in die Küche zurückzugehen. Sie hatte ihre Tränen hinuntergeschluckt und war gegangen. Sie hätte den Abend nicht ausgehalten mit dem Alten. Und außerdem ließ sie sich nichts mehr befehlen. Von dem nicht. Von niemandem. Schon lange nicht mehr. Was wusste der Alte schon von Trauer. Sein einziges Gefühl war die Sehnsucht nach der nächsten Flasche Bier.

Aber sie trauerte, auf ihre Weise.

Man musste darüber nicht viel reden.

Alle anderen reden schon genug den ganzen Tag.

Sie war ins *Floyd* gegangen, und der Stadtfunk hatte es schon bis in die dämmerigen, kahlen Räume dort getragen. Die Leute waren weiß wie Kalk gewesen, alle: Ellen, Micha, seine Neue, Buddy und all die andern. Selbst sein blasser Freund hatte ein ernstes Gesicht gemacht, obwohl Saskia und sie wohlweislich um den immer einen großen Bogen gemacht hatten. Die Leute waren genauso schockiert gewesen wie sie selbst, denn sie hatten Respekt vor dem Tod.

Und da war sie von der Idee, jemand von denen könnte damit etwas zu schaffen gehabt haben, wieder abgekommen. Mit den Leuten hatte sie dann den Abend auf ihre Weise verbringen können. Eben nicht groß reden. Einfach zusammensein. Was trinken, was rauchen. Von irgend etwas erzählen, was unwichtig war. Und wissen, dass sie alle zusammen von Saskia Abschied nahmen.

Der Wagen hielt. Der Typ kletterte wieder über sie weg, traf, natürlich, ihre Schläfe wieder und drückte sie immer noch nach unten, obwohl sie sich die ganze Zeit jetzt gar nicht mehr gewehrt hatte. Er zerrte sie aus dem Wagen, legte seinen Arm um sie, presste die Hand auf ihren Mund und zog sie neben sich her. Sie versuchte einmal kurz, sich loszureißen, aber seine Arme waren verdammt schnell, zurrten sich in Sekundenbruchteilen fest zusammen und gaben ihr keine Chance. So ließ sie sich also neben ihm herschleifen, sie machte es ihm nicht leicht. Von weitem, dachte sie, müssen die Leute meinen, wir seien ein Liebespaar beim Nachtspaziergang. Ein absurdes Liebespaar, wo er sie umgreift wie ein verrückt gewordener Klammeraffe und sie ihm die Hüften in die Seite rammt. Aber die Leute gucken sich viel an, ohne sich zu irgend etwas aufgerufen zu fühlen. Beschissen viel. Und vielleicht gab es hier ja auch gar keine Leute. Die Luft war frisch und kühl. Sie versuchte, auf Geräusche zu hören. Seine und ihre Schritte auf Kies. Sein Schnaufen. Ein leiser Wind. Blätterrauschen. In der Ferne ein Hund. Das war alles. Der Rest der Nacht totenstill.

6. Kapitel

Ich stand mit dem Schlüssel in der Hand und meiner Ausgehtasche über der Schulter in der kleinen Straße und blickte auf den leeren Bordstein und den rostigen Gully, wo der Austin hätte stehen müssen. Ein Hammer in meinem Kopf schlug mir leise und hartnäckig von innen gegen die Schläfen. Ich lauschte auf das Pochen. Jeder Schlag trieb Bilder in mir hoch, von denen sich eins über das andere legte, ohne Pause, bis alle zusammen zu einem flimmernden, schmerzhaften Bilderrauschen ineinanderrannen.

Ich legte mir die Hand vor Augen.

Die Nacht, die Laterne, ein blutiges und ein bleiches Gesicht, zwei Schwestern, von denen es nur noch eine gab.

Als ich hörte, dass Kathy tot war, traf mich das mit entsetzlicher Wucht am ganzen Körper, alles brach plötzlich in mir zusammen. Ich taumelte, fühlte, wie das, was mein Leben gewesen war, wie eine Wand auf mich stürzte und jede Möglichkeit zu atmen, zu überstehen, unter sich begrub. Damals war Ed gerade mit einer Ausstellung seiner großen, bunten Steine, die er in einem ausgebauten Cottage in Cornwall zusammen mit einer Bande verrückter Fans behaute und bemalte, für ein paar Wochen in London gewesen. Weil ich auf Recherche unterwegs war, hatte Sturgis die Polizei an ihn weiterverwiesen. Als ich an dem Abend nach Hause kam, saß er in meinem dunklen Wohnzimmer. Ich erschrak, als ich das Zimmer betrat und auf dem tiefen Sofa der Umriss des in sich versunkenen riesigen Mannes auftauchte, ein zerfallener Berg. Ed ist ein Hüne und zögert selten, seinen massigen Körper zum Entzücken aller Fotografen zu einer imposanten Größe aufzupumpen und vor Kameralinsen und Kunstliebhaberaugen zu halten. Jetzt aber hatte er die Stirn wie ein weinendes Kind auf die angezogenen Knie gepresst und die Arme über den Kopf geschlagen. Ich weiß nicht mehr, wie er es mir sagte. Ich erinnere mich nur, dass etwas Unbedingtes sich entsetzlich schnell in mir ausbreitete, ein Feuer von Schmerz, dass ich schrie.

Ed zog mich zu sich auf das Sofa. Wir saßen bis zur Morgendämmerung nebeneinander und sprachen kein Wort.

Gestern abend nach dem Essen hatte ich an der Hotelbar versucht, mich im Whisky zu ertränken. Denn das war Tils Überraschung für mich gewesen: freie Drinks, die er immer wieder in mein Glas gegossen hatte. Sein sorgloses Wesen hatte mich nur vorübergehend abzulenken vermocht. Dann packte der Jammer mich wieder. Schluck für Schluck hatte ich versucht, die mich zu Tode ängstigende dunkle Zelle in mir, die sich in der Unfallnacht in mich geschlichen hatte und nun wie ein malignes Syndrom zu wuchern und sich fortwährend zu teilen schien, zwei, vier, acht, sechzehn dunkle Zellen, mit dem Whisky auszuwaschen – ein sinnloses und lächerliches Unterfangen, das ich von irgendwo neben mir äußerst nüchtern beobachtete und das mich in nur noch kläglichere Stimmung versetzte. Ich hatte in den letzten vier Jahren längst herausgefunden, dass mir mit Alkohol nur sehr selten beizukommen war.

Gegen elf Uhr leerte sich die Hotelhalle. Til löschte die großen Lichter und goss nach. Gegen ein Uhr fing ich an, albern zu werden. Til lachte mit. Dann wurde ich unleidlich, ohne Grund. Ich erhob mich, eine kurze Alkohol-Wut wallte in mir auf, noch alberner als mein Lachen. Til wollte mich nicht gehen lassen.

»Ich habe in meinem Badezimmerschrank eine unbenutzte Zahnbürste entdeckt, Multituft-Nylonborsten, lila. Was sagst du dazu?« Er raunte, als wollte er mir ein Diamantenkollier in Aussicht stellen.

»Du warst drei Tage wie vom Erdboden verschluckt. Sei froh, dass ich mich noch an dein Gesicht erinnere. Und mach mir nicht solche Augen!«

Ich wäre gern aufgestanden, um einen Abgang wie Marlene Dietrich auf den Teppichboden zu legen. Doch Til trug ein kleidsames, dreifarbiges Hemd und war jung und ich betrunken genug, um mich doch nach ihm, nach jemandem, zu sehnen. Ich bot ihm an, mich zu begleiten.

»Helen, entschuldige, aber ich bin den Job los, wenn mich das Zimmermädchen morgen aus deinen Federn holt. Komm zu meiner Zahnbürste. Was die drei Tage angeht –«

»Til, no stories, keine Geschichten bitte. Dritter Stock, Zimmer 309, oder nichts.«

Er war nicht mitgekommen. Sein gut erlerntes, deutsches Pflichtbewusstsein klebte ihn hinter der verwaisten Hotelbar fest. Ich kniff ihn in die Wange, als ich ging. Er lächelte frustriert.

»Etwas an deiner Wohnung gefällt mir nicht«, wollte ich erklären, aber es geriet nur unhöflich. »Ich fühle mich darin wie in der Auslage eines Möbelgeschäftes.«

Er sagte nichts, sondern zog eine kleine Schublade vor sich auf, holte, ganz angehender Pharmazeut, eine Packung Kopfschmerztabletten daraus hervor und reichte sie mir. Dann drückte er mir freundschaftlich den Arm und wies auf den Fahrstuhl.

»Gute Nacht, Helen.«

»Gute Nacht.«

Jetzt schienen die Gullystäbe da unten im Rhythmus mit den Hämmern in meinem Kopf zu pulsieren. Meine grünen Schuhe standen auf dem Bürgersteig, als ob sie nicht zu mir gehören würden. Wo war mein Auto? Ich hatte mir beim Frühstücken auf dem Stadtplan die Adresse einer Galerie herausgesucht, die heute morgen im Rahmen der Kulturwochen eine Ausstellung mit jungen europäischen Künstlern eröffnete. Morgen abend wollte ich den Auftakt eines Symposiums besuchen. *Über die Zusammenhänge von Wissenschaft, Kunst und Gesellschaft. Neue Aufgaben der Integration.* Vielleicht würde ich mich amüsieren können. Die Oberflächlichkeit solcher Veranstaltungen amüsiert manchmal. Vielleicht würde es mir helfen, endlich etwas zu Papier zu bringen. Das war mir heute beim Aufwachen durch den

Kopf geschossen: Arbeite. Schreibe. Schwarze Buchstaben auf weißem Papier. Das wird dich vielleicht durch diesen Unfall-Urlaub tragen können. Aber meine Klapperkiste war weg. Ob ich in dieser Stadt auch noch verschwinden würde?

Ich verließ den Gully und ging ins Hotel zurück, wo eine ältere Dame hinter der Rezeption zielsicher eine Nummer bei der Polizei antelefonierte, mich währenddessen über die Parkverbotszonen in der Altstadt aufklärte und mir schließlich in einem aufdringlich freundlichen Wortschwall mitteilte, der Austin sei tatsächlich abgeschleppt worden und müsse von mir persönlich auf der zuständigen Polizeidienststelle ausgelöst werden. Ihre Brille bebte vor Aufregung. Ich kämpfte den Wunsch nieder, sie anzubrüllen, und machte mich auf den Weg. Den Stadtplan in der Hand, wand ich mich durch die Gassen. Kurz vor der Kirche tauchte in einer Seitenstraße eine Silhouette auf, die zu Til zu gehören schien, doch ich war mir nicht sicher. An seiner Seite ging eine junge Frau. Er hatte den Arm um sie gelegt. Ich horchte in mich. Aber da war keine Enttäuschung, keine Eifersucht, nichts dergleichen.

Hinter dem Kirchplatz begann der Friedhof. Diesmal ging ich außen entlang, an einer wunderschönen, dunkelgrünen, mannshohen Hecke. Ihr verhaltener, milder Duft beruhigte mich. Ich riss ein Blatt ab und zerrieb es zwischen den Fingern. Erschreckend viel grüner Saft quoll daraus hervor, er roch nach Leben. Ich verrieb ihn auf dem Rücken meiner Hand, bis nur ein grüner Fleck übrigblieb.

Das Revier lag ein paar Straßen abseits der Altstadt in einer Straße mit bunt balkonierten Wohnblöcken aus den siebziger Jahren. Ich betrat die Dienststelle, ließ meinen Pass kontrollieren und mir den Weg in die Verkehrsabteilung im zweiten Stock weisen. Im Treppenhaus und auf den linoleumbelegten Gängen roch es nach Sauerstoffmangel und Reinigungsmittel. In dem Amtszimmer, das für mich zuständig war, hingen die ungelüfteten Ausdünstungen von zwei Beamten in der Luft. Sie saßen, der eine mürrisch und rund, der andere bleich, hager und Fingernägel feilend, hinter ihren Schreibtischen und stierten auf die Tischplatten. Würdige Vertreter ihrer Gattung! Ich hätte am liebsten in der Tür schon auf dem Absatz kehrt gemacht, weil ich wusste, dass ich mich wieder nicht würde beherrschen können. Alles, was mit Justiz, Verwaltungen und Behörden zu tun hat, kann mich in Sekundenschnelle so auf die Palme bringen, dass ich ständig Gefahr laufe, wegen Beamtenbeleidigung, Geringschätzung von Gerichten, hochwohlgeborenen Amtspersonen und was es sonst dergleichen noch gibt die Staatskassen mit meinem Verdienten auffüllen zu müssen. Hohlköpfigkeit in Tateinheit mit dem breitbrüstigen Anspruch, vierundzwanzig Stunden am Tag richtig zu liegen – abscheulich.

Natürlich reichte es ihnen nicht, meinen Wagen abgeschleppt zu haben, sondern sie fanden etwas mit dem Auspuff nicht in Ordnung. Nach zwei Minuten wurden wir laut, nach fünf Minuten schleuderte ich meine Handtasche durchs Zimmer, nach sieben Minuten wurde ein Vorgesetzter herbeigeholt, und nach einer Viertelstunde hatte ich drei Feinde in diesem Leben mehr. Aber meinen Austin bekam ich zurück – mit der Auflage, ihn, wenn ich meinen Urlaub in ihrem Hoheitsgebiet unbelästigt beenden wollte, binnen fünf Tagen repariert wieder vorzuführen. Sie drückten mir eine Mängelbescheinigung in die Hand, und ich war frei. ›O Gott‹, dachte ich, als ich mir den von der prallen Sonne heißgekochten Austin unten auf dem Hof griff und machte, dass ich hier wegkam, ›das ist Deutschland‹ – was dummes Zeug war, denn unser Bobby benimmt sich auch nur für Touristen anders. Ich habe ihn bei Aufständen in Brixton zuschlagen sehen, dass mir die Augen übergegangen sind. Als ich weiterfuhr, fühlte ich, wie die Episode mein angeschlagenes Herz doch ein gutes Stück nach oben gehoben hatte. Konnte die Welt so schrecklich sein, wenn es Leute gab, die sich darum kümmerten, dass Parkverbote beachtet und Auspuffrohre knatterfrei gehalten wurden?

Auf dem Rückweg erfasste mich ein plötzlicher Impuls. Ich lenkte den Austin Richtung Friedhof, parkte und stieg aus. Auf dem frischen Grabhügel leuchteten schon von weitem die Blumen und die Schleifen der Kränze. Allein wie jetzt hielt ich es besser hier aus. Ich trat an das Grab der fremden Tochter und blieb lange davor stehen.

Später nahm ich auf einer Friedhofsbank den *Regionalanzeiger* zur Hand, den ich am Morgen gekauft hatte. In der Türkei hatten sie drei kurdische Dörfer dem Erdboden gleichgemacht. In Rumänien steckten zwei Volksgruppen einander die Häuser an. In London hatte die IRA aus Versehen die falsche Familie in die Luft gesprengt und gleich am Tatort noch eine Note des Bedauerns zurückgelassen. Vielleicht war es ganz gut, dass ich nicht mehr über Politik schreiben musste. Je älter ich wurde, um so weniger verstand ich davon. Beim Brustschwimmen hatte ein Mike den Rekord um den Bruchteil einer Sekunde gebrochen. Der Artikel darüber umfasste einhundertdreiundfünfzig Zeilen, ich zählte sie durch. Mike war auf einem Foto daneben zu sehen: ein strahlender Sieger, so außer sich vor Glück, dass mir für einen Moment in einem absurden Reflex das Herz aufging. Mike und ich starrten uns an, als wären wir Freunde.

Als ich hochsah, erblickte ich die junge Frau, die mich gestern mittag auf der Beerdigung angesprochen hatte. Sie trug einen hellen Overall und schob eine Karre mit einer Schaufel und einigen Kisten voller Zierpflanzen vor sich her. Ihr dunkelblondes, glattes Haar reichte ihr fast bis zu den Hüften. Auf einem größeren Rasenstück zwischen den Gräbern hielt sie an, nahm die Schaufel zur Hand und fing an, flache Rasenstücke auszustechen und hinter sich auf einen Haufen zu werfen. Sie grub ohne Pause, mit fahrigen, befremdlich langsamen Bewegungen. Ihre dünne Erscheinung hatte etwas von einem Insekt. Nachdem das Beet fertig war, holte sie die Blumen aus der Karre und setzte sie in die Erde. Ihre Konzentration steckte mich an. Ich verfolgte den Weg jeder Pflanze von der Karre in ihre Hände, die paar langbeinigen Schritte zur freigelegten Erde und in den Boden hinein. Was für eine Arbeit, dachte ich, Blumen pflanzen.

Plötzlich kam ein fetter Kerl angelaufen. Er sah wie der Obergärtner aus, sein grünes Hemd rutschte ihm beim Laufen vorn aus der Hose und gab ein Stück seines milchigen, aufgeblähten Bauches frei. Er drückte die Frau zur Seite, schüttelte die Fäuste und bückte sich dann mühsam, um ein Büschel nach dem anderen wieder aus der lockeren Erde zu reißen. Erst jetzt sah ich, was sie da angepflanzt hatte: die türkische Flagge, Halbmond und Stern, ein deutliches, nicht zu übersehendes Muster in Dunkelrot und Schneeweiß. Sie blieb neben dem Mann stehen, stützte sich auf ihre Schaufel, nahm ein Päckchen Tabak aus ihrem Overall, drehte mit langen Fingern, rauchte, sah ihm zu. Auf ihrem Gesicht war keine Bewegung. Schließlich beugte sie sich hinunter, um die Zigarette im Rasen auszudrücken. Als sie sich erhob, fiel ihr Blick auf mich. Ich lächelte ihr zu. Sie legte die Schaufel hin und kam mir entgegen.

»Maria!« brüllte der Kerl hinter ihr her.

»Keine Aufregung«, rief sie zurück. Als sie bei mir war, sagte sie: »Hallo. Sie scheinen etwas für Friedhöfe übrig zu haben – wie ich. Geben Sie mir mal Ihre Zeitung?«

Ohne meine Antwort lange abzuwarten, setzte sie sich neben mich, griff nach der Zeitung und schlug sie auf. Sie blätterte zu den hinteren Steinen, als suchte sie etwas Bestimmtes. Ich beobachtete ihr nachdenkliches Gesicht. Sie war blass wie eine chinesische Porzellanpuppe und fing an, nervös an ihren Fingernägeln zu kauen.

»Kann der Sie nicht entlassen?« unterbrach ich ihr Lesen nach einer Weile.

»Ist nur ein Semersterferienjob. Außerdem ist er mein Onkel. Hat es nie so weit gebracht, dass er sich Leute einstellen könnte. Also muss er nehmen, was er kriegen kann, und das bin ich. Jemand anders würde nicht zehn Stunden am Tag für einen Fünfziger in der Erde graben.«

»Fünfzig sind nicht viel.«

»Macht mir Spaß, sonst würde ich es nicht tun.« Ihr Gesicht sah abwesend und gelangweilt aus.

»Was studieren Sie?« fragte ich. Mir gefiel ihre spröde Art.

»Weiß nicht. Nein, ehrlich. Ich vergesse es von Semester zu Semester. Theaterwissenschaften, Germanistik und Kunstgeschichte, glaube ich. Ich tue nicht viel dafür. Bei zweihundert Leuten in jedem Kurs fällt das nicht weiter auf.«

»Warum studieren Sie dann?« Sie sah mich an, als hätte ich sie gefragt, warum sie die Zeitung nicht aufaß, die sie so nervös auf ihren Knien hin- und herrollte.

»Ich studiere, um bei meinen Kommilitonen politisch zu agitieren und ansonsten dem Staat auf der Tasche zu liegen, ist doch klar. Nein, ich studiere, um zu lernen, dass es in manchen französischen Kathedralen Rundbögen aus dem 12. Jahrhundert gibt, während sie in anderen aus dem 13. Jahrhundert stammen. Außerdem will ich etwas werden, eine Kunsthistorikerin, mit Taxi- und vielleicht sogar auch Busführerschein.«

Sie lachte. Jetzt machte sie zum ersten Mal den Eindruck, wirklich jung und eine Studentin zu sein. Sie holte tief Luft und sprach etwas freundlicher weiter: »Ich lese gern Hölderlin, Unica Zürn und Joseph Roth. Ich gehe ins Kino und gucke Filme von Godard und Resnais. Es stimmt, in den Pausen zwischen den Kursen stehe ich in den Gängen oder vor der Cafeteria des Hauptgebäudes und verteile Flugblätter gegen die Studienreform. Nicht, dass sich jemand besonders dafür interessieren würde, aber es gibt schlechtere Gründe zu studieren, finden Sie nicht?«

Ich zog die Schultern hoch. Einen Moment saßen wir schweigend nebeneinander.

»Warum haben Sie diesen Halbmond da in die Erde gesetzt?« fragte ich.

»In dieser Stadt sterben fast so viele Türken wie Deutsche«, antwortete sie. »Es gibt ein paar Industrieansiedlungen oben im Norden. Die meisten von den Leuten werden in ihre Heimat zurückverfrachtet, aber – ich dachte, man kann ja mal ein Zeichen setzen.«

Was für eine seltsame Aktion. Ausgerechnet die Flagge.

»Haben Sie in der Zeitung etwas gesucht?« fragte ich.

Sie wurde wieder nervös.

»Ja, über diese Sache. Sie haben doch vielleicht von dem Unfall vor ein paar Tagen gehört. Eine Siebzehnjährige wurde überfahren. In einer Kurve.«

Ich schluckte. Bäume, Himmel und Sonnenlicht zogen sich zu einem Nichts zusammen. *Nicht an Ohnmacht denken, nicht an Tod.*

»Ist der Fahrer aufgetaucht?« Ich versuchte, mich zusammenzureißen.

»Nein. Das nicht.« Sie zögerte. »Es ist nur ... die andere, ihre Schwester –«

Sie schlug die Zeitung auf und hielt sie mir entgegen. »Sie ist verschwunden. Wie vom Erdboden verschluckt.« Ihre Stimme war ganz leise geworden.

»Maria!!« Der Kerl brüllte wieder.

Sie stand auf und blieb unschlüssig neben mir stehen. Dann hielt sie mir die Zeitung entgegen. Ich griff danach, und eine Sekunde lang hielten wir sie gleichzeitig in den Händen. »Das war doch kein Unfall?« Sie sah mich fragend an.

»Mein Gott, ich weiß es nicht!« Meine Stimme klang mir laut und hysterisch in den Ohren. »Warum fragen Sie mich? Vielleicht ist sie ausgerissen, hält es nicht aus oder ... Ich habe keine Ahnung, was die Leute in dieser Stadt ... Ich wollte hier eigentlich nur Urlaub machen.«

»Entschuldigen Sie.« Die Zeitung fiel aus ihrer Hand in meine. Sie drehte sich um und ging.

»Warten Sie!« Ich ließ meine Handtasche liegen und lief hinter ihr her. »Warum interessieren Sie sich so für die Sache?«

Sie ging mit schnellem Schritt weiter und zuckte nur mit den Schultern.

»Antworten Sie mir doch!« Ich rannte neben ihr her und

fragte mich, was um alles in der Welt ich neben dieser Semesterferien-Studentin zu suchen hatte, zwischen Gräbern und Erdhügeln und Buchsbaumhecken. Sie interessierte sich für einen Unfall, den ich mit angesehen hatte. Na und? Ein Mädchen war dabei umgekommen, sie war tot. *Na und*, hatte sich ein Feigling gedacht und war abgehauen, aber dann, dann war Mike am allerschnellsten geschwommen.

Ich blieb stehen, schnappte nach Luft. Maria raffte Schubkarre und Schaufeln zusammen und verschwand hinter den Gräbern. Die Blumen hatte sie liegengelassen. Ich bückte mich und hob eine auf, schneeweiß. Und eine andere, blutrot.

Ich wunderte mich schon nicht mehr, als ich sie am nächsten Tag wieder traf. Manchmal gibt es Begegnungen, die zwingender als der Zufall sind. Sie schoss mir mitten auf einer Kreuzung vor den Wagen, als sie bei Rot über die Straße hetzte.

»Gottverdammt, geh aus dem Weg!« schrie ich, trat auf die Bremse und verfehlte sie nur um wenige Zentimeter. Sie lief zur Beifahrertür, öffnete sie und steckte den Kopf herein. »Nehmen Sie mich ein Stück mit?« Ernst und unverschämt ruhig.

»Sie könnten sich ruhig entschuldigen! Ich habe von Autos und Unfällen genug!«

Maria veränderte ihre Tonlage um nichts: »Entschuldigung. Nehmen Sie mich ein Stück mit?«

Es stellte sich heraus, dass sie gar kein Ziel hatte. »Ich dachte, wir könnten vielleicht einen Kaffee trinken oder ins Grüne fahren. Sie machen doch Urlaub. Soll ich Ihnen einen schönen Ort zeigen?«

Ich wollte die Galerie und die Ausstellung, den Wagen, die Werkstatt einwenden. Aber dann stimmte ich zu. Ich war erschöpft, und vielleicht hatte sie recht. Das hier war ja mein Urlaub. Vielleicht sollte ich nicht nein sagen zu einem schönen Ort.

Maria bat mich, die Stadt in Richtung Osten zu verlassen. Als wir die letzten Tankstellen und Industrieansiedlungen hinter uns gelassen hatten, kurbelte sie das Fenster nach unten, drehte das Radio auf, legte ihre Beine mit den Militärstiefeln, in denen ihre Füße bei diesen aufgeheizten Sommertagen zerschmelzen mussten, auf das Armaturenbrett und steckte sich eine Zigarette an. Ein sanftes Lied trug uns von der Stadt weg. *Like a bridge over troubled water.* Ich lehnte mich zurück, legte meinen Kopf an die Nackenstütze und lockerte meine Hände am Lenkrad. Ich spürte eine Erleichterung. Es war gut, von der Stadt wegzukommen. Meine Schultern zitterten und fielen nach unten, der Knoten in meinem Magen löste sich auf. Ich atmete durch und genoss die Ruhe. *Like a bridge over troubled water, I will lay me down.*

»Sind Sie verheiratet?« Maria guckte auf ihre Haarspitzen.

»Nein. Das heißt ja. Offiziell noch. Wir haben uns nie scheiden lassen.«

»Aber Sie leben nicht mehr mit ihm zusammen?«

»Nein. Schon lange nicht mehr. Er lebt in Cornwall, ich in London.«

»Sie sprechen gut Deutsch.«

»Ich bin hier geboren.«

Sie schob sich ein Büschel ihrer langen Haare in den Mund und fing an, darauf herumzubeißen.

»Was machen Sie? Was macht er?«

»Als wir noch zusammenlebten, war er beim Justizministerium, und ich arbeitete als Journalistin. Er hat dann alles hingeschmissen und ist Bildhauer geworden. Ich arbeite immer noch als Journalistin.«

»Warum haben Sie sich von ihm getrennt?«

Ich sah zu ihr hinüber. Sie hielt die Sohlen ihrer Stiefel fest gegen die Windschutzscheibe gepresst und sah starr geradeaus. Ich fühlte mich verhört, aber die Art und Weise, wie sie fragte, schleppend, beinahe desinteressiert, übte einen leisen

Zwang auf mich aus. Ich sah wieder nach vorn. »Er taugte weder als Ehemann noch als Vater. Edward hat jeden Tag eine andere Idee vom Leben. Die Zeit, die er im Ministerium arbeitete, war schlimm für ihn. Er fühlte sich eingesperrt und gegängelt und ließ seine Energie in den verschiedensten Exzessen aus, Essen, Trinken, Frauen, obskure Freunde und obskure Geschäfte. Wir haben ihn manchmal tagelang nicht zu Gesicht bekommen. Ich nahm ihm das nicht übel. Seine Art ist nicht unsympathisch. Ich gönnte ihm seine Lebensfreude, ich beneidete ihn vielleicht sogar darum. Ich wollte, dass er sich ausleben konnte. Aber irgendwann wollte ich nicht mehr mit ihm zusammenleben. Außerdem dachte ich an Kathy, unsere Tochter. Ich fand, dass sie andere Einflüsse nötiger hätte als einen polternden, nichts und niemanden ernst nehmenden, riesigen Mann, der dreihundertvierundsechzig Tage im Jahr vergisst, dass er unter anderen auch noch ein Vater ist.«

Ich holte tief Luft und drückte mich weiter in meinen Sitz zurück. Das alles war schon so lange her. Außer ein paar Telefonaten hatte ich seit einem dreiviertel Jahr mit Ed nichts mehr zu tun gehabt.

»Ed lebt sich jetzt an seinen Skulpturen aus. Er hat viel Erfolg damit.«

Maria sagte nichts. Was hätte sie auch sagen können? Ehegeschichten, Lebensgeschichten. Sterbensgeschichten. Ich hoffte, sie würde nicht nach Kathy fragen. Wir bogen in eine Allee ein.

»Fahren Sie langsam!« flüsterte sie auf einmal. Ich nahm den Fuß vom Gas. Sie holte ihre Beine nach unten und beugte sich vor.

»Ich liebe diese Stelle. Sehen Sie nur!«

Die Allee wurde schmaler, bis das Licht nur hier und da noch durch die Baumkronen brach, flimmernde Punkte auf dem schattigen Asphalt. Jetzt verschwanden wir ganz unter einem grünen Dach von Blättern, es senkte sich nah und dicht zu uns hinunter, Äste streiften den Wagen.

»Halten Sie hier an.« Ein Befehl.

Ich parkte am Straßenrand und folgte ihr. Die Straße endete, und ein Waldweg begann, dunkel und eng. Ich blieb zurück, verhedderte mich in dem Gestrüpp, das über den Pfad wuchs. An diese Stelle schien sich nur selten jemand zu verirren. Als der Weg am dunkelsten schien, brach der Wald plötzlich auf, und ein riesiges, zu Teilen zerfallenes Mauerwerk erhob sich vor unseren Augen. Große Sandsteine lagen abgerissen, wie eiszeitliches Geröll von grober Hand über- und ineinandergeschoben. Ich erkannte die Reste von Wänden, ein noch vollständiges Seitenschiff, den Grundriss eines Klosters. Maria ging um die Steine herum zu einem der erhaltenen Gebäudeteile und verschwand in einer Tür, hinter der sich das Innere eines langgezogenen Traktes verbarg, vielleicht führte er zu den Klosterzellen. Ich folgte ihr. Hier war es dunkel und feucht. Meine Augen mussten sich an das wenige Licht erst gewöhnen. Ich erschrak, als ich merkte, dass Maria dicht neben mir stand.

»Wie finden Sie es?« Kindlicher Stolz schwang in ihrer Stimme.

»Ich bin sprachlos. Was ist das?«

»Ein Zisterzienserkloster aus dem dreizehnten Jahrhundert. Seit langem verlassen. Im Dreißigjährigen Krieg sind die Schweden in diesen Landstrich eingefallen und haben alles zerstört, was ihnen in die Hände geriet. Das Kloster wurde nie wieder bezogen. Man sagt, dass alle Mönche damals draußen an den Klostermauern aufgeknüpft worden sind.«

Sie lächelte, als sie mich schaudern sah.

»Kommen sie, ich zeige Ihnen, wie schön es hier sein kann.«

Wir stolperten über Steine, die sich mit alten Kinderwagen, Mülltüten und anderem Unrat zu dunklen Hindernissen aufgetürmt hatten. Maria ging schnell, es war schwer, ihr zu folgen. Auf einmal beklemmte mich dieser Ort, ich wäre gern fortgegangen. Wie lange war ich nicht in einer Kirche gewesen? Viele Jahre. Ich mied Kirchen und Klöster und

Kathedralen. Es reichte mir, sie von außen zu betrachten. Ich konnte mich gegen die Macht ihrer Architektur nicht zur Wehr setzen. Während sie sich emporstrecken, Säule auf Säule zum Himmel heben, noch einen Altar, noch ein Fenster, noch eine Kuppel darbieten, werde ich immer kleiner und sacke zu einem Häufchen Schuld zusammen. Noch lange nachdem ich jeden Versuch, mich mit diesem Gott und seinem abgeschlachteten Sohn zu arrangieren, aufgegeben habe, weiß ich der Suggestion christlicher Kultbauten wenig entgegenzuhalten außer der Flucht. Jetzt aber wurde es heller, von der Seite fiel Licht ein, ich beschleunigte meinen Schritt. An dieser Stelle war die Kirche auseinandergefallen. Die mächtigen Wände lagen am Boden. Wir traten ins Freie auf ein großes, lichtüberflutetes Trümmerfeld, und ich atmete auf.

Die Natur hatte sich alles zurückgeholt: Auf den niedergestürzten Mauern wuchsen Flechten und tiefgrünes Moos. Gräser, Löwenzahn und Holunder, ausladende Brombeerbüsche, ein paar Birken, und eine wahre Explosion von Brennesseln überwucherten die Reihen von Stein, die hier draußen ihre Macht so sehr verloren hatten, dass die Beklemmung von vorhin leicht von mir abfiel, wie etwas Staub, und ich über meine Furchtsamkeit lächeln musste. Fliegen und Libellen schwirrten an uns vorbei, und durch die Holunderzweige strich ein vorsichtiger Wind. Ich wartete einfach darauf, dass Maria anfing zu sprechen. Als sie es tat, begann ihre Stimme nervös zu flattern.

»Wir haben einen Verdacht.«

»Wer ist ›wir‹?« Ich erstaunte: Da war meine feste, forschende Journalistinnenstimme.

»Von der Uni. Leute, die politisch etwas tun. Initiativen, politische Gruppen, Frauen , solche Leute. Wir gucken hin, was an der Uni passiert, und wir haben einen Verdacht.« Sie begann, auf und ab zu gehen. Als sie weiter nichts sagte, versuchte ich es mit einer Frage. »Warum wollen Sie Ihre Geschichte ausgerechnet bei mir loswerden?«

»Ich will nichts loswerden!« brauste sie auf. »Ich habe einen Verdacht und ... «

Sie blieb stehen und riss an ihren Haaren, blickte verstört auf den Boden, warf sich die Haare schließlich hinter die Schultern. Ich übte mich in Geduld. Dann platzte ein Gebräu aus Vermutungen und Ideologie aus ihr heraus. Am Anfang hörte ich ihr noch aufmerksam zu. Dann verloren sich ihre Worte zwischen meinem rechten und meinem linken Ohr. Irgendwann hörte sie auf zu reden und sah mich erwartungsvoll an.

» ... wir haben Dokumente, die das beweisen. Wir sammeln seit über einem Jahr daran. Er macht das bestimmt auch mit Mädchen. Mädchen in dem Alter von Saskia und Manuela! Er benutzt sie einfach. Er ist ein Schwein!«

Sie war blass geworden, das Gesicht wütend verzerrt.

Ich holte tief Luft und setzte mich auf einen Stein. Ein dicker, schwarzer Käfer mühte sich unten durch das Gras, in dem meine Schuhe jetzt standen.

»Was heißt ›bestimmt auch mit Mädchen‹? Was heißt das?«

Sie antwortete nicht.

Ich hob den Kopf und sah sie an. »Man muss gut präpariert sein, wenn man solche Vorwürfe in die Welt setzt, glaub mir das. Was hat es mit der Entführung zu tun?«

»Was für eine Frage!« Sie kam aufgeregt näher und zerrte jetzt so sehr an ihren Haaren, dass ich sie ihr am liebsten aus den Händen genommen hätte.

»Da ist etwas schief gegangen. Alles würde auffliegen, wenn er jetzt nicht ...«

»Wenn er nicht was?« Ich stand auf. Ihre unerwachsene Aufgebrachtheit ging mir auf die Nerven. Dass sie mir auch vertraut war, machte es nicht besser. So hatte ich begonnen, über Vietnam zu schreiben. So hatte Kathy mich beim Frühstücken zusammengeboxt. Jetzt war ich es, die auf und ab ging. Als ich dann sprach, fühlte ich mich wie eine harsche Dozentin beim Lehrgang für Medienpraktikanten.

»Sich auf die Suche nach Wahrheit zu begeben ist ein ehrenwertes Anliegen. Aber unterwegs muss man einige Spielregeln beachten. Man sollte zum Beispiel nachweisen können, was man behauptet. Mit nachweisen meine ich: hieb- und stichfest, ohne Wenn und Aber. Dokumente, sagst du. Ich kenne deine Dokumente nicht, aber ich bin mir sicher, dass du nicht eines hast, mit dem du beweisen könntest, dass sich Saskia und Manuela auch nur in der Nähe deines ›Schweins‹ befanden. Habe ich recht?«

Sie schwieg zustimmend.

»Ich frage noch einmal: Was hat das mit der Entführung zu tun?«

»Wer spricht denn von einer Entführung?« Maria Stimme war leise geworden. Sie saß auf der Mauer und war immer noch blass, aber die Wut wich aus ihrem Gesicht. Sie sah angestrengt aus. Jetzt tat es mir beinahe leid, dass ich sie so auseinandernahm. Ich ging zu ihr, setzte mich neben sie. »Alle Zeitungen sprechen davon«, sagte ich. »Das Mädchen ist überfallen worden. Gewalt war im Spiel. Man hat ihre Tasche und Fetzen von ihrer Kleidung auf der Straße gefunden.«

»Aber bis jetzt sind bei den Bullen oder bei den Eltern keine Forderungen eingegangen.«

»Mein Gott, die ganze Sache ist erst vorgestern passiert!«

Maria hob störrisch den Kopf.

»Wir können ja wetten«, sagte sie. »Eins zu hundert, dass da nichts mehr kommt. Er will sie verschwinden lassen. Er will, dass sie nie wieder auftaucht.«

Ich seufzte.

»Was hast du eigentlich mit dem medizinischen Fachbereich zu tun?« fragte ich. »Aus Edwards Unizeiten erinnere ich mich, dass Studenten ihren Mund, wenn es nicht gerade um die große Politik geht, sehr brav fakultätenweise aufmachen.«

»Ich habe mal Medizin studiert. Zwei Semester lang. Ich war dort in einer studentischen Initiative für Patientenrechte.«

»Warum sitzt du jetzt nicht dort und debattierst über deinen Professor? Warum willst du mir das alles erzählen?«

Ich wollte das jetzt wirklich wissen, denn sie strengte mich an. Menschen im Stadium Marias verlangen absoluten Einsatz auf der Stelle. Die Zeit, die man braucht, um sich zu überlegen, was an dem, das sie erzählen, Hand und Fuß haben könnte, legen sie einem bereits als bürgerliche Feigheit aus. Ich guckte mir Maria von der Seite an und empfand die Frage nach ihren Kontakten zu anderen Studenten auf einmal als überflüssig. Sie kratzte mit den Fingernägeln in den Ritzen der Mauer, die Augen zu einem Schlitz zusammengezogen, den Mund fest verschlossen. Maria war spröde, in sich gekehrt und kantig – sie hatte es nicht einfach mit anderen Leuten.

»Die gehen immer nur halbe Wege.« Sie hackte frustriert den Stiefelabsatz ins Gras. »Sie machen Eingaben beim Fachbereichsrat oder blasen sich auf Vollversammlungen auf, aber sie bringen die Sache nicht auf den Punkt. Nach dem Physikum ist es mit den Medizinern und ihrem Einsatz sowieso vorbei. Und für den Fechner interessiert sich niemand so, wie er das verdient.«

»Fechner?«

Ich hätte mir sofort auf die Zunge beißen können.

»Sie sagen das so, als ob Sie ihn kennen!«

»Ich habe den Namen gelesen«, gestand ich ein. »Heute morgen. Ja, in einem Programmheft. Er hält morgen abend einen Vortrag.«

»Genau! Auf einem Symposium. Über ›Moderne Medizin und gesellschaftlicher Auftrag‹!« Maria wurde wieder wach. »Das ist sein Lieblingsthema. Er hat den Vortrag schon bestimmt zehnmal gehalten. Zweimal habe ich mir das angetan. Sie müssen zwischen den Zeilen zuhören, um mitzubekommen, welche Ziele er hat. Hören Sie sich den Vortrag an?«

Ich zuckte wenig überzeugend mit den Schultern. Natürlich hatte ich zu dem Symposium gewollt. Ich hatte auch in die Galerie und zur Autowerkstatt gewollt. Ich wollte schreiben, und damit ich das tun konnte – mich arbeitend in diesem zum Weglaufen schönen Städtchen über Wasser halten, bis ich bei Jennifer wieder aufkreuzen konnte – musste ich mir die Kulturwochen antun. Ich wollte auf das Symposium, aber ich wollte es nicht mit dieser Frau und ihren Obsessionen im Rücken tun. Doch es war schon zu spät.

»Gehen Sie zu dem Vortrag! Sehen Sie sich den Mann an! Er macht das ganz hervorragend, aber hören Sie genau hin, vor allem, wenn er an die Stelle kommt, wo –«

»Ich weiß noch nicht, ob ich gehen werde.«

»Doch, Sie gehen.« Sie stand auf.

»Woher willst du das so genau wissen?«

»Ich weiß es eben. Ich habe das im Gefühl.« Sie lächelte. Warum zum Teufel wusste sie das? Jetzt fing ich auch schon an, mit meinen grünen Absätzen im Gras zu scharren. Ich riss mich zusammen und stand auf.

Als hätte sie ein zuvor abgestecktes Ziel endlich erreicht, stand Maria auf und klopfte sich die Moosreste von der Hose. Wir ließen den verfallenen Kirchenleib hinter uns und tauchten in eine Wiese ein. Maria schritt mit langen Beinen vor mir her durch das Gras, eine Spur aus gebrochenen Halmen hinter sich lassend.

Im Auto sagte sie: »Sie haben angefangen, du zu mir zu sagen.«

»Habe ich? Das kannst du auch tun, wenn du das willst.«

»Danke.« Sie lächelte zufrieden. Aber ich wünschte auf einmal, ich hätte sie einfach auf dem Friedhof stehenlassen und nie wiedergesehen.

7. Kapitel

Er kramte das Schild »Bitte nicht stören« heraus und schloss sich in seinem Büro ein. Rückwärts gegen die Tür gelehnt, fuhr er in Gedanken die eisernen Ringe entlang, die sich im Laufe des Vormittags einer nach dem anderen um seinen Oberkörper gelegt hatten. Er stellte sie sich richtig als eiserne Ringe vor, glänzende Streifen aus unnachgiebigem, dunklem Metall. Das machte es einfacher hinzunehmen, dass er schon wieder kaum Luft bekam und sein Herz viel zu schnell schlug.

Hier in der Zeitung galt er als eigen, aber auch als verlässlich – ein Mann mit Grundsätzen. Manche schätzten ihn dafür. Seine Sekretärin, weil sie drei Kinder und eine pflegebedürftige Mutter und viel Moral hatte und er sie nie über Gebühr beanspruchte. Die ernsthafteren unter seinen Mitarbeitern, die nicht schon um elf Uhr morgens angetrunken und laut schwadronierend über Papierkörbe stolperten. Unfähig waren sie trotzdem. Der Verlag beobachtete ihn mit Skepsis. Mit ihm ließen sich die blutleeren Geschichten, die Stadt und Kreis hergaben, nicht zu den Monstrositäten aufpumpen, die das Konkurrenzblatt daraus machte. Das durfte sich darum auch über eine kontinuierlich steigende Käuferzahl freuen, während der blasse *Regionalanzeiger* eher der Pflicht halber von denen gelesen wurde, die sich für niveauvoller als den Durchschnitt hielten. Nur wegen der Universität setzten sie genug ab. Er war die zweite, vielleicht sogar die dritte Wahl als Chefredakteur gewesen, etwas anderes hatte er sich nie vorgemacht. Ein Mann der dritten Wahl für ein Erzeugnis dritter Wahl, das war schon in Ordnung. Immerhin hatte er es nach einem öffentlich zelebrierten Rausschmiss als Feuilletonchef des *Merkur* und zwei Jahren Arbeitslosigkeit mit Hilfe seines Tennisfreundes Rommbart, der nicht mehr mit ansehen wollte, wie er von morgens bis abends in seinem leeren Haus auf und ab tigerte, aus dem Stand auf diese Stelle gebracht. Er hätte nicht mehr zu erwarten gehabt. All die Missgriffe und Versagen, die er sich seit jenem Tag vor zweieinhalb Jahren hatte zuschulden kommen lassen, klebten an ihm wie eine unangenehme Ausdünstung, von der jeder sich abwandte, so schnell es ging. Seine Hände glitten an dem Schleiflack der Tür hinunter. Er drehte sich um, legte die Stirn gegen die kalte Oberfläche und holte tief Luft.

»Ich will das nicht«, flüsterte er.

Dann war es wieder still im Büro.

Was wollte er nicht?

Von draußen hörte man das gedämpfte Rattern des Tickers und das Piepen des Faxgerätes, das Murmeln seiner Leute, die telefonierten. Die Tür wurde feucht, wo sein Atem darüberstrich. Als er die Hand in die Jackentasche tat, um seine Zigaretten herauszuholen, knisterte der Briefumschlag, den er seit gestern mit sich umhertrug. Rasch zog er seine Hand davon zurück.

Diese Briefe waren mehr, als er ertragen konnte.

Er hatte am Samstag doch keine Entscheidung getroffen. Und am Sonntag nicht. Und am Montag nicht. Als die Volontärin vor einigen Tagen aufgeregt mit der Meldung vom Verschwinden des zweiten Mädchens durch die Redaktion lief, alle ihre Telefonhörer und Computertastaturen sein ließen und überrascht die Köpfe schüttelten, wusste er: jetzt!

Aber was jetzt?

Fast eine Woche hatte er schon verschwendet. Die Polizei fand von dem Mädchen keine Spur. Keine Forderungen, keine Erpresserbriefe, nichts dergleichen. Sie durchkämmten gerade die Drogenszene des ganzen Landkreises. Er presste die Lippen aufeinander. Er war ebenso unfähig wie seine Leute da draußen.

Er riss sich von der Tür los. Er vermischte schon wieder alles, Edith, seine neurotische Angst, andere Leute. Es geriet ihm schon wieder alles durcheinander. Er ging zum Schreibtisch, um sich eine Zigarette anzuzünden. Als er die Hand nach dem Feuerzeug ausstreckte, zitterte sie.

Wollte er denn immerzu ausweichen? Er würde jetzt den Brief aus der Jackentasche holen. Es kostete ihn Mühe, den Griff in die Jacke erneut zu tun. Mit Herzklopfen zog er den Brief hervor, entfaltete ihn und legte ihn auf die Schreibunterlage. Dann zog er die Schublade auf, nahm die anderen Briefe heraus, die er hilflos von zu Hause hierher verlegt hatte, faltete sie einen nach dem anderen ebenfalls auf und legte sie daneben. Da lagen sie nun alle. Neun Briefe. Mehrere wissenschaftliche Veröffentlichungen. Zwei Amtsschreiben. Drei Kurven auf Millimeterpapier. Eine Tabelle. Alles kopiert.

Er stand eine Zigarette lang vor den Briefen. Jeden Tag, den ganzen Tag lang bis zur Nacht, versuchte er zu verhindern, dass sich die grundsätzlichen Gedanken in sein Hirn schlichen. Aber jetzt ließ er sie kommen. Er war ihnen das schuldig.

Wem?

Edith?

Dem Briefeschreiber?

Dem Mädchen?

Er nahm den letzten Brief noch einmal zur Hand. Diese säuberliche, leicht nach links geneigte Handschrift, immer mit Füllhalter und ordentlichem Briefpapier. Den letzten Brief hatte er kaum noch gelesen. Sie unterschieden sich ja nicht voneinander. Aber jetzt fiel sein Blick auf einen Nachsatz, der mit einem Kreuzchen ganz unten auf dem Blatt angefügt worden war.

»Bitte verstehen Sie, dass ich u.U. persönlich mit Ihnen Kontakt aufnehmen muss, wenn sich auch dieses Mal nichts tut. Angesichts der jüngsten Ereignisse muss das wohl sein.«

Er erschrak. Damit hatte er nicht gerechnet. Persönlich Kontakt aufnehmen? Was sollte das heißen? Wollte der bei ihm vorbeikommen? Hier im Büro? Das ging nicht, ganz und gar ausgeschlossen. Nicht hier. Auch nicht woanders. Nirgendwo!

Er rannte zur Tür, zum Fenster, zum Schreibtisch zurück. Er musste das verhindern. Hätte er doch nur eher reagiert.

Jetzt musste er es versuchen! Damit es endlich Ruhe gab mit den Briefen. Der musste doch zufriedenzustellen und davon abzuhalten sein, hier aufzukreuzen und alles noch mehr durcheinanderzubringen. Was, wenn seine Leute davon erfuhren, oder, noch schlimmer, der Verlag? Meyer, Rommbart? Was, wenn er die Sensation des Jahres in seiner Schreibtischschublade hatte vergammeln lassen? Er schob die Briefe zur Seite, setzte sich, zerrte die Schreibmaschine unter dem Schreibtisch hervor. Ein Blatt Papier einspannen. Er tippte rasch ein Wort, ein zweites. Nein, so ging das nicht. Er riss das Blatt wieder heraus, steckte sich noch eine Zigarette an und sammelte seine Gedanken. Dann begann er etwas ruhiger noch einmal von vorn. Er müsste schreiben wie immer, als unterschiede sich dieser Moment nicht von den anderen, in denen er schrieb. Er müsste etwas aufs Papier bringen, das nur einer wirklich verstand: der Briefeschreiber, damit er endlich Ruhe gab. Für alle anderen müsste es wie einer seiner üblichen Kommentare aussehen, gesetzt, wie man das von ihm kannte, abwägend, hier und da mit aller Vorsicht nach Erklärungen suchend. Vielleicht etwas verklausuliert und schwer nachvollziehbar, das hielt man für literarisch. Zwischen seinen Zeilen aber würde er eine Botschaft anbringen. Eine Botschaft, die ihm endlich Ruhe verschaffte.

8. Kapitel

Am nächsten Abend warf ich mich tatsächlich in Schale und machte mich auf den Weg zum Saal des Bürgerhauses. Ich fand nur mit Mühe noch eine Nische auf dem Parkplatz davor. Anscheinend schickte ich mich an, dem wichtigsten kulturellen Ereignis des städtischen Abends beizuwohnen. Nun, nicht jede Stadt konnte London sein, und selbst das war nach Jahren des Thatcherismus und der Schrecken, die darauf folgten, auch nur noch ein trauriger Abklatsch seiner selbst. Gutgekleidete Menschen mit kleinen Ledertäschchen und leger über den Arm geworfenen Sommerjacken strömten mit mir zum breiten Eingangsportal. Auf den flachen Stufen einer mit dickem Teppichboden ausgelegten Treppe gelangten wir in den zweiten Stock, wo wir bei schweigsamen Frauen die Garderobe loswerden konnten, um uns in den Saal zu begeben. Pünktlich um 18 Uhr begann das Programm. Der Universitätspräsident, der Oberbürgermeister der französischen Partnerstadt, der Ehrenvorsitzende einer niederländischen Akademie der schönen Künste und ein Kammerorchester bestritten den ersten Teil, bis mir die Augen zufielen. Vage bekam ich mit, dass es um die Hochschule im Wandel der Zeiten, ein neues europäisches Verständnis für die Geisteswissenschaften und frühe Mozartsinfonien ging. Meine routinierte Hand schrieb automatisch den einen und anderen betonteren Wortfetzen in meinen Block. Endlich wurde die erste Pause eingeläutet, das Wettlaufen zum kalten Büffet ging los. Ich ergatterte ein mariniertes Hühnerbein, drei schinkenumrollte Spargelstangen und ein halbgefülltes Glas Sekt. Auf meinem Platz harrte ich der Dinge, die kommen sollten. Professor Dr. med. Georg Fechner war im Programm erst für 20 Uhr 30 ausgewiesen. Ich spuckte Spargelholz auf meinen edlen Teller, wartete ab und hatte dabei Zeit, darüber nachzudenken, warum ich hierhergekommen war. Weil ich es so vorgehabt hatte? Oder weil die dunklen Zellen in dem Moment, als Maria mir ihren Verdacht anvertraute, aufgehört hatten zu wachsen, als hätte ich wieder einen Halt in mir, wenn es etwas etwas gab, was ich tun konnte – und sei es nur, einem verrückten Verdacht hinterherzulaufen?

Ich weiß nicht, was ich erwartet hatte. Als Fechner zum

Rednerpult trat, und ich seine gediegen und seriös anmutende Erscheinung sah, merkte ich ganz plötzlich, wie sehr mich die Brutalität des Unfalls und Marias Geschichte schon auf ihre Seite gezogen hatten. Ich ärgerte mich darüber, so leicht beeinflussbar zu sein. Fechner stand ruhig am Pult und wartete, bis sich das Raunen im Saal legte. Dann begann er den Vortrag mit einer angenehmen, tiefen Stimme. Wenn er es wirklich schon zehnmal erzählt haben sollte, konnte ich ihm das nicht anmerken: Ohne aufgeregt zu wirken, legte er doch ein spürbares Interesse für sein Thema an den Tag, unterstrich seine Sätze mit runden, wie nach einer geheimen Choreographie in die Luft gemalten Gesten seiner Hände. Er führte Dias vor, kommentierte jedes mit einem nachdenklichen Lächeln. Er sah gut aus, ein glatt geschnittenes, klares Gesicht, groß, schlank und jünger, als er sein mochte. Seine grauen Schläfen zeigten, dass er die Fünfzig bald erreicht haben musste. Auf den Dias ging es um die globalen Probleme der Menschheit. Ein Müllberg, eine Autokolonne, ein einsam aussehender Mensch in einer Fußgängerzone. Dann ein schwarzes Hungerkind, zwei schwarze Hungerkinder, eine ganze Legion. Schnitt. Die Erde, der blaue Planet, fotografiert aus den Tiefen des Weltraums.

»Wir haben es fertiggebracht«, sagte er, »diesen Planeten an den Rand des Abgrunds zu wirtschaften. Zunehmendem Reichtum, Verschwendung und Umweltverschmutzung in den Industrienationen stehen Not und Elend in der Dritten Welt gegenüber. Die Kinder, die Sie vorhin sahen, leiden an Kwashiorkor, verursacht durch einen ständigen Mangel an Proteinen. Polyavitaminosen, Gewichtsverluste, Wachstumsstörungen und eine hohe Sterblichkeit sind die Folge. Meine Damen und Herren, diese Kinder können von Glück sagen, wenn sie einmal in ihrem Leben einen ausgebildeten Arzt zu Gesicht bekommen. Die meisten von ihnen werden jedoch vorher sterben.« Hier machte er eine effektvolle Pause, sah auf seine schwarzen Schuhe, vor denen er den Zeigestock leise auf und ab tanzen ließ. Im Publikum war jetzt kein Geräusch mehr zu hören. Er hob den Kopf, nickte dem unsichtbaren Mann am Diaprojektor für das nächste Bild zu. Es zeigte eine frohe, weiße Familie beim Frühlingsspaziergang.

»Hier in der Bundesrepublik liegt die durchschnittliche Lebenserwartung bei 75 Jahren. Vor hundert Jahren noch waren es nur 55 Jahre. Anders ausgedrückt: Etwa ein Drittel von Ihnen, meine Damen und Herren, hätte vor einem Jahrhundert schon nicht mehr unter uns gesessen. Sehen Sie sich in diesem Saal um, stellen Sie sich die ersten fünfzehn Sitzreihen leer vor – so hätte es vor hundert Jahren hier ausgesehen.«

Er lachte, als die Leute auf den vorderen Reihen anfingen, unsicher zu husten und herumzurutschen.

»Erschrecken Sie nicht. Sie sehen, die Sitzreihen sind bis auf den letzten Platz gefüllt, es scheint Ihnen gutzugehen. Woran liegt das? Warum haben wir so gute Chancen, ein hohes Alter zu erreichen?«

O doch, jetzt merkte ich ihm seine Routine an. Ich schloss mit mir eine Wette auf das nächste Dia ab, und selbstverständlich stellte es eine ernst und verantwortlich dreinblickende Krankenschwester bei der Begutachtung einer Reihe verschiedenfarbig getönter Teststreifen dar. Dann ein Arzt mit Kollegen und Studenten bei der Visite im Krankenhaus. Ein Forscherteam bei der gemeinsamen Diskussion eines enorm komplizierten Tafelbildes. Das war Routine vom Allerfeinsten, aber Fechners nachdrückliche Stimme machte es geradezu aufregend. Ich blickte mich im Saal um: Er hatte sie gepackt. Seine angenehme Stimme, die wohlüberlegten Pausen waren fast noch wichtiger als der Inhalt seines Vortrags. Er stand da, sah sein Publikum abwartend an, und es ließ sich im sanften Griff seiner Überzeugungskraft halten. Alles kam, wie es beruhigenderweise immer kam und kommen musste: Unsere moderne Medizin arbeitete am Wohl der ganzen Menschheit, hatte es aber in den Ländern des Südens schwer. Fehlende Infrastruktur, niedriger Bildungsstandard, vor allem aber eines: Menschen. Hier schaltete sich das Bild von der Kinderlegion noch einmal ein. Auf einmal waren sie nicht mehr dem Tode nahe, sondern ihrer sexuellen Reife, einer explodierenden Fruchtbarkeit, die den Erdball ins Verderben zu drücken drohte. Hier nun führte Fechner sein eigenes Fachgebiet ein. In aller Bescheidenheit nannte er sich einen von vielen, die sich der Problematik von Überbevölkerung und Verhütung widmeten. Er führte Namen berühmter Fachkollegen auf, verwies auf seine Vorgänger und Vorbilder und leitete erst dann über zu dem, was er forschte und plante und von dem ich wenig verstand. Obgleich er sich bemühte, uns seine Anti-Immun-Irgendwie-Substanzen so einfach und schlicht wie möglich zu erklären, blieben mir die Kurven und Grafiken auf der Leinwand doch rätselhaft. Ich legte Block und Kugelschreiber beiseite und versuchte, Marias Geschichte mit dieser Präsentation in Einklang zu bringen. Schwang Fanatismus in seiner Stimme, während er den Stock über die bunten Kurven streichen ließ? Hörte er sich besessen an, rücksichtslos, rastlos und überehrgeizig? *Wie* musste sich jemand anhören, dem ich zutrauen sollte, Marias ›Schwein‹ zu sein? Ich konnte, außer etwas Eitelkeit, nichts Auffälliges an ihm ausmachen. Und etwas Eitelkeit war nicht einmal auffällig. Ich bückte mich, schob mein Sektglas unter den Sitz vor mir und steckte den Schreibblock in meine Handtasche. Als ich mich wieder aufrichtete, war der Vortrag auch schon zu Ende. Das Publikum klatschte, Fechner verschwand von der Bühne, die Lichter gingen an, und die zweite Runde kaltes Büffet begann. Ich quetschte mich durch die Reihe in den Gang und mischte mich in den Pulk vor dem Sektausschank. Nach einer Ewigkeit wurde ich endlich bedient und rettete mein Sektglas halbwegs heil aus dem Andrang wieder hinaus. Auf einmal stand ich vor Fechner. Etwas an mir musste zum Lachen aussehen. Jedenfalls lachte er und rief etwas, das ich wegen all der Unterhaltungen ringsherum nicht verstehen konnte. Es fing mit ›Na ...‹ an, und das Wort ›Gläser‹

kam darin vor. Ich lachte zurück, nahm einen Schluck von meinem Sekt und trat auf ihn zu. Was ergriff mich hier gerade? Es war eine Laune, die Eingebung eines Augenblicks. Ich stellte mich neben ihn und sagte: »Herr Professor Fechner, ich habe schon viel von Ihnen gehört. Ihr Vortrag heute abend hat mich in meinen positiven Vorurteilen ganz und gar bestätigt – es war ein Erlebnis, Ihnen zuhören zu dürfen.«

O Gott! Aber er nahm das ganz locker auf, bedankte sich lächelnd und setzte hinzu: »Es ist immer etwas schwierig, vor einem Laienpublikum zu sprechen. Sehen Sie, das eigentlich Interessante an meiner Arbeit fängt ja erst dort an, wo ich eben aufgehört habe. Wir befinden uns gerade an einem Punkt des Durchbruchs, äußerster Gespanntheit. Die halbe Welt wartet sozusagen auf die Ergebnisse der nächsten Monate – oder neidet sie uns!« Er lachte wieder. »Aber das wäre leider hier nicht zu vermitteln gewesen.« Jetzt lachte auch ich noch einmal. Wir nahmen beide einen Schluck Sekt. Aus der Nähe merkte ich, wie groß er war. Nicht ganz so ein Hüne wie Edward und auch beileibe nicht so massiv, aber doch mindestens einen Kopf größer als ich, und das will bei mir etwas heißen. Er strömte den zurückhaltenden Duft eines teuren Männerparfüms aus.

»Wenn ich fragen darf«, nahm er die Unterhaltung wieder auf, »welches Interesse brachte Sie hierher heute abend?« Ich tastete innerlich nach der richtigen Antwort. Wenn ich nur selber wüsste, worauf ich hinauswollte.

»Ich bin Journalistin, und ähm ... ich will es Ihnen ganz ehrlich gestehen – mir lag tatsächlich vor allem an Ihrem Vortrag.«

Er zog die Augenbrauen zu einem Dankeschön hoch, sagte aber nichts, sondern nickte mir freundlich und auffordernd zu. So mochte er an gutgelaunten Tagen Prüfungen abnehmen. Mir wurde ein wenig heiß. Dann rang ich mich durch. Die schmale Schnur, die mich bislang noch zurückgehalten hatte, riss, und ich sagte:

»Ich bin Wissenschaftsjournalistin und nutze meinen

Aufenthalt hier, um mich ein wenig an den naturwissenschaftlichen Disziplinen der Universität umzusehen. Schließlich haben Sie hier einige Kapazitäten aufzuweisen. Ich arbeite für ... als Freie ... für den *New Scientist, Nature* und ... *Laboratory Network News.*« Den letzten Namen hatte ich erfunden. Was fiel mir noch ein? »Und einige kleinere Zeitschriften, Rundfunksendungen. Ich lebe in Großbritannien, wissen Sie.«

Ich versenkte meinen Mund in das Sektglas. Doch ich hätte mir keine Sorgen zu machen brauchen. Er ging wie ein lebensmüder Fisch an die Angel, ach, sie lieben uns eben alle, die Exponierfreudigen, die Hoch-hinaus-Woller. Da war er nicht anders als meine Kurzfilmregisseure und Kleinkünstler, mit denen ich sonst zu tun hatte. Er streckte seinen beachtlichen Körper noch ein wenig mehr in die Höhe und holte Luft, um etwas zu sagen. In dem Moment kamen zwei Männer von der Seite, nahmen ihn an der Schulter und drehten ihn unhöflich von mir weg. Ich verfluchte sie innerlich. Alle drei brachen in laute Wiedersehensfloskeln aus, dann wiesen die beiden auf eine Gruppe von Leuten weiter hinten und bedeuteten ihm, dorthin mitkommen zu sollen. Sie rissen ihn förmlich mit sich. Er drehte sich noch einmal um, machte eine Geste des Bedauerns, lachte und rief im Weggehen: »Kommen Sie doch einmal bei mir vorbei! Ich würde mich freuen, Sie in meinem Labor zu sehen! Vielleicht können wir ...« Er hob die Hand mit einem imaginären Telefonhörer zum Ohr. Dann war er weg, ein neuer Sektandrang schob sich zwischen uns.

Ich war eine der ersten, die gingen. Als sich die Türen des Saals hinter mir geschlossen hatten, war das Stimmengewirr nur noch als dumpfes Murmeln zu hören. Nach dem Sekt erschien mir der Teppichboden noch weicher als vorhin. Ich schwebte die Stufen hinunter und stellte dabei etwas fest, was mich erstaunte. Das Gefühl wurde noch stärker, als ich in die Abendluft hinaustrat. Es war schon fast dunkel. Ein letzter, violetter Lichtglanz wanderte über die Dächer der parkenden Autos. Ich griff an den Riemen der Tasche über meiner Schulter und ging zu meinem Austin. Langsam, aber nicht mehr müde.

Was immer bei diesem Theater herauskommen mochte – gerade jetzt hatte ich Gefallen daran. Mehr noch: Seit meiner Abfahrt von London fühlte ich mich zum ersten Mal lebendig. Mein innerlicher Absturz nach dem Unfall schien sich auf einmal ins Gegenteil zu verkehren. Ich würde Fechner auf den Zahn fühlen und etwas herausbekommen – oder auch nicht. Ich würde ihn unter die Lupe nehmen und etwas finden, etwas, das Marias wilde Anschuldigungen bestätigen würde. Oder etwas anderes. Oder auch nichts. Das war egal. Wie oft hatte ich schon Geschichten hinterherrecherchiert, die sich nach zwei hektischen Wochen in Luft aufgelöst hatten? Wichtig war, dass ich nicht einfach weiter still hier sitzen würde, in diesem Hotel, in dieser Stadt, auf Park- und Caféhausbänken. Ich würde nicht einfach mit ansehen, wie ein Mensch vor meinen Augen in den Tod gefahren wird, und nur Gin trinken und einem Mann nachts das Kopfkissen vollheulen. Ich würde arbeiten in dieser Stadt. Und es würde meine eigene Arbeit sein.

Die Nacht rächte sich mit eine paar fürchterlichen Alpträumen. Ich wälzte mich schweißgebadet hin und her, unfähig aufzuwachen, verfolgt von einer hysterisch kreischenden Maria, die mich an meinen Haaren durch bedrohliche Straßen schleifte, bis mir die Haare abfielen und zu einer schmutzigblonden Perücke in Marias Händen wurden. Ich griff mir auf den Kopf. Blank. Da war nichts mehr. Entsetzen packte mich. Jetzt hatte sich Maria auf einmal in Fechner verwandelt. Er trug ein Monokel, unter dem begutachtete er meine Haare. »Gute Qualität«, murmelte er. »Gute Qualität.« Ich stand fassungslos neben ihm, bat, bettelte um meine Haare, schrie ihn schließlich an und stampfte immer wieder mit dem Fuß auf die Erde, immer wieder ...

Jetzt wachte ich wirklich auf. Jemand klopfte an der Tür.

Es dauerte einen Moment, bis ich das begriff. Ich sah auf die Uhr. Es war noch nicht einmal acht. Es klopfte wieder, ungeduldig und laut. Ich stand auf, zog mir meinen Bademantel über und ging zur Tür. Am liebsten hätte ich sie gleich wieder zugemacht. Maria stand davor, breitbeinig wie ein Cowboy, ein Kaugummi im Mund, hellwach und nicht das geringste Zeichen von Einsicht in ihre Unhöflichkeit auf dem Gesicht. Sie trug ein weißes Männerhemd, bis fast zum Bauchnabel aufgeknöpft. Über ihrer Schulter hing der grüne Overall.

»Waren Sie da gestern abend?« Ihr Kaugummi quietschte. Schlaftrunken kramte ich in meinem Kopf nach einer passenden Entgegnung.

»Sie können ganz kurz antworten, einfach mit Ja oder Nein.«

»Ja.«

»Gut«, sagte sie, runzelte die Stirn, schüttelte ihre Haare ein bisschen und verzichtete zu ihrem eigenen Besten darauf, so etwas wie »Ich hab's ja gewusst« hinzuzusetzen. Aber sie blieb erwartungsvoll stehen.

»Wenn du einen Bericht willst, den musst du dir wann anders abholen. Außer einem Vortrag habe ich nichts gesehen.«

»Vielleicht können wir uns heute nach meiner Arbeit noch mal treffen? Und überlegen, wie wir weitermachen.«

»Heute nicht. Lieber Morgen«, winkte ich ab. Ich brauchte erst einmal Zeit, selbst darüber nachzudenken, wie ich mit Fechner weitermachen wollte.

Sie sah mir wohl an, dass in dieser Frage nicht zu diskutieren war, nickte ein halbherziges »in Ordnung« und schob ab. Vor dem Fahrstuhl drehte sie sich noch einmal um.

»Ich bin da«, sagte sie. »Morgen!«

»Ich weiß«, antwortete ich. »Ich habe nicht den Hauch eines Zweifels.«

Den Rest des Morgens verschlief ich traumlos und tief. Als ich zum zweiten Mal von einem Klopfen geweckt wurde, stand Til vor der Tür und hob sofort zu einem solchen Schwall von Entschuldigungen an, mich geweckt, gestört, aus dem Bett getrieben zu haben, dass ich Maria am liebsten daneben gestellt hätte, damit sie sich etwas abguckte. Bevor er seine Entschuldigungen wiederholen konnte, bat ich ihn herein. Er sah sich nach beiden Seiten um und kam dann schnell in mein Zimmer. Dort griff er in die Taschen seiner ausgewaschenen Jeans und beförderte zwei Kinokarten ans Licht.

»Was ist das?« Ich rieb mir die Augen. Ich hatte zu lange geschlafen.

»Zwei Tickets über den großen Teich. Das Schiff geht heute abend. Hat du Lust?«

»Sag bloß, du hast die Karten extra für uns besorgt!«

Er ließ sich von meinem unsanften Ton nicht abschrecken, zauberte ein charmantes Lächeln auf sein Gesicht, das er lange geübt haben musste. Dann ging er mit seiner Stimme ein paar weiche Ganztonschritte nach unten:

»Erstaunt dich das?«

Ich sah ihn mir an. Er trug wieder sein verdammt hübsches Hemd und irgend etwas im Haar, das es wie schwarzen Lack glänzen ließ. Dicke Strähnen fielen ihm in die Stirn, er guckte angestrengt schüchtern und auf Gefallen gepolt wie James Dean. Ich griff mir in meine Haare. Sie waren noch da, aber sie mussten fürchterlich aussehen.

»Was gibt's denn?« fragte ich.

»Heimatfilm – ›Alexis Sorbas‹«.

Ich seufzte. »Okay. Wann treffen wir uns?«

Er kam abends um halb neun mit seinem Motorrad und einem zweiten Helm vorgefahren – nicht vors Hotel, sondern vor den Eingang eines geschlossenen Museums in einer Seitenstraße, wohin ich mich hatte begeben müssen. Sein Motorrad war ein imposantes, giftgrünes Monstrum, auf dem Til sich ziemlich verloren ausmachte. Ich versagte mir den Wunsch, ihn zu fragen, ob er das Ding auch wirklich manövrieren könne, selbst wenn zwei Leute darauf säßen, ließ mir den Helm auf den Kopf drücken und platzierte mich auf den etwas höher gelegenen Rücksitz, von dem aus ich Til noch mehr überragte, als es unserer gemeinsamen Optik gutgetan hätte. Bevor wir losfuhren, griff er hinter sich, nahm meine Hände und legte sie sich um die Hüften. Mein Gott, wie alt waren wir? Achtzehn? Als wir uns dann in Bewegung setzten, merkte ich, dass seitdem doch einige Jahre vergangen sein mussten. Til fuhr langsam und ruhig, wollte mir nichts beweisen, und nach drei Minuten entspannte ich mich und versuchte, durch mein heruntergelassenes Visier etwas von der sonntäglichen Abendstimmung zu sehen. Häuser zogen vorbei, in den geteilten Fensterscheiben spiegelte sich die tiefstehende Sonne.

Ich war mit dem Tag zufrieden. Ich hatte mir die Zeitungen erspart, nachdem mir die Hotelputzfrau erzählt hatte, dass das Mädchen ohnehin noch nicht wieder aufgetaucht war. Ich war nicht auf einem Friedhof oder einer Parkbank oder in einem Café hängengeblieben, sondern hatte als erstes den Wagen zur Werkstatt gebracht und danach die Ausstellung besucht, denn schließlich musste ich auch Sturgis und seinem Auftrag an mich Genüge tun. Dort war ich mit einer jungen spanischen Künstlerin ins Gespräch gekommen, die ihre Bilder dort aushängte. Ihr Englisch war fürchterlich, aber was sie radebrechte, steckte voller Poesie, und wir redeten bestimmt drei Stunden miteinander, wobei mein Aufnahmegerät lief und mir eines der schönsten Interviews dieses Jahres aufzeichnete. Dann war ich zur Feier des Tages mit mir essen gegangen, griechisch, vielleicht in Vorfreude auf den Drogenkoch, der jetzt vor mir saß und dessen Hüften sich zwischen meinen Händen nicht schlecht anfühlten.

»Til«, rief ich nach vorne. »Glaubst du, dass du mir in ein paar Tagen genug medizinisches und biologisches Vokabular beibringen könntest, dass ich als Wissenschaftsjournalistin glaubwürdig wäre? Du kannst doch Biologie und Medizin, oder?«

»Was?« schrie er zurück. »Ich höre dich nicht!«

Ich beugte mich weiter vor und wiederholte meine Frage.

»Biologie und Medizin? Ja, haben wir im Grundstudium reichlich gehabt. Was willst du denn damit?«

»Wissenschaftsjournalistin!«

Er begriff mich nicht. Wir waren inzwischen auf der Landstraße zum Nachbarort, in dessen Kino es gehen sollte, und hatten ein ziemliches Tempo. Til drehte den Kopf halb zu mir um.

»Du bist Wissenschaftsjournalistin? Aber du hast mir doch erzählt, du schreibst über Kunstausstellungen und solche Sachen!«

Ich überlegte, diese unfruchtbare Kommunikation auf später zu verschieben. Aber ich wollte es wissen und schrie ihm mein Anliegen noch einmal auf den Helm. Jetzt fiel der Groschen. »Oh, ich glaube, dafür brauchst du schon mehr als ein paar Tage. Was willst du denn damit? Warum auf einmal Wissenschaft? Das ist trocken, glaub mir das!«

Während wir weiterfuhren, versuchte ich, ihm die Geschichte von Maria und dem Institut und dem Verdacht nach vorne zu schreien. Als wir im Nachbarort einliefen, war ich mit meiner Geschichte durch. Wir bogen von der Hauptstraße ab auf einen Parkplatz und blieben stehen. Til machte den Motor seines Monstrums aus, auf einmal war es ganz leise. Wir nahmen die Helme ab.

»Was hältst du davon?« fragte ich. Meine Stimme klang unnatürlich laut. Til bockte das Motorrad auf, schloss es ab und drehte sich dann zu mir um. Er schüttelte lächelnd den Kopf, streckte die Hände aus und strich mir die Haare zurecht.

»Wo hast du diese verrückte Frau denn aufgegabelt?« fragte er.

»Auf dem Friedhof.«

»Und du lässt dich auf die nächstbeste Geschichte so ein, dass du gleich Detektivin spielen willst?«

»Kann schon mal vorkommen, dass ich mich auf die

nächstbeste Geschichte einlasse.«

Er lachte. »Ich weiß das zu schätzen. Aber was die Mädchen angeht – vergiss es. Hier, ich hab dir was mitgebracht. Ich hab mir gedacht, das würde dich interessieren.«

Er zog eine zusammengefaltete Zeitungsseite aus der Innentasche seiner Lederjacke. Diese unseligen Zeitungen. Ich griff danach. Es war die heutige Front des Boulevardblattes. Es knallte in 5-Zentimeter-Buchstaben: *Eltern: »Unsere Kinder waren Drogenmädchen!«* Unterzeile: *Manuela von Dealern entführt?*

»Die Mädchen haben sich auf der Szene herumgetrieben«, sagte Til und zog sich die Jacke aus. »So was gibt's nämlich erstaunlicherweise bei uns auch. Nicht mit so netten Konzentrationshelferchen, wie ich sie mache. Sondern die richtig harten Dinger. Hätte man nicht meinen sollen. Die Mädchen sahen so nett und unschuldig aus.«

»Na und!«

Rief ich das? Dachte ich das?

»Was heißt das schon?!«

Was hieß das schon, gottverdammt, was konnte das schon heißen? Ich hatte mich lächerlich gemacht. Es ging um kein großes Thema, eine ganz normale, schmutzige kleine Drogengeschichte. Ich war hier, um über Weinfeste zu schreiben. Das war mein Beruf. Sonst nichts.

Ich zerknüllte das Blatt und warf es in den Dreck des Parkplatzes.

»Ich will ins Kino.«

Til legte seinen Arm um mich und zog mich zur Kinokasse. Dort drückte er mir ein Eis in die Hand, schob mich dann in eine Sitzreihe und ließ mich mit sicherem Gespür für Grenzen während des ganzen Films in Ruhe. Ich fühlte mich, als säße ich allein im dunklen Kinobauch, starrte auf die Leinwand, ließ die Bilder über meine Netzhaut flimmern, kam mir wie ausgelöscht vor.

9. Kapitel

Die Wände waren bis zu einer Höhe von zwei Metern weiß gekachelt. Danach kam ein kurzes verputztes Stück, darüber die niedrige Decke. Der Raum bestand aus zwei breiten, kurzen Gängen, die ein Kreuz bildeten. Jeder der Gänge maß zweieinhalb oder drei Meter, die in ein paar Schritten abgegangen waren. An den Seiten der Gänge standen Metallregale und plastikbeschichtete Tische, in die kleine Spülbecken eingelassen waren. Überall stapelten sich große Plastikbehälter mit unverständlichen Filzstiftaufschriften. Chemische Namen waren das, und in den Behältern gab es Pulver und Flüssigkeiten, die zum Teil widerlich rochen. Auch Daten fanden sich auf den Behältern. Sie waren alt – in den letzten drei Jahren war anscheinend keine neue Beschriftung dazu gekommen. An den Wänden gab es kein einziges Fenster, nur zwei Lichtschalter, mit denen man wahlweise die eine oder die andere Reihe von Neonlampen einschalten konnte. Und hinten links blies eine kleine Lüftungsklappe fortwährend frische Luft herein. Auf dem Fliesenboden lag die Matratze. Er hatte ihr einen Schlafsack und vorsorglich mehrere Decken darauf gelegt, hübsch zusammengelegt, als ob das hier ein Jugendherbergsaufenthalt werden sollte. Aber nach der ersten Nacht hatte sie begriffen warum: Es war empfindlich kalt hier drinnen, wie in einer Katakombe, einer Höhle unter der Erde, einem Grab. Die erste Nacht hatte sie sich nicht auf die Matratze gelegt. Sie hatte die Nacht mit Schreien verbracht, die ganze Nacht: hatte die Kachelwände angeschrien, die Plastiktische, die schwere Schiebetür aus Metall, hinter der das Schwein sie zurückgelassen hatte und jeden Tag wieder neu zurückließ. Mit einem schweren Krachen fiel diese Tür jedes Mal ins Schloss, rastete ein. Am ersten Abend war sie sofort hingelaufen, hatte dagegen getreten, mit den Fäusten an das glatte Metall ohne Schlüsselloch, ohne Schlüssel, ohne Klinke geschlagen und angefangen zu schreien, bis sie nicht mehr konnte. Völlig außer Atem hatte sie die Hände sinken lassen. Von draußen war nichts zu hören gewesen, nicht ein einziges beschissenes Geräusch. Dieses entsetzliche Metalltor schloss sie wie ein Sargdeckel von der Welt ab. Dann hatte sie Angst bekommen. Nicht wie die kurze, realistische Angst, wenn der Alte ausholte, um sie zu schlagen, und sie sich schnell bücken musste, damit er ihr Gesicht nicht traf. Nicht wie das Kreislaufstolpern, wenn der schmierige Sportlehrer sie im Grätschsprung über die Kasten zwingen wollte, wenn er sie anpfiff, anfeuerte, während sie auf den Kasten zulief, damit sie schneller lief, härter auf dem Sprungbrett aufkam, höher flog. Da stoppte sie sowieso in der letzten Sekunde ab, federte weich auf und kam auf dem letzten Drittel des Kastens zu sitzen, von wo Mr. Schmier sie mit einem anzüglichen Griff an die Hüften herunterzog. Am ersten Abend hier hatte eine unbeschreibliche Panik sie ergriffen, ein Horror, wie er in Alpträumen manchmal auftritt, wenn man in die Tiefe stürzt und mit Entsetzen bemerkt, dass man tatsächlich über den Abgrund hinaus gestolpert ist, dass es keinen Halt mehr gibt und man fällt, fällt, fällt ...

Jetzt war sie seit vier Tagen hier. Der Typ kam jeden Morgen und jeden Abend, um ihr etwas zu essen zu bringen. Daran und an der Datumsanzeige ihrer Uhr, für deren Batterie sie betete, konnte sie feststellen, welcher Tag gerade war. In der Katakombe gab es keinen Tag, keine Nacht. Nur Neonlicht an oder aus und die Kacheln. Heute war Sonntag. Heute wäre sie mit ein paar von den Leuten ins Kino gegangen, *Alexis Sorbas*, auf den sie alle standen. Der Film berührte irgend etwas in ihnen. Sie gingen jedes Mal hin, wenn er in einem Kino im Umkreis lief. Vorher rauchten sie was, Buddy und sein blasser Freund zogen sich auch mehr rein. Dazu kauften sie sich zwei, drei Sixpacks, und dann sorgten sie regelmäßig für Aufstand in den Kinos. Ob die anderen ohne sie gingen? Sie wanderte die beiden Gänge entlang, zwei Schritte geradeaus, links abbiegen, zwei Schritte bis zur Metalltür, umdrehen, sechs Schritte bis zur blanken Wand, umdrehen, zwei Schritte geradeaus. Sie streckte beide Arme zur Seite und ließ die Hände an den Metallregalen entlangrasseln. Was ihre Hände berührten, kippte um oder fiel laut polternd zu Boden. Später würde sie den ganzen Kram wieder aufheben. Sie hatte eine alphabetische Reihenfolge für die Plastikgefäße ersonnen, dann eine nach Größe. Heute würde sie vielleicht der Farbe nach sortieren. Jetzt fiel ein Glasgefäß. Es schepperte laut, aber wie durch ein Wunder ging es nicht kaputt. Sie bückte sich und hob es auf. Es hatte dicke Wände aus Glas. Sie war erleichtert. Sie hätte Angst gehabt, mit Glasscherben hier allein zu sein, Angst vor dem, was sie mit sich selbst würde anstellen können. Einen Moment lang formte sich eine Vision in ihr – aber nein. Später vielleicht. Wenn sie begriff, was hier los war. Sie stellte die seltsam geformte, dreieckige Flasche ins Regal zurück. Was würde der Typ mit ihr tun, wenn sie so etwas versuchte? Was würde er überhaupt mit ihr tun? Warum hielt er sie hier fest? Wer war er? Wo war sie? Was war da draußen hinter der Metalltür? Eine zweite Metalltür, ein zweiter, dritter, vierter Gang? Wie weit würde sie kommen, wenn sie schaffte, was sie schon mehr als einmal versucht hatte: den Typ zu überrumpeln und an ihm vorbei nach draußen zu laufen?

Sie war wieder vor der Wand angelangt, lehnte die Stirn dagegen und legte die Hände an die kalten Kacheln. Tränen schossen ihr in die Augen, tropften auf die Fliesen, auf ihre Schuhe, brannten auf ihrer Haut. So stand sie ein paar Minuten, in denen nur Trauer da war. Kein Verlies, kein Typ, keine Angst.

Saskia war tot, und sie fehlte ihr so, dass sie innen wie taub war davon.

Dann ging die Mühle im Kopf wieder los. Schon tausendmal hatte sie die Möglichkeiten, die ihr einfielen, durchgespielt. Ihr fielen nur nicht allzu viele Möglichkeiten ein.

Immer wieder umkreisten ihre Gedanken die Leute aus dem *Floyd*, aber dieser Ort hier schien mit nichts von denen etwas zu tun zu haben. Er schien überhaupt mit nichts etwas zu tun zu haben. Wenn sie sich in einem Keller wiedergefunden hätte, einem Verschlag irgendwo, einer Gartenlaube oder in einem Kleiderschrank, sicher, ja, das hätte der bleiche Freund mit seiner Gang tun können, um ihr Angst zu machen, um ihr zu zeigen, dass es keine Deals und keine Geschäfte und keine Kontakte mit anderen Leuten gab, die etwas zu verkaufen hatten. Saskia und sie waren naiv gewesen. Sie hatten sich von einem älteren Mann, den sie beide nicht kannten, überreden lassen, ein bisschen was weiterzuverkaufen. Warum nicht, hatten sie gedacht, unter der Hand, an dem Bleichen vorbei? Ihn führten seine Verkaufsgänge, bei denen etwas mehr die Hände wechselte als ein bisschen Shit, regelmäßig ins *Floyd*, so regelmäßig, dass man genau wusste, wann er kommen würde und wann nicht. Der ältere Mann schien in Ordnung zu sein, und Geld konnte man immer gebrauchen, fürs Rauchen, für Schuhe, fürs Kino. Warum also nicht verkaufen? Aber sie hatten die Szene unterschätzt. Buddy war so wütend geworden, wie sie ihn noch niemals gesehen hatten. Er tauchte auf einmal in der Mädchentoilette vom *Floyd* hinter ihnen auf, mit H vollgepumpt, taumelte mit gezogenem Klappmesser auf sie zu, drückte sie beide gegen das Waschbecken und warnte sie. Ein kurzes, brutales Zischen nur, zwei, drei abgehackte Sätze, aber die hatten gesessen. In der Tür hatte sein bleicher Freund gestanden, auf eine Art grinsend, dass ihnen das Blut in den Adern gefroren war. Danach hatten sie erst mal ein paar Wochen aufgehört zu verkaufen. Aber das Geld war zu verlockend gewesen. Der Mann versprach ihnen eine höhere Beteiligung, und Saskia wollte unbedingt im Sommer verreisen. Sie hatten sich vorgenommen, es dieses Mal eben geschickter anzustellen. War das der Fehler gewesen? War Saskia deswegen tot? Rannte sie sich deswegen den Kopf an dieser beschissenen Wand ein?

Plötzlich ging hinter ihr quietschend die Metalltür auf. Der Kerl mit dem Abendessen. Sie drehte sich nicht zu ihm um, aber sie war sich sicher, dass er wieder seine feige Kapuze trug. Ohne die kam er nie. Sie wollte ihn nicht sehen. Sie hasste ihn zu sehr, um ihn ansehen zu können. Seine schleichenden Bewegungen, mit denen er zweimal am Tag die Waschschüssel, in der Brötchen, Obst und Milch und manchmal Schokolade lagen, hereintrug und dann rasch auf den Boden stellte. Er hatte noch nie ein Wort mit ihr gesprochen, wahrscheinlich fürchtete er, sie könnte ihn an der Stimme erkennen. Also kannte sie ihn, war das nicht ein Beweis? Er machte den Mund nicht auf, obwohl sie sich gegen ihn geworfen und ihn angeschrien hatte, obwohl sie versucht hatte, ihn in den Bauch und die Eier zu treten und sich an ihm vorbei nach draußen zu drängen. Er hatte sie jedes Mal mit seinen sehnigen, durchtrainierten Armen in den Bullengriff genommen und einfach schachmatt gesetzt. Jetzt hörte, sie wie die Schüssel auf den Boden gesetzt wurde, der Eimer mit den Sägespänen hochgenommen, in den sie sich entleeren musste, ein neuer hingestellt, und er wieder ging. Rückwärts tat er das, da war sie sicher. Das tat er immer so, um sie voll unter Kontrolle zu haben.

Die Tür rasselte, er schob sie von außen zu, und sie fiel mit diesem entsetzlichen Krachen ins Schloss. Jetzt begann die Nacht, und sie war wieder allein.

Sie nahm die Stirn von den Kacheln und richtete sich auf. Ihre Haut tat weh. Die Tränen waren ihr bis unter das T-Shirt gelaufen, und das Salz brannte auf den wunden Stellen. Auch auf dem Rücken hatte sie hier einen großen Fleck bekommen, das hatte sie gestern mit Schrecken bemerkt. Sie fühlte sich auch wieder sehr schwindelig. Sie ging zur Matratze, setzte sich hin und schlang sich die Decken um die Schultern. Erfrieren lassen wollte er sie wenigstens nicht. Dann streckte sie die Hand aus und zog das Tablett ab, mit dem die Waschschüssel zugedeckt war. Dasselbe Essen wie sonst auch. Aber da lag noch etwas heute. Eine kleine, orangefarbene Tube. Zwischen den Äpfeln und der Tüte Milch. *Dermetholit* stand darauf. *Warum gab er ihr das*?

Sie griff danach. Alles ringsum schien ihr einen Moment lang noch stiller als sonst. Sie hätte jetzt hysterisch losschreien können. Ihr war danach: laut zu lachen, lachend zu schreien, schreiend gegen die Tür zu treten. Aber sie griff nach der Tube und rührte sich nicht. Hielt wie beim Rauchen die Luft in den Lungen und ließ sie dann langsam durch die Nase wieder hinaus. Dann fing sie an, ihre Faust mit der Tube darin auf die Matratze zu boxen, wieder und wieder, als ob sie gar nicht mehr aufhören könnte damit.

10. Kapitel

In der Nacht zum Montag wählte ich seit Monaten einmal wieder Eds Nummer. Ich ließ das Telefon lange klingeln, lauschte auf das knisternde und ferne, aber auch vertraute Düüt-düüt der britischen Post, zehn- oder fünfzehnmal, aber niemand hob ab. Dann legte ich mich auf mein Bett zurück, starrte in das dunkle Zimmer und stellte mir sein Haus am Meer vor. Vielleicht regnete es an seiner kornischen Küste. Vielleicht lief er an den Klippen entlang, das tut er manchmal in der Nacht: läuft in einem großen, schwarzen Regencape die steinigen Wege an den Felshängen entlang, wenn es so stockdunkel ist, dass man die Hand vor Augen nicht sieht. Das Meer brandet unten gegen die Kliffs, man hört es donnern, riecht das Salz, wird von Nebel und Regen durch- und durchgeweicht. Kathy und ich verbrachten früher oft unsere Ferien bei ihm, da habe ich ihn ein paarmal bei seinen nächtlichen Ausflügen begleitet. Ich bin vor Angst fast gestorben dabei. Ich fürchtete jeden Augenblick, in der Finsternis abzustürzen, und machte mir, anders als Ed, Sorgen um unsere Tochter, die als Vollwaise zurückbliebe, wenn es uns beide träfe. Edward jedoch lief in riesigen Schritten vor mir her, sprach nichts, machte keine Pause, nahm keine Rücksicht auf mich. Sein Cape knallte und knatterte im Wind, seine langen, grauen Haare flogen auf und ab. Ich wusste, dass er solche Nächte brauchte, um sein verrücktes Gehirn von den rohen Naturgewalten durchpusten zu lassen, damit er sich am nächsten Tag mit frischer Kraft und neuen Ideen auf seine Skulpturen werfen konnte.

Ich lag in meinem Hotelzimmer und beneidete Ed um seinen Regen und sein tobendes Meer.

Dann rollte ich mich noch einmal zum Telefon und rief Jennifer an. Sie hob sofort ab, im Hintergrund hörte ich Partylärm und Musik. Jenny hatte den Mund voller Essen, prustete in die Leitung und rief gleichzeitig nach hinten, jemand solle die Musik leiser machen. Ich sagte nicht einmal meinen Namen. Ich legte den Finger auf die Gabel, und es machte klick.

Es war halb zwei, aber ich konnte nicht schlafen. So wenig wie in der Nacht nach dem Kinobesuch, die ich zu Tilemachos' Enttäuschung wieder nicht mit ihm hatte verbringen mögen. So wenig wie gestern nach einem Tag, an dem ich ohne Pause für meinen Artikel gearbeitet hatte. Eine andere Ausstellung, ein anderes Interview, ein abendliches Konzert mit filigranen, zum Sterben schönen Kompositionen aus den baltischen Ländern. Auch heute hatte ich wie besessen gearbeitet, war durch die Kulturwochen gelaufen, hatte mitgeschrieben, mitgeschnitten, meinen Kopf ganz und gar darauf ausgerichtet, Informationen und Beobachtungen zu sammeln, damit dieser Kopf ja nicht anfing, sich lustig zu machen über meinen lächerlichen Beinahe-Aufbruch in die Welt der sozial engagierten Kriminalistik.

Maria war nicht wieder aufgetaucht. Ich fand, sie hätte sich ruhig ein letztes Mal blicken lassen können, schließlich hatte sie mich mit ihren Geschichten bis hin zu Alpträumen auf Trab gehalten. Jetzt hatte ich keine Alpträume mehr. Ich fühlte mich wie ein leeres Blatt Papier: flach, zweidimensional, ohne Tiefe.

Die Drogen gingen mich nichts an. Das sollten andere unter sich ausmachen. Mit dem Selbstzerstörungsdrang anderer Leute wollte ich nichts zu tun haben.

Ich stand auf, ließ mir ein Glas Leitungswasser ein, ging zum Fenster. Die Stadt schlief. Die Straße wurde nur von ein paar schummerigen Laternen erleuchtet. Auf der anderen Seite ging ein orangefarbenes Drogeriezeichen an und aus. Alle Fenster waren zugezogen und dunkel. Ich setzte mich an den Tisch, machte das Licht an, klappte meine Reiseschreibmaschine auf und setzte mir den Kopfhörer des Aufnahmegerätes auf die Ohren. Dann begann ich, das Interview mit Eliza Parajon, der spanischen Malerin, weiter abzutippen, bemüht, die Tasten leise anzuschlagen, immerhin war es mitten in der Nacht. Ihre rauhe Stimme beruhigte mich. Sie machte viele Pausen, suchte nach englischen Begriffen, die, wenn sie sie fand, immer ein wenig danebenlagen. Man hörte, wie sie den Rauch ihrer Zigaretten genussvoll vor sich hin blies und wie sie bei jedem Lachen leise gurgelte. Sie sprach gerade darüber, was die Liebe für ihre Bilder bedeutete. Ich lehnte mich zurück, schloss die Augen und hörte ihr noch einmal zu.

»Love«, sagte sie, wobei sie das O wie ein halbes U aussprach und so in die Länge zog, als wollte sie sich nicht davon trennen, »luuouve is for me the most important. There no life without, don't you think, no need to paint or do anything. I have many argument to do art. First of all money«, sie lachte, »second it's the only I am able to do. Third I want to be a part of this movement I can feel inside. I long think about this movement. As a child always, I ask myself: ›What is this? I don't like my parents, my teachers is horrible, I fight with my sisters all the time, but I feel this something inside of me, which is all me, but also very much more than me.‹«

Sie machte eine Pause, rauchte. »When I was ten I then try call it God. I thought, that's it, right? This must be God inside. God's love for me. But then I decide, no, that's too small, God is too small. He is an old man sit up there in the sky, maybe loves me, but what I feel is more. Not a person. Is the middle of all together, is where all meet, what everything share. Maybe for that reason I use so much blue in the pictures. Blue is colour we share. Blue is like deep heart of everything, don't you think?«

Ich hörte mich lachen. Wir standen auf, im Mikrofon krachte es, unsere Schuhe auf dem Parkettboden der Galerie. Eliza schritt die Bilder ab, und ich lief neben ihr her.

»Look here, you see just many colour, and between you see big, black stroke. But now if you go two or three steps back«, wir traten einige Schritte zurück, »the stroke come together and make big animal. I don't know what kind is, maybe like a big horse, yah? The horse is in the middle of all the colour, the colour is in the middle of the horse. The colour become different colour because the horse is there with his stroke, but the horse become to have life because of the colour. That for me is love: you cannot separate. One lives because the other. You don't have to make effort: oh, I have so much to do, I have so much to love, love is so much work. No. Love just is the continuation between the things, the link. It is always already there, don't you believe?«

Ich muss wohl etwas skeptisch geguckt haben. Jedenfalls gurgelte sie jetzt noch einmal laut und freundlich mit ihren Stimmbändern und führte mich zu einem anderen Bild. »You think this is more like real world, right? These people fighting, look, someone dead here, and someone kill another person here. And here another animal with blood come out of his nose. All red, little blue. All violence. Yes, I know there is, very much, everey day, outside and inside of us. But these people, they don't look happy, yah? They look like away from the world, the faces like stone, the hands like dead metal, the heart, you see, is a big red piece of flesh without shape.

These people is away from their own heart and their own life. They is the most lonely people you can believe. Is that not a proof? Look, I have given them a little blue spot into their heads. The spot is their longing. They know something was there and they want to come back to it.«

Ich drückte die Pausentaste und legte mir die Hände an den Kopf, stellte mir den blauen Punkt vor, den Eliza in unseren Köpfen gesehen hatte.

Das Bild mit den Mördern hatte mich tief getroffen, als ich das erste Mal durch die Ausstellung ging. Es war tatsächlich voller Gewalt, breitete auf der Leinwand mit schrägen Farben und fahrigen Strichen eine ganze Armee sich prügelnder, stechender, sterbender Menschen, Tiere und Alptraumwesen aus. Aber in den Wesen und, für sie unsichtbar, um sie herum spielte sich ein zweites Bild ab: Symbole und Pfeile waren in die Luft und auf dem Boden gezeichnet. Blasse, schützende Hände legten sich um die Menschen. Die blauen Punkte leuchteten aus den Köpfen wie ein geheimes Versprechen. Sie machten aus der Armee der Mörder die rätselhafte Zusammenkunft suchender Innenleben.

Ich nahm den Kopfhörer ab und klappte die Schreibmaschine zu. Wenn ich mir das Rauchen nicht abgewöhnt hätte, jetzt hätte ich gern geraucht. Ich hätte den blauen Dunst an die Zimmerdecke geblasen, so wie Eliza, und mit dem Punkt in mir Kontakt aufgenommen. Ich musste lächeln über ihr Bekenntnis zur Liebe. Es hatte so überzeugt geklungen, so ohne jeden Zweifel. Und auf einmal bekam ich das Gefühl, dass die Dinge in Ordnung kommen würden, so oder so, auf irgendeine Weise. Vielleicht würde ich morgen abreisen, oder übermorgen. Ich würde Jenny das irgendwie erklären. Ich musste nicht ausharren, wo es mir nicht gefiel. Die Vorstellung, nicht mehr ausharren zu müssen, machte mich sofort müde. Die Anspannung der letzten Tage fiel von mir ab und ließ einen ganz und gar erschöpften Körper zurück. Ich schaltete das Licht aus, kam gerade noch bis zum Bett, aber schaffte es schon nicht mehr, mir die Strümpfe aus- oder die Decke überzuziehen. Angezogen rollte ich mich zusammen und schlief sofort ein.

Am nächsten Morgen packte ich, als ob ich das in der Nacht so mit mir ausgemacht hätte. Es gab keinen Augenblick Zögern: Ich stand auf, zog meinen Koffer unter dem Schrank hervor, warf meine Sachen hinein, telefonierte zur Rezeption hinunter, dass das Zimmer frei werden würde, frühstückte kurz und trug Koffer und Taschen zum Straßenrand. Dort fiel mir endlich ein, dass mein Wagen weder erlaubter- noch unerlaubterweise in der Nähe des Hotels herumstand, sondern sich noch immer in der Werkstatt befand, von wo ich ihn heute nachmittag erst abholen sollte. Ich trug meine Gerätschaften wieder ins Hotelfoyer zurück und beschloss, die Zeit zu nutzen, um mich zu verabschieden. Ich überlegte kurz, bei wem, und entschied mich dann für Til. Er hatte heute seinen freien Tag und war bestimmt in seiner schmucken Wohnung dabei, den Morgen zu verschlafen. Erst als ich den Finger auf die Klingel neben seiner Wohnungstür drückte, erinnerte ich mich wieder an das schemenhafte Paar in der Gasse neulich. Aber da war es schon zu spät: Es machte ding-dong, Tils Stimme sagte »Einen Moment bitte«, und dann von nahe hinter der Tür »Wer ist denn da?«, ich sagte »Ich« und Til »Oh« und öffnete langsam und mit betretenem Gesicht die Tür.

Ich bin eine höfliche Frau, selbst in Krisenzeiten. Ich machte es kurz, erklärte ihm, dass ich abreisen wollte, und ließ mir eine gute Fahrt wünschen.

»Helen!« rief er leise, als ich die Treppen schon wieder hinunterging. Ich drehte mich um.

»Ja?«

»Es tut mir leid. Willst du mir nicht deine Adresse hierlassen?«

Selbst das tat ich, unwillig, mich auf eine Diskussion einzulassen. Fummelte nach einer Visitenkarte in einer meiner Jackentaschen, und Til war sichtlich erleichtert, dass er für seine Geste nicht noch einmal in seine Wohnung gehen und Stift und Papier besorgen musste. Er verstaute die Karte in seinem Bademantel, und sein Profilächeln war nur ein schwacher Abglanz dessen, was er vermochte. Unten auf der Straße versuchte ich, den verunglückten Abschied von mir abzuschütteln. Welche Lüge mochte er der Frau in seinem Bett erzählt haben?

Am frühen Nachmittag hörte ich auf, im Foyer herumzulungern und marschierte zur Werkstatt. Die Rechnung war horrend. Ich stellte zwei Schecks aus für einen Austin, der wenig anders aussah als vorher und auch beim Anlassen kaum weniger röhrte und spuckte. Ich fragte die Mechaniker, ob sie sicher wären, an meinem Auto etwas getan zu haben, und sie setzten über der geöffneten Motorhaube zu einem umständlichen Vortrag an, wiesen mit den Schraubenziehern hier- und dorthin, bis ich mich geschlagen gab und wegfuhr.

Wenig später hatte ich mein Gepäck eingeladen und fuhr Richtung Autobahn aus der Stadt. Ich war froh, als die ersten großen Schilder auftauchten. Ich blinkte, ordnete mich ein, bog ab.

In der Auffahrt stand eine junge Frau.

Ich brauchte nicht lange, um sie zu erkennen. Sie stand still am Straßenrand, ließ die Wagen vor mir an sich vorbeirauschen. Erst als sie mich erkannte, machte sie einen Schritt nach vorn. Sie gestikulierte nicht, sie winkte nicht. Es war nur ein kleiner Schritt. Ich hätte ihn übersehen können. Nichts zwang mich anzuhalten, zu warten, bis sie einstieg, auf der nächsten Abfahrt die Autobahn wieder zu verlassen und den Weg zurück zur Stadt zu nehmen. Aber ich tat es. Vielleicht, weil ich die ganze Zeit geahnt hatte, dass ich aus all dem doch nicht so leicht herauskommen konnte. Vielleicht weil mir ihre Verbissenheit gefiel. Vielleicht auch, weil in ihren vorsichtigen Schritt dennoch eine Frage lag, eine Freiwilligkeit, die sie für mich offen gelassen hatte.

Später stellte sich heraus, dass sie einen Taxifahrer auf einer Abkürzung an diese Stelle gejagt hatte. Sie hatte nicht einmal genug Geld dabei gehabt, um ihn zu bezahlen, und es tatsächlich geschafft, ihn von ihrem Anliegen so wortreich zu überzeugen, dass er auf den Rest verzichtete.

»Was hast du ihm erzählt?«

»Drama. Es ginge um Leben, Liebe und Tod. Er kam aus Palermo, er verstand mich.«

»Und worum geht es?«

»Hier!« Sie knallte mir einen Packen Papier auf den Schoß, der mir fast unter dem Lenkrad hindurch auf den Boden rutschte beim Fahren. Ich balancierte ihn mit den Knien aus und fuhr gleichzeitig an den Straßenrand, um zu halten.

»Was ist das?«

»Das sind meine Unterlagen. Die Dokumente, von denen ich erzählt habe. Ich finde jetzt doch, Sie sollten sich das ansehen. Aber lesen Sie erst das, was obendrauf liegt.«

»Ich dachte, wir wären zum Du übergegangen.«

»Lies es!«

Da lag der *Regionalanzeiger.* Was konnte er uns bieten?

»Seite fünf, der Kommentar«, sagte Maria.

Ich schlug die Seite fünf auf und suchte einen Moment. Dann fand ich den vierzigzeiligen Text unten links unter der Rubrik *Unsere Meinung*.

Als ich fertig gelesen hatte, ließ ich die Zeitung sinken, kurbelte das Fenster hinunter und blickte aus dem stickigen Auto auf die Umgebung. Wir standen in einem Villenviertel am Stadtrand halb im Schatten einer großen Linde. Die Straße war menschenleer. Einen Augenblick fühlte ich mich in diesem Touch von Noblesse wie in dem Londoner Stadtteil Mayfair.

»Was sagst du dazu?« fragte Maria. »Ist es nicht genau das, was ich –«

»Ja.« Ich wunderte mich über meine Stimme. Sie klang leise und unüberzeugt, dabei empfand ich das genaue Gegenteil. Ich versuchte, meine Gefühle zu sortieren. Ja, es war genau das, was Maria mir andrehen wollte. Dieselbe Geschichte, derselbe Verdacht, wenn auch so elegant verschlüsselt, dass ich mich fragte, wer außer uns diese nebulösen Andeutungen sonst noch verstehen sollte. Ich biss mir auf die Unterlippe. Der Kidnapper, er wäre der einzige. Wahrscheinlich war es genau das, worauf der Kommentarschreiber es abgesehen hatte. Ich besah mir seinen Namen. ›Karl König‹ stand da. Ein Pseudonym? Ich blätterte nach dem Impressum. Karl König tauchte nicht auf. Maria saß neben mir und sah mir zu. Es war gut, dass sie den Mund hielt, denn da war noch etwas, was mich unruhig machte, und ich brauchte noch ein paar Sekunden, um zu begreifen, was. Die Art, wie er schrieb? Tastende Sätze, die trotzdem direkt waren; ein verhaltener Ton, unter dem sich doch eine irritierende Drohung bewegte. Schrieb er so wie ich? Wie ich früher geschrieben hatte? Wie ich gerne wieder würde schreiben können?

Das Gefühl, etwas mit diesen Sätzen zu tun zu haben, war so unausweichlich und dicht, dass ich die Autotür aufreißen und aussteigen musste. Ich lief ein bisschen vom Auto weg die Straße entlang, bis ich wieder einen ruhigeren Kopf hatte und zu einer Maria zurückkehren konnte, die offensichtlich nicht ganz nachzuvollziehen vermochte, was in mir vorging, aber gewillt war, das abzuwarten, damit die Arbeit anfangen konnte. Sie sah heute richtig hübsch aus, hatte ihre Männerhemden gegen ein seltsam weiblich wirkendes, ärmelloses rotes Tuch getauscht, das sie um sich geschlungen trug. Die dunkelblonden Haare waren zu einem Zopf nach hinten gebunden. Sie drehte sich eine Zigarette und sah mich über ihr Feuerzeug hinweg erwartungsvoll an.

»Wer garantiert mir, dass der – wer immer es geschrieben hat – seine Informationen nicht von dir bezieht?« fragte ich.

»Was soll denn das?!« brauste sie auf. »Karl König, ich weiß nicht mal, wer das ist!«

»Schon gut«. Ich winkte ab und dachte nach. Maria machte einen durch und durch unseriösen Eindruck. Was hätte das für ein Zeitungsmensch sein wollen, der sich auf ihre Informationen verließ? Nein. Da musste recherchiert worden sein. Ich fragte mich nur, warum sich die Redaktion dann nicht dazu entschlossen hatte, einen ordentlichen Beitrag zu dem Thema zu bringen. Um das Mädchen nicht in Gefahr zu bringen? Ich atmete tief durch und wandte mich wieder Maria zu.

»Ich will auf keinen Fall zurück in dieses triste Hotel. Ich brauche eine andere Umgebung, um diese Dokumente durchzusehen und zu überlegen, was ich tun könnte.«

»Wir.«

»Wir?«

»Was *wir* tun könnten.«

»Schon gut, was *wir* tun könnten. « Ich zögerte einen Moment. »Kannst du mich irgendwo unterbringen?«

11. Kapitel

»›Das Immunsystem stellt ein Organ der Wirbeltiere dar. Es besteht aus Zellen, die durch ihren Differenzierungszustand und durch ihre spezifische Funktion eindeutig charakterisiert sind. Es unterscheidet sich von andere Organen darin, dass es nicht an einer Stelle des Körpers lokalisiert, sondern über den ganzen Organismus verstreut ist. Zwar gibt es Zentren – Knochenmark, Thymus, Milz, Lymphknoten –, aber Zellen des Immunsystems zirkulieren ständig durch die Blutgefäße und durch die Lymphbahnen. An praktisch jedem Ort des Körpers können sie gegen Infektionen ...‹ kommst du mit, Helen?«

Til und ich lagen auf dem Bett meiner neuen Unterkunft, die Sonne schien durch beide Fenster. Til fuhr mir mit der Hand durchs Haar, ich fühlte unter meinem Kopf sein Herz schlagen und versuchte, mich von beidem nicht ablenken zu lassen.

»Ein *flüssiges* Organ? Meinen sie das?«

»Auch das Blut gilt als Organ, wusstest du das nicht? Die Gesamtheit aller Blutzellen arbeitet spezifisch und sehr koordiniert zusammen.«

»Und das Immunsystem ist dann ein Unterorgan des Blutes? O Til, jetzt wollen sie uns aber verwirren, denkst du nicht?«

Wir hatten seit fünf Stunden nichts anderes getan, als aus Biologie-Lehrbüchern zu lesen, damit ich die allergrundlegendsten Grundlagen begriff. Dass alles Leben aus Zellen besteht, hatte ich meinem Allgemeinwissen gerade noch entreißen können. Dass diese Zellen gerade einmal eine Länge von einem Hundertstel Millimeter haben sollten – I couldn't care less. Aber unvorstellbar war mir, dass die Winzigkeit einer einzigen Zelle vollgepackt sein sollte mit Substrukturen, Röhrensystemen, in denen wie in Pipelines Stoffe hin- und hergeschickt wurden, kleinen, knotigen Körperchen, ›Mitochondrien‹ und ›Chloroplasten‹, die als Kraftwerke arbeiteten oder das Sonnenlicht einfingen und zu Zucker umwandelten. Ihre Vorläufer, behauptete Til, seien vor Jahrmillionen als Bakterien in unsere frisch von der Evolution erfundenen höheren Zellen eingewandert. Nun würden sie als ›Endosymbionten‹ Stoffwechseldienste leisten und dabei vom Schutz unserer Zellmembranen profitieren. »Das hat eine Frau herausgefunden«, sagte er tröstend dazu. Alle möglichen Sorten von Tröpfchen und Bläschen und Vesikeln nahmen am inneren Leben der Zellen teil, wurden von Plasmaströmen bewegt – und das war auch schon, was mir, weibliche Entdeckerinnen hin oder her, am leichtesten ins Gedächtnis ging: Das Wort – *Plasmaströme.*

Til fühlte sich gut, obwohl ich ihn so schmählich mehrfach abgewiesen hatte. Seine Reaktion war derart unbeleidigt gewesen, dass ich nicht wusste, ob ich Respekt für oder Widerwillen gegen ihn empfinden sollte. Nun jedoch würde er mich ein paar Tage für sich haben – wenn Maria nicht ständig aufkreuzte, wenn er nicht doch arbeiten musste, wenn seine Freundin nicht nach ihm verlangte. Evelin hieß sie, das hatte ich inzwischen herausgefunden. Evelin, 26, Pharmaziestudentin wie er, mit Eltern, die eine Goldgrube von Apotheke in der Stadtmitte ihr eigen nannten, und mit unerschütterlichen Heiratsabsichten, was Til betraf. Ihre Familie sah die Verbindung wohl eher kritisch, aber Evelin zweifelte nicht an ihrer Wahl, während Til nicht wusste, ob er Evelin wollte oder nicht. Aber da Evelin sich bereits in emsigen Heiratsvorbereitungen erging, würde es wohl so geschehen. Ich hatte versucht, Til klarzumachen, was ich für gute, mittelgute und denkbar schlechte Voraussetzungen für eine Ehe hielt, aber er hatte mich nur ausgelacht. Er spekulierte auf ein bequemes Apothekenbesitzerleben, und er war mir nicht nah genug, als dass ich ihm groß dazwischenfahren wollte. Außerdem war es genau diese Ungezwungenheit, die mir an ihm gefiel. Er war jemand der versuchte, sich das Leben einfach zu machen. Und, verdammt, ich hätte nicht behaupten können, dass meine komplizierte Art so viel besser war.

Maria hatte mich mit der mürrischen Einwilligung ihres dicken Gärtneronkels in einer uralten und baufälligen, aber wunderschön moosbewachsenen Laube auf dem Friedhof untergebracht. Das Ding war wohl einmal ein Geräteschuppen gewesen, bis der Onkel es ausgebaut hatte. Es verfügte über ein Zimmer mit Kochgelegenheit und dünnmatratzigem Bett, eine Toilette und ein rostiges Metallwaschbecken.

Hier wollte ich mir mit Tils Hilfe in der kürzestmöglichen Zeit größtmögliches Wissen einverleiben, damit ich halbwegs überzeugend bei Fechner anrufen und mich in sein Labor einladen konnte. Maria hatte währenddessen die Aufgabe übernommen, den Kommentarschreiber ausfindig zu machen. Mir schwirrte der Kopf von den Seltsamkeiten, die in unseren Körpern zugegen waren, damit wir leben konnten. Tilemachos küsste mich, als wollte er beweisen, dass die biologisch-animalische Seite dieses Lebens noch immer die machtvollste Kraft darstellt. Ich griff seine Schultern und hielt ihn von mir weg.

»Was will Fechner mit diesem Immunsystem anstellen?«

»Er will, soweit ich das verstanden habe, ein Verhütungsmittel entwickeln, das über das Immunsystem funktioniert.« Til ließ ergeben von seinen Zärtlichkeiten ab und kramte aus Marias Unterlagen ein paar Papiere hervor. Ich beobachtete seine Hände und merkte, wie sehr es an der Zeit gewesen war, jemanden an meine Haut zu lassen.

»Warum lächelst du?« fragte er, als er hochsah. Ich schüttelte nur den Kopf und legte den Finger an die Lippen. Er schob sich das Haar zurück und lächelte auch. Er sah so jung aus.

»Hier sind zwei seiner wissenschaftlichen Arbeiten.« Til wurde wieder ernst. »Es geht darum, ich lese vor, ›eine aktive Immunisierung gegen das Oberflächenprotein Fsp-III von Syncytiotrophoblasten zu induzieren‹.« Er kam glücklicherweise von selbst auf die Idee, eine Pause zu machen, sah sich mein Gesicht an und begann gleich noch einmal von vorn.

»Das Immunsystem ist dazu da, Fremdstoffe, die in den Körper eingedrungen sind, zu erkennen und unschädlich zu machen, richtig?«

»Längst verstanden. Weiter.«

»Die Pille – nimmst du eigentlich die Pille? –, die Pille greift in den Hormonzyklus der Frau ein, so dass es nicht mehr zum Eisprung kommt und damit nicht zur Schwangerschaft. Allerdings kriegen die Frauen Depressionen davon und werden dick und unansehnlich.«

»Wie meinst du das - ›nimmst du die Pille‹?«

Er überhörte mich lächelnd. Ein Punkt für ihn.

»Außerdem müssen sie jeden Tag eine Tablette schlucken, und manchmal vergessen sie das. Wie wäre es also, denken sich Wissenschaftler wie dein Fechner, wir vereinfachen die Sache: Wir bringen das Immunsystem dazu, nicht mehr nur gegen Fremdstoffe aktiv zu werden, sondern gegen Produkte des eigenen Körpers.«

»Ich ahne: Eizellen zum Beispiel!«

»Oder auch gegen Substanzen, die zwar auch nicht ›eigen‹ sind, aber doch normalerweise vom weiblichen Immunsystem toleriert werden.«

»Ich kann mir nicht vorstellen, was –?«

»Es wird, auch von Fechner, daran geforscht, dass das Immunsystem der Mutter den entstehenden Embryo zerstört.«

Til machte eine Pause und dachte nach. »Die Idee ist im Prinzip nicht schlecht. Manipulationen des Immunsystems sind ja nichts Neues. Die gute alte, bequeme und dauerhafte Impfung, nicht gegen Masern oder Pocken, sondern gegen die eigene Fortpflanzungsfähigkeit.«

Das musste sich setzen. Impfung gegen Schwangerschaft? »Wie lange hält so eine Impfung an?« fragte ich. »Und wie wird das wieder rückgängig gemacht?«

»Keine Ahnung. Ich glaube, das wissen sie selbst nicht so genau. Lass mich nachlesen.«

»Du hast gesagt, die Idee sei nicht schlecht. Aber das sind doch entscheidende Fragen!«

»Nun ja, ich denke, das werden sie schon in den Griff bekommen. Hier steht, dass die Immunität bei den bisherigen Experimenten in der Regel etwa ein Jahr anhält. Anscheinend versucht Fechner, diese Zeit zu verlängern.«

»Was heißt, ›in der Regel etwa ein Jahr‹? Mal neun Monate, mal fünfzehn Monate? Oder mal neun Monate, mal zwanzig Jahre?«

»Helen, ich weiß das nicht. Ich glaube nicht einmal, dass diese Sache bisher an Frauen ausprobiert worden ist. Jedenfalls nicht das, was der Fechner da macht. In Indien hat ein Arzt gerade die ersten Testreihen mit fruchtbaren, gesunden jungen Frauen gemacht. Fechner bastelt offensichtlich an einer Verbesserung der Immunisierung. Er will, dass es länger dauert und nur durch ein spezielles Gegenmittel aufhebbar ist. Bei dem indischen Team hören die Frauen nach einem Jahr auf, immun zu sein. ›In der Regel ein Jahr‹, das heißt ... ich weiß es nicht, meistens eben ein Jahr. Wo ist das Problem?«

»Das Problem ist ... das Problem ist ... Mein Gott, Til, das liegt doch auf der Hand, oder nicht?«

Er sah mich groß an. »Ich begreife nicht ganz«, sagte er hilflos. Ich schüttelte den Kopf.

»Til. Es ist ein *Experiment*, nicht wahr? Entscheidende Fragen sind noch nicht geklärt. Aber es wird gemacht, und warum?«

»Warum denn?«

»*Bevölkerungspolitik.* Hast du dir darüber schon einmal Gedanken gemacht? Dass Frauen ihre Körper dafür hergeben sollen, dass an ihnen die ökonomischen Ungerechtigkeiten der Welt, heutzutage ›Überbevölkerung‹ genannt, auskuriert werden?«

»Halt, halt, halt!« Til richtete sich auf. Er setzte ein Gesicht auf, das ihn älter machte, wenn auch nicht allzuviel. »Willst du abstreiten, dass es so etwas wie eine Bevölkerungsexplosion gibt?«

»Die Bundesrepublik gehört zu den am dichtesten besiedelten Ländern der Welt, wusstest du das? Wusstest du, dass jeder Mensch in diesem Land täglich mehr Energie verbraucht, als manch eine zehnköpfige afrikanische Familie im Jahr?«

Til warf den Kopf zurück und verdrehte die Augen. »O komm, Helen!« rief er. »Lass uns mal wieder auf den Teppich zurück. Wir sprachen über die Immunisierung und darüber, wie sicher das ist. Dazu kann ich nur sagen: Bis heutzutage ein Medikament auf den Markt darf, fließen vorher zehn Jahre Forschungszeit hinein.«

»Ich spreche über die Immunisierung. Wenn die Sterilität – wie Fechner das ja wohl einrichten möchte – nicht einmal mehr von allein aufhört, sondern nur durch die Macht des Arztes rückgängig zu machen ist, bedeutet das doch eine gigantische Entmündigung der Frauen. Dass die simpelsten medizinischen Fragen dabei noch nicht geklärt sind, schert ihn und seine Kollegen anscheinend nicht. Und dich wohl ebensowenig.«

Ich richtete mich ebenfalls auf und zog seinen Arm von mir weg. Was fuhr gerade in mich? Til sah mich erstaunt an. Ob ich ihn vielleicht einmal wütend machen wollte, einmal sehen, wie er aus der Haut fuhr, ungeduldig wurde, sich von mir abwandte? Er war ständig so zufrieden und heiter. Außerdem fand ich wirklich, dass ich recht hatte. Er streckte seinen Arm wieder nach mir aus.

»Helen, komm.«

Mir war nicht danach einzulenken.

»Fechner hat auf dem Vortrag nicht umsonst seine Legion von schwarzen Hungerkindern aufgefahren. Diese Immunisierungsversuche sind eine unausgegorene Experimentiererei für konservative Familienplanungsorganisationen und Entwicklungshilfeministerien. Experimente an Frauen. Das ist meine Meinung, und ich verstehe nicht, wie du dich von dem Gerede um medizinische Errungenschaften so naiv blenden lassen kannst!«

»Wer redet denn von medizinischen Errungenschaften? Hier geht es um Grundlagenforschung, weiter nichts. Ich habe doch gesagt, die Sache ist bisher noch nicht ausprobiert worden.«

»Außer in Indien. Aber was sind schon indische Frauen?«

»Was ist denn falsch daran?« Jetzt wurde er wirklich ein bisschen lauter. Seine schwarzen Haare bebten, und sein Mund war eine Idee weniger aufgeworfen als sonst. »Wenn wir im Jahr zweitausendsoundso eine Weltbevölkerung von zehn Milliarden Menschen haben, wirst du persönlich als Helen Nightingale durch Afrika jetten und Carepakete abwerfen, oder wie stellst du dir das vor?«

»Das ist interessant!« Ich sprang vom Bett auf und baute mich neben ihm auf. »Es ist also Grundlagenforschung, aber dass es in Indien schon angewandt wird, sollen wir begrüßen. Vielleicht werden diese Frauen nie wieder Kinder bekommen können, vielleicht wissen sie nicht einmal genau, *was* man da mit ihnen anstellt. Aber wir? Wir klatschen und begrüßen!«

Jetzt überdrehte ich wirklich. Ich regte mich auf, als ob es mein Lebenswerk wäre, mich gegen die pharmazeutischen Machenschaften zur Bevölkerungskontrolle an den falschen Adressen einzusetzen. Til lag unter mir, besah sich mein aufgebrachtes Gesicht und fing plötzlich an zu lachen. Bald musste ich mitlachen, ob ich wollte oder nicht.

»Das Lustige ist«, sagte er, nach Luft schnappend, »dass du recht hast und auch wieder nicht. Die wissen wirklich nicht genau, was sie da tun. Es funktioniert, das ist alles. Sie koppeln Bruchstücke von körpereigenen Eiweißen aus der Eihülle oder ein Eckchen eines Schwangerschaftshormons an einen gezähmten Diphterieerreger und spritzen dir das. Nach ein paar Wochen spritzen sie noch einmal, dann noch mal und noch mal. Und auf einmal bist du steril. Nach einem Jahr hört es wieder auf. Wie es im Einzelnen zustande kommt, können sie nicht sagen.«

»Und womit habe ich unrecht?«

»Ich glaube wirklich, dass man sich für die Weltbevölkerung etwas überlegen muss.«

»Darüber reden wir ein anderes Mal weiter, in Ordnung?« Ich küsste ihn auf den Nacken und hätte gut weitermachen können, aber diesmal hielt er mich zurück.

»Da ist noch etwas anderes. Sie haben Probleme damit, die Wirkung ihrer Eingriffe genau einzugrenzen.«

»Was heißt das?«

»Es scheint schwer zu sein, das Immunsystem genau zu informieren, was es nun anders machen soll als sonst und was nicht.«

»Erklär das genauer!«

»Es besteht die Gefahr von Allergien. Autoimmunkrankheiten. Alle Veröffentlichungen, die Maria gesammelt hat, deuten so etwas an.«

»*Auto*immunkrankheiten?«

»Du kennst Aids. Das ist eine Immunkrankheit. Dein Abwehrsystem bricht zusammen. Aber bei einer Autoimmunkrankheit, da frisst dich dein Immunsystem auf. Eine Art Selbstzerfleischung.«

Er zog eine Zeitschrift aus Marias Stapel und warf sie aufs Bett. Mir sprangen drei Fotos erbärmlich aussehender Ratten entgegen: rote Augen, geschwollene Hälse, ausgefallene Haare und seltsame, nackte, schorfige Buckel am ganzen Hinterleib. *Selbstzerfleischung.*

»An denen hat Fechner mit der ersten Generation seiner Verbesserung experimentiert«, sagte Til. »Sie sehen nicht besonders glücklich aus mit ihrer Sterilität, was? Selbst sein Aufhebungsmittel hat es nicht wieder wettgemacht.«

Ich griff mir die Zeitschrift, mir wurde kalt. »Und das schreibt er in seinem Artikel ganz offen?«

»Das sind Ratten, Helen. Da gibt es nichts zu verstecken.« Wir schwiegen eine Weile. Die Ratten drängten sich auf den Fotos eng aneinander, als müssten sie wegen der kahlen Stellen auf ihrer Haut entsetzlich frieren.

»Glaubst du, mal ganz ehrlich«, fragte ich leise, »dass es etwas zu verstecken gibt – bei Fechner?«

Til trommelte langsam mit den Fingern auf meiner Haut. »Sie experimentieren, sie machen Fehler, sie richten Ratten zugrunde, alles ganz normal. Dieser indische Arzt sitzt weit weg. Es ist schwer zu beurteilen, wie sicher seine Testreihen sind. Wenn du es ganz ehrlich wissen willst – nein.«

»Was nein?«

»Ich glaube nicht an das, was du und diese etwas fanatische Maria euch ausgedacht habt. Ich weiß auch gar nicht, wie sie darauf kommt. Bis auf diese Andeutungen über allergische Reaktionen findet sich in ihren Unterlagen nichts Besonderes. Das sind ganz offizielle Publikationen, die sie kopiert hat. Dass sie es an Ratten und Affen machen, heißt noch nicht, dass sie Frauen damit traktieren und sie später mitten auf der Straße überfahren. Wenn ich auch nur im Geringsten der Meinung wäre, dass ich wüsste, wo das entführte Mädchen stecken könnte, wäre ich schon längst zur Polizei gegangen. Und du auch, da bin ich mir sicher. Alles andere wäre verantwortungslos oder verrückt.«

Zur Polizei? Mein Gott, das war mir wirklich noch nicht in den Sinn gekommen.

»Was denkst du, warum ich hier sitze und pauke wie eine Abiturientin?« Ich fragte das nicht aggressiv, ich wollte es wirklich wissen. Til lächelte wieder. Dann zog er mich zu sich.

»Vielleicht glaubst du ein bisschen an die Geschichte. Aber eigentlich ist dir langweilig, nein: Du brauchst das Gefühl, sinnvoll zu sein. Dieser Kulturkram ist für dich eine Nummer zu klein. Wenn du wieder in London bist, solltest du dir einen anderen Job suchen.«

»Und dafür setzt du dich tagelang mit mir hin und lernst? Damit mir nicht langweilig ist? Damit die alternde, frustrierte ... kinderlose Frau für ein paar Momente das Gefühl bekommen kann, ihr Leben sei etwas wert?« Ich merkte, wie meine Stimme zitterte. »Das kann doch nicht dein Ernst sein!«

»Schscht«, sagte er, und es klang so hypnotisch wie auf der Straße nach dem Unfall. Mit einem Ruck hatte er mich auf sich gezogen. »Keine Sorge. Ich tue nichts für dich. Das hast du gar nicht nötig. Alles für mich, alles für mich, alles für mich. Ist es so gut?«

»Schmeichler!« gab ich zurück. Wir küssten uns, pressten uns aneinander. Als ich ihm die Hose auszog, fiel mir die Zeitung wieder in die Hände. Die schrecklichen Ratten starrten mir entgegen. Ich nahm das Heft und warf es neben das Bett.

Am nächsten Tag rief ich Fechner an und verabredete mit ihm, dass ich übermorgen für drei Tage in sein Labor kommen würde. Eine »ausführliche Reportage« bot ich ihm an, dafür wolle ich »mal so richtig in seine Arbeit schnuppern, alles kennenlernen, überall einmal zusehen.«

Ich wollte ihm Gelegenheit geben zu protestieren, aber er akzeptierte es sehr selbstverständlich.

Seit acht Tagen war das Mädchen verschwunden. Ohne Spur.

12. Kapitel

Als er den Hörer hochnahm, knisterte es in der Leitung. Er meldete sich mit seinem Namen und wartete ab. Am anderen Ende holte jemand zögernd und tief Luft. Da wusste er, dass es nicht Rommbart war, um sich nach seinem Befinden zu erkundigen. Er hatte sich heute morgen in der Redaktion krank gemeldet. Grippe, hatte er gesagt. Auf jeden Fall irgendeine unangenehme, fiebrige Infektion. Weil er etwas geahnt hatte und nicht angerufen werden wollte, in der Redaktion nicht, aber schon gar nicht hier.

»Hallo? Wer ist denn da?« Seine Stimme hörte sich belegt an, so, als sei er wirklich krank. Noch einmal atmete es am anderen Ende. Dann sagte eine Frauenstimme:

»Entschuldigen Sie bitte. Ich war mir nicht ganz sicher, ob ich die richtige Nummer gewählt habe. Herr Sanner? Ich möchte mich gerne mit Ihnen unterhalten.«

Sie klang unsicher, schien aber trotzdem zu wissen, was sie wollte. Dass sie sich jung anhörte, machte es für ihn nicht leichter. Ihre Zielstrebigkeit beunruhigte ihn. Sein Hals zog sich zusammen, und sein Herz machte ein paar rasche, unregelmäßige Schläge. Stand jemand hinter ihr, oder war sie allein? Hatte *sie* die Briefe geschrieben? Oder – jetzt war sein Herz nicht mehr zu halten, es begann zu rasen, seine Hände wurden in Sekundenschnelle nass, und ein Schwindel überkam ihn, dass er fürchtete, ohnmächtig zu werden – hatte sie mit den Entführern zu tun? Mit Menschen, die andere Menschen auf Kühlerhauben durch die Luft schleudern, um sie auf hartem Asphalt zerschellen und verbluten zu lassen? Daran hatte er überhaupt noch nicht gedacht. Dass er daran nicht gedacht hatte! Sein lächerlicher, hilfloser, an allen Regeln der journalistischen Sorgfaltspflicht vorbeigeschmierter Kommentar war nicht nur dazu geeignet gewesen, den anonymen Briefeschreiber zu beruhigen, sondern konnte auch die Entführer aufschrecken. Wenn er nun ins Schwarze getroffen und sie aufgespürt hatte? Er griff sich mit der rechten Hand an den Kragen seines Hemdes und zog daran, bis der Stoff schmerzhaft in den Hals schnitt. Sie hatten ihn hier gefunden. Obwohl die Redaktion keine Privatnummern an Unbekannte weitergab, hatten sie das geschafft. Die würden viel schaffen, alles, was sie wollten. Aber er hatten mit all dem doch nichts zu tun! Er nahm den Telefonhörer in beide Hände.

»Das geht nicht«, brachte er heraus. »Ich bin leider krank.«

Die Frau tat so, als hätte sie seinen Einwand nicht gehört.

»Es ist dringend«, sagte sie nur. »Sie können sich vielleicht vorstellen, worum es geht. Ich denke, wir sollten keine Zeit verschwenden.« Inzwischen war selbst die leise Unsicherheit von ihr abgefallen.

»Es geht nicht!!« schrie er. Er warf den Hörer von sich, verfehlte die Gabel, bückte sich, fingerte hinter dem Telefontischchen nach der Schnur.

»Hallo!«, rief die Frau aus dem baumelnden Hörer. Da erwischte er ihn endlich und konnte ihn mit zitternden Händen auf die Gabel legen. Er rang nach Luft. Bloß der Panik nicht nachgeben, die ihn schon wieder von innen überfiel. Bloß die Nerven bewahren, sich festhalten, irgendwie. Er lief in die Küche und goss sich einen doppelten, kalten Korn ein. Dann ließ er sich auf der Eckbank nieder und vergrub das Gesicht in den Händen. Der Alkohol tat sofort gut. Er löste die Spannung und gab ihm das Gefühl, wieder Boden unter den Füßen zu haben. Dennoch wusste er schon nach wenigen Sekunden, dass die Frau und die Briefe keine neurotische Einbildung waren. Es gab eine reale Gefahr: Da draußen, jenseits des Hauses, am anderen Ende seines Telefons, irgendwo in dieser Stadt wartete, lauerte jemand darauf, mit ihm zu sprechen, ihn zur Rede zu stellen oder ihn fertigzumachen, ihn kleinzukriegen und ihn hineinzuziehen in etwas, mit dem er nichts zu tun haben wollte. Und sie hatten eine Frau vorgeschickt, die harmlos klingen sollte. Aber er ließ sich nicht hineinziehen. Er konnte sich nicht hineinziehen lassen. Er hielt das nicht aus. Welche Schreckenslawine hatte er nur losgetreten?

Er goss sich noch einen Schnaps ein und schlich aus der Küche nach oben in den Salon, zurück nach unten, lief im Haus umher, bis es zu stickig und zu heiß wurde. Mit dem vierten Schnaps betrat er den Garten und rannte unruhig zwischen den Büschen umher durch das Gras. Der Garten half ihm heute nicht. Es war schon zu spät am Tag, und er hatte auch Schuhe an, und eine Nachbarin grüßte, starrte unverblümt auf das Schnapsglas in seiner Hand, doch inzwischen war ihm das egal. Er grüßte zurück und hielt das Glas provokativ nach oben, so dass sie sich mitleidig abwandte. Dann wankte er wieder ins Haus und legte sich auf das Wohnzimmersofa, plötzlich müde und mittlerweile betrunken genug, um Hoffnungen zu haben, den Nachmittag schlafend und ohne Ängste verbringen zu können. Er schlief sofort ein.

Er wusste nicht, wie lange er geschlafen hatte, als er hochschreckte. Draußen war es noch hell und sonnig. Das Telefon klingelte schon wieder. Zweimal, viermal, achtmal, es hörte nicht auf. Er versuchte vergeblich, einen klaren Gedanken zu fassen, zog sich dann einfach am Couchtisch hoch und stolperte schlaftrunken nach unten.

»Ja?« Dieses Mal sagte er seinen Namen nicht.

»Herr Sanner? Ich möchte gerne mit Ihnen sprechen. Wäre es Ihnen recht, wenn ich heute abend vorbeikomme? Vielleicht können Sie sich vorstellen, worum es geht. Ich möchte das jetzt nicht gern am Telefon besprechen.«

Das war ein andere Frau. Sie hatte auch eine junge, unsichere, zielstrebige Stimme, doch sie war eindeutig eine andere Frau! Was machten sie mit ihm? Sie wollten ihn verwirren, fertigmachen. Er versuchte zu schreien, aber sein Mund blieb stumm.

»Hallo! Sind Sie noch dran?« rief die Frauenstimme. »Antworten Sie doch! Hallo! Hallo! Hallo!«

13. Kapitel

Die Verkäuferin kam mit einer traumhaften Jacke aus der hinteren Ecke ihrer Boutique hervor: dunkelgrau, aus einer Art Filz gemacht, mit Schulterpolstern, elegantem, geradem Schnitt, aufgesetzten Taschen und einem rötlichen, kleinen Kragen, der zu den Perlmuttknöpfen passte. Ich entledigte mich des düsteren Ungetüms aus Schurwolle, das mir das Aussehen eines traurigen Elefanten verlieh, und streifte sie über. Sie saß tadellos, ergab mit der hellen Seidenhose, deren Preisschild ich lieber erst an der Kasse zur Kenntnis nehmen wollte, eine perfekte Linie, und auch der Verkäuferin fiel nichts anderes ein, als die Hände ineinanderzulegen und wohlwollend um mich herum zu laufen. Wortlos verständigten wir uns auf Kauf.

Nachdem ich die Boutique verlassen hatte, musste ich mich zusammenreißen, nicht noch ein Geschäft weiter zu gehen. Aber die simple Tatsache, dass ich keine Lust gehabt hätte, eine weitere Tüte zu tragen, hielt mich davon ab.

Ich hatte erstanden: drei Hosen, eine davon mehr als eng. Drei Paar Schuhe, jedes davon mit Absätzen von schwindelerregender Höhe. Ein rosengemustertes, ein abstraktes, ein kurzärmeliges und ein wallendes Hemd. Vier Paar Ohrringe und eine in verschiedenen Blautönen changierende Krawatte für Til.

Der hatte mich für verrückt erklärt, als ich heute, am Freitag morgen, etwas Puder und Lippenstift auftat und mich vom Friedhof Richtung Einkaufszone machte. Er fand, ich sollte lieber die Lernerei für den Ernstfall am Montag fortsetzen.

»Später, Til, heute abend, morgen früh, aber, *das muss jetzt* sein!«

Und es hatte wirklich sein müssen: In diesen Hosen, diesen Hemden und, vor allem in diesen Schuhen würde ich selbstbewusster als Emma Peel sein können. Was wäre wichtiger gewesen? Natürlich, der Friseur! Mit einer Direktheit, die sich von früher altvertraut und gleichzeitig sehr neu und erfrischend anfühlte, fragte ich die erstbeste Frau, die mir entgegenkam und deren Kopf mir gefiel, wo sie sich die Haare machen ließ. Ich hatte Glück. Die Frau – Prototyp deutscher Weiblichkeit, wie sie in englischen Fernsehserien über den Krieg vorkommt, blass, großgewachsen, steif und kühl – verwies mich geschmeichelt in eine Querstraße. »Chez Edouard« nahm sich ein pausenlos schwatzender Mann meiner zu lang gewordenen blonden Langeweile an und formte mir etwas sehr Schnittiges, klar Begrenztes aufs Haupt, bleichte das Ganze anschließend mit übelriechenden Substanzen frisch aus, und ich wäre ihm noch dankbarer gewesen, wenn Edouard meine finanzielle Gegenleistung nicht vom Lebendigen genommen hätte. Mit dem angenehmen Gefühl von Freiheit um Nacken und Stirn kehrte ich zur Laube zurück.

Ich war ein wenig enttäuscht, als ich Til nicht vorfand. Anscheinend hatte ich mich schon daran gewöhnt, ihn zufrieden und stets gleichmäßig gutgelaunt seine Motorradheftchen lesend auf dem Bett vorzufinden, wenn ich in die

Laube kam. Statt dessen lag ein kleiner Zettel auf dem Bett, »Sorry, musste mich mal woanders blicken lassen, Kuss, T.« Das ließ an Nüchternheit nichts zu wünschen übrig. Ich hatte mich nicht zu beschweren – das nüchterne Element brachte ganz eindeutig ich in diese Affäre, und ich hätte den Teufel getan, Til merken zu lassen, dass mir manchmal gar nicht mehr nach Abgeklärtheit war. Zum einen, weil das weniger mit ihm als mit einer grundsätzlichen Disponiertheit zu gelegentlichen romantischen Ausbrüchen zu tun hatte. Zum andern, weil ich befürchtete, ihn sonst gar nicht mehr loszuwerden. Wahrscheinlich musste Til seine Evelin heute einmal wieder von seiner großen Liebe überzeugen. Nun gut. Ich warf die Tüten und Kartons auf den Fußboden und machte mich auf dem Bett lang. Gerade begannen Traumbilder durch mein entspanntes Gehirn zu wandern, die schmuddeligen Redaktionsräume in Southwark, der Garten hinter unserem Haus mit den rostigen Schaukeln, meine Nachbarin Elaine O'Brien, wie sie ihren herzkranken, fetten Beagle zum Spaziergang zu animieren versuchte. Da räusperte sich jemand im Zimmer. Ich schreckte hoch – Maria. Blass und voller Sorgenfalten wie immer. Sie war am Mittwoch abend das letzte Mal hier gewesen, um gemeinsam mit Til und mir noch einmal durch die Unterlagen zu gucken. Nachdem wir den Papierkram, der auch weiterhin nur geschundene Mäuse und Ratten hergab, in die Ecke geschoben hatten, war es ein schöner Abend geworden. Ich hatte das Gefühl gehabt, dass die beiden ihre anfängliche Reserviertheit gegeneinander ein wenig aufgaben. Wir hatten reichlich Wein getrunken, um am Ende draußen auf dem Friedhof zwischen den Tannen und den Grabsteinen im Mondschein Verstecken zu spielen, bis es uns dann doch zu unheimlich wurde und wir alle drei Hand in Hand todmüde zur Laube zurückkehrten. Dort erzählten wir uns wahre und unwahre Geschichten, bis Til in dem alten Lehnsessel und Maria und ich auf dem Bett einschliefen. Gestern war Maria nicht aufgekreuzt.

»Oh, hallo!« murmelte ich. »Habe ich die Tür offenstehen lassen?«

»Ich habe einen zweiten Schlüssel.«

»Willst du nicht einen Kessel Wasser aufsetzen?« fragte ich müde. »Lass uns Kaffee trinken.«

Wortlos drehte sie sich um und ging zum Herd. Sah sie heute noch sorgenvoller aus als sonst? Oder erschien mir das nur so, weil ich selbst gerade auf der optimistischeren Seite des Lebens wandelte? Ich ging zu ihr.

»Hast du etwas?«

»Nein, warum? Was soll ich denn haben?«

»Konntest du Sanner inzwischen erreichen?« Sanner war der richtige Name von Karl König. Das hatte Maria bereits herausbekommen können. Es war auch kein besonders großes Geheimnis: Wenn er, was wohl nicht allzu häufig vorkam, zur Feder griff, dann unter diesem Namen.

»Er war nie zu Hause, als ich angerufen habe. Ich habe es noch ein paarmal probiert.« Sie sah an mir vorbei, und ich hatte ganz plötzlich das Gefühl, dass sie mir nicht die Wahrheit sagte. Oder warum sonst schielte sie so seltsam zu Boden?

»Hast du es noch einmal bei der Zeitung versucht?« fragte ich.

»Da haben sie mir gesagt, er hätte sich Urlaub genommen.«

»Shit.« Ich füllte Kaffee in den Filter. »Bist du bei ihm vorbeigefahren? Vielleicht ist er zu Hause und nimmt nicht ab.«

»Nein.«

»He, was ist los mit dir?« Ich stellte die Kaffeedose ab und wandte mich zu ihr. »Warum diese Lahmheit? Wir müssen an den Kerl herankommen, oder nicht?«

»Ich sagte doch, ich habe es versucht! Was soll ich denn mehr machen?« Genervt drehte sie sich um, ging zum Bett und setzte sich auf die Kante. Ihr Gesicht glich mehr denn je einer Maske, unnahbar und bleich. Ihre Augen sahen angestrengt aus, grau über und unter den Lidern. Ich wusste nicht, ob ich zu ihr hingehen, mich neben sie setzen, sie trösten und ausfragen sollte oder nicht. Ich wurde nicht schlau aus ihr. Vielleicht sollte ich sie einfach in Ruhe lassen. Als der Kaffee fertig war, kam sie von allein und setzte sich neben mir an den Tisch.

»Was denkst du, wie wir als nächstes vorgehen sollen?« fragte ich sie nach einer Weile.

»Wobei?«

»Wobei? Mit Sanner!«

»Ich weiß nicht.« Sie schüttelte sich Unmengen von Zucker in ihren Kaffee und rührte lange um. »Wenn er doch in Urlaub gefahren ist, ich weiß nicht.« Sie guckte in ihren Kaffee.

»Denkst du nicht, wir sollten versuchen herauszufinden, wo er steckt? Urlaub nehmen muss nicht heißen, dass er sich nicht in der Stadt aufhält.«

Sie setzte die Tasse an den Mund und sagte dazu nichts.

»Maria, bitte.« Ich merkte, wie ich ungeduldig wurde. »Hör auf, diesen ... diesen Kaffee so zu schlürfen. Interessiert dich das alles plötzlich nicht mehr?«

Jetzt starrte sie aus dem Fenster und lächelte unsicher. Entgeistert sah ich ihr zu. Ich hatte das Gefühl, explodieren zu müssen, wenn sie noch drei Sekunden länger an mir vorbeiguckte. Ich versuchte, meine Stimme unaufgeregt zu halten.

»Maria, sieh mich. Sieh mich an, Maria!«

Sie tat es tatsächlich. Das unsichere, leere Lächeln blickte mir direkt ins Gesicht.

»Bist du sauer«, bohrte ich, »dass ich seit drei Tagen nur mit Til zusammen bin? Ist es das? Til weiß eine Menge. Ich kann von ihm lernen. Das wird wichtig sein, wenn ich am Montag zu Fechner gehe.«

»Ach, Til, Til«, sagte sie leise. »Er ist egal, oder nicht?«

»Ja. Nein. Er ist nicht egal, weil wir beide von ihm lernen können.« Ich betete inständig, dass er jetzt nicht gerade um eine der hellhörigen Ecken der Hütte bog, um mich zu besuchen. Gleichzeitig bekam ich ein schlechtes Gewissen. Er hatte nicht verdient, dass ich so von ihm sprach. Sicher, er war mir nicht über die Maßen wichtig. Aber ich ihm gewiss auch nicht, und trotzdem gab er sich Mühe für mich.

»Ich habe den Nagel auf den Kopf getroffen, richtig?« fuhr ich fort. »Til ist dir ein Dorn im Auge. Völlig überflüssig. Also lass uns überlegen, wie es weitergeht.«

»Nein!« Sie sprang auf. »Til ist mir *egal.* Ich meine das so, wie ich es sage, man muss daran nicht heruminterpretieren. Ich kann es nur nicht leiden, wenn man von mir verlangt, dass ich funktionieren soll! Ich bin kein Automat!«

Ich hielt die Luft an und griff zu meiner Kaffeetasse. Langsam, aber sicher hatte ich von ihr genug. Ihre Empfindlichkeit überstieg alles, was ich bisher kennengelernt hatte, beträchtlich. Sie hätte sich statt dieser schwarzen Streetfighter-Kluft und den Springerstiefeln ein weißes Prinzessinenkleidchen anziehen und eine goldene Krone aufs blonde Seidenhaar drücken sollen. Nicht genug damit, dass sie meinen hübschen Liebhaber, an dessen guter Laune ich weiß Gott nichts zu verändern beabsichtigte, vom ersten Treffen hier in der Laube an mit spitzen Bemerkungen überzog – jetzt sollte es auch noch mich treffen. Ich verlegte mich auf meine kühle Seite.

»Also gut«, sagte ich und stand auf. »Mach, was du willst. *Ich* werde Karl König übernehmen. Wenn du dich wieder beruhigt hast, kannst du heute abend noch einmal vorbeikommen. Til und ich wollen uns mit den rechtlichen Bestimmungen für Arzneimittelversuche auseinandersetzen.«

»Heißt das, dass ich jetzt gehen soll?«

»Ich kann dich schlecht hier hinauswerfen, oder?«

»Schon verstanden!« Sie knallte ihre Tasse auf den Tisch und bretterte zur Tür raus. Sie war kaum fort, da hätte ich den überflüssigen Konflikt am liebsten wieder ungeschehen gemacht und lief hinter ihr her. Sie saß vor der Laube auf der

Holzbank und hielt den Kopf in den Händen vergraben. Die langen Haare fielen ihr über Gesicht und Arme. Jetzt ging ich zu ihr und setzte mich neben sie.

»Maria, was ist los mit dir?« fragte ich vorsichtig.

Statt zu antworten, griff sie nach meiner Hand – eine Geste, deren Zärtlichkeit mich anrührte und überraschte. Weinte sie? Warum antwortete sie mir nicht? Ich strich ihr das Haar aus dem Gesicht. Nein, sie weinte nicht, aber sie war offensichtlich nah daran. Jetzt verzog sie den Mund zu einem leichten Lächeln, nicht mehr leer, sondern freundlich und abgekämpft.

»Es ist gleich wieder gut. Ich habe das manchmal. Es überfordert mich ein bisschen, diese ganze Geschichte. Es ist mir zuviel. Die Vorstellung, dass dieses Mädchen noch immer nicht aufgetaucht ist ... und dass es jetzt so aussieht, als ob Fechner wirklich damit etwas zu tun haben könnte. Das ist doch so, nicht wahr? Fechner könnte damit etwas zu tun haben?«

Ich nickte. Sie fasste fester um meine Hand. In einem plötzlichen Impuls nahm ich sie in den Arm, und sie ließ sich fallen und weinte jetzt doch. Ich wiegte sie wie ein Kind, wie Kathy früher, genauso fühlte sie sich in meinen Armen an, so ungelenk und knochig, dass ich sie gar nicht mehr loslassen mochte. Und ich verstand, warum sie weinen musste: Wir waren keine Profis. Wir brachten Schrecklichkeiten ganz normale, erschrockene Gefühle entgegen, und sie konnte nicht wie ich auf eine Vergangenheit zurückblicken, die sie vielleicht etwas abgebrühter gemacht hätte. Dann fragte ich sie, warum sie überhaupt das erste Mal auf den Verdacht gekommen war, dass Fechner seine Immunisierung an Frauen ausprobierte.

»Man munkelt darüber am medizinischen Fachbereich«, sagte sie. »Es ist wie ein Scherz, den manche machen, den aber niemand richtig ernst nimmt. Weil er so ehrgeizig ist.« Sie blickte wieder zu Boden. »Dazu kommt – ich traue es ihm zu, das ist es. Ich traue es ihm einfach zu.«

»Du hast bei Sanner angerufen, richtig? Er ist zu Hause?«

»Er klang so komisch«, sagte sie. »Er war total entsetzt und ist vom Telefon weg, ohne aufzulegen.«

Später ging sie wieder zu ihrer Arbeit und versprach, am Abend wiederzukommen. Sie sah erleichtert aus. Die Tränen schienen ihr gutgetan zu haben. Als sie fort war, nahm ich mir vor, von nun an behutsamer mit ihr umzugehen. Am Abend tauchte Tilemachos wieder auf und wir befassten uns mit den Anmeldungsvoraussetzungen für Arzneimitteltests bei den zuständigen Behörden. Aber Maria kam nicht dazu.

Nachdem ich den ganzen Sonntagmorgen mit Til gelernt hatte – ein Aufwand, der sich später als völlig überflüssig herausstellen sollte –, fuhr ich am frühen Nachmittag zu Sanners Adresse. Er wohnte ein gutes Stück außerhalb der Innenstadt in einem Viertel mit Einfamilienhäusern, großzügigen Vorgärten, Kinderklettergerüsten und mindestens zwei Autos vor jeder Tür. Ich musste an Viertel wie dieses in London denken, wie heruntergekommen sie waren, wieviel Armut sich hinter solchen Vorgärten und dem mühsam aufrechterhaltenen Schein verbarg. Die Nummer 68 lag an einer kleinen Anhöhe ganz am Ende der Straße, vereinzelt und still, mit einer verschlossenen Garage, ohne Zweitwagen, ohne Schaukel. Im oberen Stockwerk waren sogar die Jalousien heruntergelassen. Ich parkte direkt vor dem Haus und ging den schmalen Plattenweg zum Eingang hinauf. Der Vorgarten der Sanners sah weniger adrett und gepflegt aus. Unkraut wuchs zwischen den Platten, das bei den Nachbarn gewiss längst unter Einsatz verbissener Energie und heftiger Chemikalien wegradiert worden wäre. Die Rhododendronbüsche uferten ins Unermessliche, und der Rasen hatte sich in eine Wiese mit Gänseblümchen, Löwenzahn und Quecken verwandelt. Als ich neben der bronzenen Haustür klingelte, ertönte ein wunderschöner Dreiklang, aber sonst tat sich nichts. Ich drückte noch einmal. Nichts. Ich trat ein paar Schritte zurück. Das Haus wirkte verwaist. Ich erlaubte mir, quer über die Wiese und durch ein kleines Zauntor in den hinteren Teil des Gartens zu gehen. Hier wurde es noch wilder. Helle Birken, Goldregen, Essigbäume und seltsame, dunkle Büsche mit ledernen Blättern überzogen den Garten wie ein lichter Wald. Plötzlich sah ich einen Schatten hinter der Terrasse verschwinden. Ich rief etwas und lief rasch hinterher, doch hinter dem Haus bekam ich nur noch mit, wie die Terrassentür zugeschoben wurde und das Innere des Raumes hinter einer Gardine verschwand. Ich ging hin und klopfte.

»Herr Sanner?« rief ich. Ich versuchte, durch die Gardine etwas zu erspähen. Rührte sich jemand im Dunkel dort hinten? »Ich bin eine Kollegin und recherchiere im Fall der Matthäus-Schwestern. Bitte sprechen Sie mit mir! Ich glaube, Sie können mir helfen!« Ich meinte, eine zögernde Bewegung hinter der Gardine zu sehen.

»Herr Sanner!« Noch einmal klopfte ich. »Sie haben neulich einen Artikel geschrieben, der meinen Recherchen sehr entgegenkam. Bitte sagen Sie mir, woher Sie Ihre Informationen haben. Vielleicht ist Ihnen nicht behaglich zumute nach diesem Kommentar, aber Sie brauchen sich vor mir nicht zu fürchten.»

Wie kam ich auf die Idee, er könne sich fürchten? Weil er sich hier versteckte wie ein wundgeschossenes Tier? Ich ging von der Glastür fort zurück in den Garten. Unter einer der Birken setzte ich mich ins Gras und gab Sanner etwas Zeit. Die Sonne schien heiß. Ich schloss die Augen. Es dauerte fast eine halbe Stunde, bis ich hörte, wie sich die Terrassentür öffnete. Ich blickte hoch. Da trat er aus dem Haus und kam langsam auf mich zu, in jeder Hand eine Tasse Kaffee. Ich erschrak ein wenig, als ich ihn sah. Das sollte mein schreibendes Ebenbild sein? Er ging wie ein alter Mann, langsam und ein wenig geknickt in den Knien, den Rücken gebeugt, dabei mochte er kaum älter sein als ich. Bei mir angekommen, tat er nichts weiter, als mir die Tasse entgegenzustrecken und mich dabei lange und bohrend ernst anzusehen. Seine Augen waren von einem dunklen, leicht umflorten Braun. So wie meine. Ich nahm die Tasse, wich seinem Blick aus und guckte in den Kaffee. Als ich wieder nach oben sah, hatte er mir gegenüber ein Handtuch ausgebreitet und sich darauf gesetzt. Ein zweites, zusammengefaltetes Handtuch lag neben meinen Füßen.

»Bitte«, sagte er lächelnd und wies auf das Tuch, »die Wiese ist manchmal sehr feucht.« Eine einfache, höfliche Geste. Ich legte die Hand aufs Gras und antwortete ebenso höflich: »Vielen Dank, aber sie scheint mir ganz trocken.«

»Sie haben recht«, sagte er. »Morgens ist sie feucht und kalt.«

Wir schwiegen. Wir nahmen uns Zeit. Er legte den Kopf in den Nacken und beobachtete die Zweige über unseren Köpfen. Aus den Augenwinkeln sah ich ihn an. Sein Körper war unansehnlich und kränklich, doch er strömte eine seltsame Ruhe und Abgeklärtheit aus – wie Menschen, denen man bisweilen auf Krankenhausfluren begegnet: Sein grauer, zerknitterter Anzug hing an ihm wie ein zu großer Pyjama, er versank geradezu darin. Er war zu dünn, zu grau im Gesicht, unrasiert. Die Augen lagen schwer und tief in den Höhlen und schienen eine einsame, nicht mitteilbare Erfahrung zu bergen. Und genauso wie ein Mensch auf einem Krankenhausflur sah er mich jetzt an: mit dem ernsten, neidlosen Wissen im Blick, dass er ein Gefangener war und das Schicksal nur mir die wunderbare Freiheit zugestand, ein Leben jenseits der Mauern zu führen, die ihm den Weg versperrten.

»Es ist sehr schön hier«, sagte ich. »Der Garten ist wie ein Paradies. Man rechnet gar nicht damit in solch einer Straße.«

»Ja. Mein Garten.« Seine Stimme war leise und unauffällig. »Ich lasse ihn so wachsen, wie er will. Seit Edith, meine Frau, vor zweieinhalb Jahren gestorben ist, mache ich nichts mehr daran. Sie war in jeder freien Minute hier, er bedeutete ihr viel. Sie hatte Krebs.«

Er blickte bitter über das wuchernde, grüne Leben ringsumher, das ein Trost sein sollte, aber es nicht sein konnte – das wusste ich nur zu gut. Jetzt war mir auch klar, was diesen Sanner so offensichtlich aus der Bahn geworfen hatte. Jemand war von ihm weggerissen worden, und die Wunde in ihm heilte einfach nicht. Wir tranken Kaffee und schwiegen.

Ich spreche nicht über Kathy, wenn andere von ihren Toten sprechen. Ed hat mir oft dazu geraten, es »rauszulassen« und »abzuarbeiten«, wie er sagte. Er war ein extrovertierter Typ. Aber ich wollte nicht, dass Kathy zu einem psychologischen Problem zusammenschrumpfte, dass ich in mir abarbeiten konnte.

»Die Zeitung beansprucht Sie sehr?«, fragte ich Sanner nach einer Weile.

»Ich habe Urlaub – wie Sie ja sicherlich wissen.»

»Ihre Sekretärin sagte mir, Sie seien krank.« Er antwortete darauf nicht, sondern wurde nur wie zur Bestätigung noch ein bisschen hohlwangiger. Ich musste plötzlich an Eliza denken, meine Malerin, an ihr Bild mit den Mördern und Gehenkten und den blauen Punkt in ihren Köpfen. Was, wenn ich mich jetzt vorbeugen, meine Hand auf seine Schulter legen und sagen würde: *Ein blauer Punkt. Wissen Sie das denn nicht? Können Sie es denn nicht fühlen?*

»Ich finde es sehr mutig von Ihnen, dass Sie bereit sind, mit mir zu sprechen«, sagte ich. »Ich bin zufällig auf diese Geschichte gestoßen, und Ihr Kommentar –«

»– mein Kommentar war ein Unding.«

»Warum? Ich denke, Sie haben versucht, eine Warnung auszusprechen.«

Er zuckte unwillig mit den dünnen Schultern.

»Wollen Sie mir sagen, woher Ihre Vermutung stammt?« fragte ich. In diesem Moment ging eine Veränderung in ihm vor. Seine Hände begannen zu zittern, und er wurde so blass, dass ich ihn fragte, ob ihm schlecht sei und ich etwas für ihn tun könne. Er schüttelte nur den Kopf, schloss die Augen und schien sich zusammenzureißen. »Der Kaffee«, murmelte er, »ich hätte nicht so viel Kaffee trinken dürfen.« Dann stand er abrupt auf und bat mich, mit ihm zum Haus zu kommen. Ich wartete vor der zur Seite geschobenen Glastür, während er drinnen etwas suchte. Das dunkle, sparsam eingerichtete Zimmer, das ich sehen konnte, sah unbewohnt aus. Nach einer Weile kam er mit einem kleinen Packen Briefe wieder zurück, die er mir rasch in die Hand drückte.

»Hier, nehmen Sie das«, murmelte er, »vielleicht können Sie daraus mehr machen als ich. Ich hoffe, ich mache nicht noch einen Fehler, wenn ich Ihnen die gebe. Aber ich wäre froh, sie los zu sein.«

Ich drehte einen der Briefe um. Kein Absender.

»Woher haben Sie die?« fragte ich.

»Anonym. Nehmen Sie sie einfach.« Er begann, die Glastür zuzuschieben.

»Kann ich Sie noch einmal anrufen, wenn ich eine Frage habe?« Ich konnte nicht entscheiden, ob seine Kopfbewegung Ja oder Nein bedeuten sollte. Jetzt war die Glastür schon fast zu.

»Sie machen keinen Fehler!« rief ich. Er lächelte nervös und zog die Gardine vor.

Ich ging durch den Garten und wieder nach vorn zur Straße zurück. Als ich in meinem Austin saß, legte ich den Kopf auf's Lenkrad.

»So darfst du niemals werden«, schwor ich mir leise. »Helen, niemals so!«

Am Abend besahen Til und ich uns die Briefe. Später stieß auch Maria dazu, plötzlich wieder ganz erfüllt von dem Drang, unsere Sache weiterzuverfolgen. Was für ein undurchschaubares Geschöpf. Ich wunderte mich immer weniger, dass kein Mensch mit ihr zusammenarbeiten mochte. Die Briefe waren auf einer mechanischen Schreibmaschine geschrieben, deren ›e‹ nicht mehr richtig funktionierte. Manchen war ein handschriftliches Postskriptum angefügt, mit ordentlichen, wenig ausgeschriebenen Buchstaben, die ein wenig nach links wegkippten. Marias Schrift war es nicht. Viele der beigefügten Unterlagen deckten sich jedoch mit dem, was sie gesammelt hatte. Es waren Fechners Veröffentlichungen, keine Geheimdokumente. Zwei Grafiken allerdings waren von einem Millimeterblock kopiert, und einige Papiere sahen wie handschriftliche Protokolle aus. Til beugte sich lange darüber und schüttelte dann den Kopf.

»Man versteht es nicht richtig«, sagte er. »Es sieht tatsächlich so aus, als ob es hier um Blutuntersuchungen geht, wie man sie bei Frauen macht, die wissen wollen, ob sie schwanger sind.« Er seufzte. »Aber es wimmelt hier nur so von Abkürzungen und Probennummerierungen. Ohne Zusammenhang kann man das nicht erschließen. Man bräuchte mehr Protokolle, ganze Monate kontinuierlich hintereinander. So geht das nicht.«

»Warum schickt jemand so etwas an eine Zeitung?« fragte ich. »Der muss doch wissen, dass man damit wenig anfangen kann.«

Til machte ein skeptisches Gesicht. »Keine Ahnung. Die einzige Erklärung, die ich habe, ist, dass der Absender betriebsblind ist. *Er* weiß, was die Abkürzungen bedeuten. Was nahelegen würde –«

»– dass er im engeren Umkreis des Instituts zu suchen wäre«, ergänzte ich. Wie uns das weiterhelfen könnte, war mir noch nicht ganz klar. Aber eins wusste ich – wir mussten mehr von diesen handschriftlichen Protokollen heranschaffen. Montag.

14. Kapitel

Sie rutschte ein Stück zurück und kauerte sich noch enger unter den Tisch. Sie musste den Kopf tief zwischen die

Schultern ziehen, um neben Wasserrohren und Wand Platz zu haben. Dabei fielen ihr die Haare ins Gesicht. Sie wollte die Hand heben, um die Strähne nach hinten zu streifen, da hörte sie plötzlich, wie sich die Metalltür aus dem Schloss hob und direkt neben ihr langsam aufgeschoben wurde. Sie hielt die Luft an. Sie konnte seine sportlichen Beine sehen, die langsam den geklinkerten Fußboden betraten, die Joggingschuhe an seinen Füßen, die weißen Socken, die Jeans. Oberhalb seines Gürtels schnitt die Tischplatte ihr die Sicht ab. Die Füße blieben stehen. Sie hörte, wie er die Waschschüssel über ihrem Kopf abstellte. Dann rasselte die Tür wieder zu. Er drehte sich nicht mit dem Rücken zum Raum, wie sonst auch, seine Füße zeigten nach vorn. Jetzt zögerte er. Er nahm die Waschschüssel wieder hoch, blieb aber stehen, die Beine rührten sich nicht. Er wunderte sich, dass sie nicht auf der Matratze saß. Er tat einen kleinen Schritt, schien sich vorzubeugen, um in die beiden Seitengänge zu sehen. Ihr Herz begann schneller zu schlagen. Sie sollte nicht länger warten, er stand günstig, genau so hatte er stehen sollen. Aber etwas fehlte, ein letzter Impuls. Sie griff fester um die Glasscherbe, die sie zur Hälfte mit Papier umwickelt hatte, und spannte jede Muskelfaser an. Wie ein Pfeil musste sie von hier losschießen. O nein, jetzt ging er weiter! Sie kroch lautlos unter den Tisch hervor – und dann passierte alles gleichzeitig: Sie schob sich mit der linken Hand das Haar über den Augen weg, streckte die Rechte vor und sprang. Sie sprang mit aller Kraft, die ihr noch geblieben war, sie vergaß ihren kranken Kreislauf, ihren Schwindel und sprang mit dem Mut der Verzweiflung. Sie jagte los, schoss ihm von hinten in die Beine, rammte seine Kniekehlen und riss ihn um. Ja, sie schaffte es! Er verlor das Gleichgewicht, er taumelte, fiel, brach zwischen den Tischen zusammen, die Waschschüssel krachte zu Boden, ihr Inhalt ergoss sich über die Klinker. Mitten in den Lärm machte sie einen zweiten Satz, kletterte auf ihn, während er unbeholfen versuchte, sich umzudrehen und wieder nach oben zu kommen, und schlug die Scherbe in ihn. Sie konnte nicht sehen, wohin sie traf. Sie schlug, erst einmal, dann ein zweites Mal. Als sie spürte, dass, *wie* sie ihn traf, wie sie mit ihrem langen, gezackten Instrument aus Glas wirklich durch sein Hemd drang und seine Haut, sein Fleisch erreichte, war sie nicht mehr zu halten. Sie schlug weiter, wirbelte, hackte. Wieder und wieder riss sie den Arm hoch und hämmerte auf ihn ein. Blute! Schrie ihr Gehirn. Blute! Mach deine Adern auf! Ich werde dich zerschlitzen! Nichts bleibt übrig von dir! Ich zerfetze dich! Ich reiße deine Haut in Stücke! Schwein! Mörder!

Schrie sie jetzt?

Du hast meine Schwester umgebracht!!

War das ihre Stimme?

Ich mache dich fertig!!!

Ihr Arm hackte wie besessen, auf und ab, eine überdrehte, explodierende Maschine. Die Glasscherbe leuchtete rot, das sah sie im Augenwinkel, und es erfüllte sie mit großer Befriedigung. *Sein* Blut glänzte da, sein widerliches Blut! Jetzt konnte er fühlen, was er ihnen angetan hatte! Fühlst du das?? Für Saskia! Fühl es, spür es! Für mich!

»*Schluss*!!«

Seine Stimme schnitt ihren letzten Schlag mitten in der Bewegung durch. Er hatte es längst geschafft aufzustehen, hielt sie umklammert, und sie hämmerte mit der Hand ins Leere. Da war gar kein Körper mehr, wohin sie schlug. Da war nur Luft, leere Luft, die Einbildung eines Körpers, und er stand hinter ihr und hielt sie fest. Er packte ihr Handgelenk und drückte schmerzhaft zu, so dass sie die Scherbe fallen ließ. Das Glas verschwamm mit dem blutigen Boden, und ganz plötzlich fing Manuela zu weinen an, ein trockenes, tränenloses Schluchzen. Sie konnte dagegen nichts tun, es bahnte sich seinen Weg von ganz tief. Alle Kraft war mit einem Mal verschwunden. Sie knickte in den Knien ein wie eine Tote. Er schleifte sie durch den Raum und warf sie auf die Matratze. Erschöpft vergrub sie ihren Kopf im Dunkel der Decke. Sterben, dachte sie. Jetzt einfach sterben und weggehen von hier.

Das Schluchzen verging. Sie hob den Kopf. Er stand im Quergang hinten, wo an der Wand eine Rolle Kreppapier angebracht war, und drückte sich ein Stück davon auf den Oberarm. Er fluchte leise. Sie hatte ihn kaum erwischt. Nur oben am Arm war ein Schnitt. Was würde er jetzt tun? Er sah nicht aus, als ob er an Rache dächte. Er war mit seiner Schramme beschäftigt.

Hatte sie ihm jetzt den Anlass gegeben, sie fertigzumachen? Brauchte er das? Stand es in ihrer Macht zu dirigieren, wie lange sie noch zu leben hatte? Oder wartete er auf ein Zeichen von außen? Worauf nur wartete er? Bei ihr gab es kein Lösegeld zu holen.

Nein. Warum dachte sie schon wieder daran?

Darum ging es doch gar nicht. Es ging nicht um Lösegeld.

Sie fror, zog die Decke unter sich hervor und legte sie sich um die Schultern. Um Lösegeld ging es nicht. Sie schob die Ärmel ihres Pullovers hoch und besah sich ihre Arme.

Darum ging es: bei dem Angriff waren einige der roten Stellen aufgeplatzt, Wasser trat aus, ihre Haut war ganz feucht davon. Neue Flecken waren auch da, rot und bräunlich kräuselte sich die Haut darüber. Verheilt war bisher noch nichts. Auf und unter den Armen nicht, nicht am Rücken, oben auf ihren Füßen nicht. Ihre Schwindelanfälle hatten zugenommen, und immer öfter wurde ihr schlecht. Wenn nicht bald etwas geschah, wenn niemand ihr half, würde von ihrer Haut nichts mehr übrigbleiben. Entstellt würde sie sein, ein Elefantenmensch werden. Oder sterben? Konnte sie daran sterben? War es das, worauf er wartete? Dass sie hier unten an dieser entsetzlichen Krankheit verreckte?

Sie hob den Kopf und sah ihn an. Inzwischen hatte er sich schon das zweite Stück Kreppapier abgerissen und drückte es auf den Arm. Auf seinem Kopf saß noch immer die Kapuze. Wie mochte sein Gesicht nur aussehen? Sein

»Schluss!« hallte ihr noch in den Ohren. Hatte sie diese Stimme schon einmal gehört? Nein. Oder doch? Ein Wort kann nicht reichen, um eine Stimme wiederzuerkennen. Während sie ihm zusah, begann sie auf einmal zu sprechen, halb zu ihm, halb zu sich. Sie hatte keine Kraft mehr, es sich zu verbieten.

»Saskia und ich sind immer zusammengewesen, Tag und Nacht. Wir haben uns nicht die gleichen Klamotten angezogen, nie, höchstens als ganz kleine Kinder. Aber wir sind uns ganz schön ähnlich gewesen. Wir haben auch viel gestritten. Es ist gar nicht so leicht, Zwilling zu sein. Haben Sie Geschwister?«

Sie starrte ihn an, er reagierte nicht. Hatte sie Fieber? Sie fühlte sich so. Sie fror trotz der Decke, ihre Stimme war leise und belegt und klang ihr selbst ganz fremd. Ohne Ausdruck war das, was sie sagte, ohne Kraft. Das Wort Saskia lag wie ein kaltes Stück Eisen in ihrem Mund.

»Das ist ein komisches Gefühl, dass ich jetzt auf einmal keine Schwester mehr habe. Man kommt sich so halb vor. Wie eine Hälfte. Als ob die uns durchgeschnitten hätten, mit dem Unfall.«

Sie kroch tiefer in die Decke.

»Das haben sie ja auch. Sie haben uns durchgeschnitten. Aber es war kein Unfall, was?« Sie sah, wie er Luft holte. »War ja wohl Absicht, was? Ich habe das von Anfang an gewusst. Warum haben Sie das getan?«

Jetzt drehte er sich um. Seine Kapuze saß schief, so dass seine Augen nur halb darunter hervorsahen. Er lehnte sich an den Tisch und blickte sie an.

»Wo bin ich hier?«, fuhr sie fort. »Das war ziemlich geschickt, wie Sie das gemacht haben. Ich habe auf der Fahrt versucht mitzukriegen, wo wir hinfahren, aber das hat nicht geklappt, ich habe ziemlich bald den Weg verloren. Wenn wir zurückfahren, ich würde mich nicht erinnern, wo entlang ...«

Sie presste ihre Lippen aufeinander. Es war in Ordnung,

wenn sie redete. Aber sie brauchte nicht mit seinem Mitleid zu rechnen. Er würde sie erst zurückfahren, wenn *seine* Pläne danach waren.

»Ich wette, Sie sind einen Umweg gefahren.«

Sie stand auf. Ihr waren die Beine eingeschlafen. Sie schüttelte sie aus. Ihr war schwarz vor Augen, und ihr Magen fühlte sich an wie ein kleiner, praller Fußball.

»Ich habe wirklich nicht die geringste Ahnung, wo ich bin. Ich habe so etwas noch nie gesehen.« Sie wies auf die Regale mit den Chemikalien und den Lösungsgefäßen. »Sieht aus wie ein unterirdisches Labor oder so.« Sie lachte kurz. »Vielleicht machen sie hier Monster, Frankenstein-Monster.« Sie ging einen Schritt auf ihn zu.

»Elefantenmenschen«, flüsterte sie.

Sie ließ die Decke zu Boden fallen und streckte ihm ihre Arme entgegen. »Hier!« Sie schob die Ärmel hoch. »Sehen Sie sich das an. Es wird immer mehr, jeden Tag eine neue Stelle. Gucken Sie. Die Salbe hilft nichts, die hat noch nie geholfen.« Sie kam noch einen Schritt näher. »Die Salbe ist von *ihm*, nicht wahr?« Ihre Stimme war jetzt kaum noch da. Er hörte auf, mit dem Papier auf seinem Arm herumzutupfen und stand ganz still. Sie sah seine halben Augen durch die geschnittenen Löcher leuchten. Seine Augen waren grau mit etwas Braun darin, das konnte sie jetzt zum ersten Mal sehen. Sie merkte es sich, graubraune Augen, lang und schlank, kräftige Arme, trägt viel Jeans und Turnschuhe. Jemand wie tausend andere, wenn man das Gesicht nicht sieht.

»Sie kennen ihn, oder? Sie müssen ihn kennen. Er hat mir diese Salbe auch gegeben, mir – und Saskia, als sie noch lebte.« Sie machte eine kleine Pause und dachte nach. »Er war ziemlich aufgeregt, als wir mit diesen Hautgeschichten bei ihm ankamen. Vorher hat er immer nur gefragt, ob wir auch schön mit unseren Jungs ins Bett gehen.« Sie lachte, »Dabei war meiner erfunden, und zwischen Saskia und Robert lief sowieso nicht das meiste. Aber dann wurde er auf einmal ganz hektisch und hat gleichzeitig versucht so zu tun, als ob das alles nichts wäre. Wir haben ihm das geglaubt, zuerst. Er meinte, dass man eine ›erhöhte Empfindlichkeit‹ gegenüber Ansteckungen haben könnte, wenn man diese Testreihe mitmacht. *Erhöhte Empfindlichkeit.* Das hat sich logisch angehört. Wir hatten ja keine Ahnung. Dann hat er hundert Mark draufgeschlagen. Und wir haben uns gefragt, *warum* macht er das? Und *warum* ist der so *aufgeregt*?« Sie stand jetzt ganz dicht vor ihm, ihre ausgestreckten Hände berührten fast seinen Bauch, ihre Stimme erstarb.

Sie sagten nichts, bewegten sich nicht.

Die Stille dehnte sich aus. Eine bedrohliche, dunkle Wolke.

Wenn sie noch einen Schritt machte, sich nur einen Zentimeter noch weiter nach vorne schob, konnte sie ihn berühren. Sie hob den rechten Fuß, bewegte ihn unendlich ruhig nach vorn. Er atmete, als konzentrierte er sich nur auf sie, hielt seine Augen auf ihre Hände gerichtet. Und dann trat sie blitzschnell vor. Sie hatte das nicht vorgehabt, nicht geplant, es überkam sie. Sie drückte mit der einen Hand seine überraschte Gegenwehr nach unten, sprang so hoch es ging, griff nach oben an seine Kapuze und riss sie ihm vom Kopf.

15. Kapitel

Ich passte die Mutter der Zwillinge frühmorgens auf dem Weg zum Einkauf ab. Ich wusste, dass sie mir die Tür nicht aufgemacht hätte, weil ich mir vorstellen konnte, wie es ihr gerade erging. Die Bluthunde von den Revolverblättern hatten sich ohne Zweifel längst in der Restfamilie verbissen, bevölkerten den Bürgersteig, lungerten im Vorgarten, schoben ihre Füße in die Wohnungstür, täuschten Mitleid vor und verschafften sich Zutritt, damit sie Tränen ablichten und Fotos aus dem Familienalbum mitgehen lassen konnten.

Ich hatte von halb acht bis acht hinter einem Telefonhäuschen zwischen Supermarkt und Sichtweite des Hauses gewartet, als ich sie mit einer Sonnenbrille im Gesicht und einer Einkaufstasche in der Hand aus dem Gartentor ihres schlichten Reihenhauses kommen sah – eine ausgemergelte Frau mit hohen Wangenknochen und weißen Strähnen im unmodisch hochtoupierten Haar. Sie blickte sich rasch um und kam mit schnellen Schritten in meine Richtung. Sie trug eine billige, künstlich ausgewaschene Jeans, hochhackige, rote Schuhe und ein orangefarbenes T-Shirt, das zu grell leuchtete und weder zu ihr noch zu den roten Schuhen passte. Sie sah ein bisschen so aus wie eine dünne Version meiner Nachbarin Elaine. Als sie auf meiner Höhe war, trat ich einen Schritt vor und sprach sie mit ihrem Namen an. Ihr Kopf zuckte nur leicht zur Seite, dann ging sie rasch weiter.

»Frau Matthäus«, sagte ich noch einmal. Sie beachtete das nicht. Ich folgte ihr in kurzem Abstand. »Ich möchte mit Ihnen über Ihre Töchter sprechen.«

Auch davon nahm sie keine Notiz. Sie musste es Hunderte von Malen gehört haben in der letzten Woche. Ich holte auf und ging einfach neben ihr her, bis wir am Supermarkt waren, der gerade öffnete. Ich hielt ihr die Tür auf und half ihr, einen der Einkaufswagen aus der Schlange zu ziehen, unnütze Freundlichkeiten. Seite an Seite marschierten wir durch die noch menschenleeren Gänge. Sie lud wahllos, wie es mir schien, abgepacktes Billigessen und Bier in den Wagen. Vor dem Obststand hielt sie an und ließ sich von einem verschlafenen Verkäufer drei makellos grüne Äpfel abwiegen. Ich nahm eine Avocado zur Hand.

»Ausschälen, eine halbe Zwiebel hineinreiben, eine Knoblauchzehe zerdrücken, Salz, Pfeffer, Zitronensaft, sonst nichts, dazu eine Scheibe Toast – haben Sie das schon einmal probiert?«

Sie sah mich nicht an, sondern heftete ihren Blick auf den Boden.

»Man kann auch etwas Frischkäse daruntermischen«, sagte ich hilflos.

»Warum lassen Sie mich nicht in Ruhe?« Das kam so leise und so gequält, dass ich mich schämte und am liebsten weggegangen wäre.

»Ich brauche Ihre Hilfe.«

»Wer sind Sie? Von der Polizei? Das sind Sie nicht.«

Erst jetzt nahm sie den Blick vom Boden weg und sah mich an. Ich prallte an ihrer dunklen Sonnenbrille ab, auf der sich die Obstregale spiegelten.

»Ich bin Journalistin und stelle meine eigenen Nachforschungen an. Aber«, setzte ich rasch hinzu, »ich schreibe nicht darüber. Es wird keine Geschichte geben, keinen Artikel.«

Sie ließ ihren Einkaufswagen los, dessen Griff sie die ganze Zeit über krampfhaft umklammert gehalten hatte, und nahm ihre Brille ab.

Warum? fragten ihre Augen.

Was sollte ich sagen? Sollte ich von einer Kathy erzählen, die vor Jahren einmal meine Tochter gewesen war, bis eine Stadtverwaltung sich entschied, fünftausend Pfund im Tausch gegen ihr Leben zu verdienen? Sollte ich von den Schmerzen des Verlustes erzählen, die mir bis in die entlegenste, verzweifelte Verästelung hinein vertraut geworden waren? Denn alles andere wird fremd und verwandelt sich, wenn man trauert: die Freunde zu Bekannten, der Beruf zur Belastung, die Stadt zu einer lauten Anfeindung morgens und abends und der Schlaf nachts zum Schrecken. Ich stand vor der kleinen, müden Frau, rollte die Avocado von einer Hand in die andere und brachte kein Wort heraus. Wie sollte ich weiterkommen, wenn ich mich bei der ersten Gelegenheit schon so unbeholfen benahm? Wo war *meine* journalistische Kaltschnäuzigkeit geblieben?

Abwesend nahm sie die Äpfel vom Verkäufer entgegen. Zwischen ihren nachgezogenen Augenbrauen hatte sich eine nervöse, steile Falte gebildet. Sie wartete noch immer auf meine Antwort. Durfte ich ihr Hoffnung machen wegen dieser vagen und entlegenen Idee, der Maria und ich nachjagten?

Auf einmal sagte sie: »Gegenüber ist ein Café. In zehn Minuten.« Dann schob sie den Wagen weiter und ließ mich stehen.

Ich verließ den Supermarkt und überquerte die Straße. Das Café erwies sich als heruntergekommene, kahle Eckkneipe. Der mieseste englische Pub war gemütlicher als das hier. In dem viereckigen Raum stand der Mief von tausend versoffenen Kleinstadtjahren. Ein paar betrunkene Gestalten hingen schon jetzt – es war zehn nach acht – in der Dunkelheit am Tresen hinter Bier und Korn und debattierten schleppend. Ich setzte mich hinten an einen Tisch und wartete.

Nach zehn Minuten betrat sie die Kneipe, ein orange leuchtender Fremdkörper. Sie stellte ihre Einkaufstasche unter einen Barhocker, holte sich am Tresen einen Kaffee und setzte sich zu mir.

»Bitte«, sagte sie und nahm die Brille ab. »Ich höre.«

Ich stieg direkt ins Thema ein. »Die Zeitungen schreiben, dass Ihre Töchter mit Drogen zu tun hatten. Glauben Sie, dass die Ereignisse damit zu tun haben?«

Sie holte tief Luft und seufzte kaum hörbar, nahm die Sonnenbrille in ihre Hände und nestelte daran herum. Ihr Mund wurde ein schmaler Spalt, fast nicht mehr sichtbar. Leise sagte sie: »Die Drogen bringen euch eines Tages um, alle beide. Das habe ich ihnen immer wieder gesagt. Aber sie haben doch nicht auf mich gehört. Sie haben gemacht, was sie wollten.«

»Was für Drogen? Hatten sie auch mit harten Sachen zu tun? Erzählen Sie mir ein bisschen davon.«

»Ich weiß es doch nicht.« Jetzt wurde sie ein wenig lauter, betonte jedes Wort. »Ich habe sie jeden Tag gefragt. Es stimmt nicht, dass wir uns nicht gekümmert haben.« Sie brach ab und starrte in ihren Kaffee.

»Ich weiß«, sagte ich. »Man kann wenig tun, wenn sie in diesem Alter sind.«

»Sie haben Kinder?«

»Nein ... nein, nein. Ich habe keine Kinder. Ich glaube, ich war auch sehr schwierig, als ich jung war. Ich habe meinen Eltern ziemliche Sorgen gemacht, das wusste ich sogar. Aber ich dachte, das ist die gerechte Strafe dafür, dass sie mich wie ein kleines Kind behandeln wollten. Dabei war ich ein Kind!« Ich lachte und hoffte, dass sie ein wenig auftaute. Aber sie verzog keine Miene.

Ich musste es ganz direkt versuchen. »Waren Manuela und Saskia in der letzten Zeit krank?« fragte ich vorsichtig. »Ich meine, zeigten sie körperliche Veränderungen? Klagten sie über etwas, Kopfschmerzen vielleicht oder Unwohlsein?«

Jetzt wurde sie wach. Sie legte den Kopf zurück, nahm mich schärfer in den Blick und öffnete den schmalen Mund.

»Warum das?«

»Es könnte etwas damit zu tun haben. Ich habe eine Vermutung, nur eine Vermutung, die ich jetzt noch nicht genauer erklären möchte. Ich möchte niemanden jetzt schon belasten oder verdächtigen.«

»Jetzt schon? Was meinen Sie?«

»Waren Ihre Töchter krank?«

»Was ist das für ein Verdacht? Wo ist Manuela? Wer sind Sie?!«

Sie war auf ihrem Stuhl heftig zurückgerutscht und hatte die Kaffeetasse dabei erwischt, die laut scheppernd zu Boden fiel. Neugierig drehten sich die Männer am Tresen nach uns um. Ich bückte mich rasch und sammelte die Scherben auf. Warum hatten mich die guten Geister meines Berufsstandes nur so verlassen? Hätte ich mir nicht eine nette kleine Geschichte ausdenken können, um ihr das, was ich wissen wollte, etwas geschickter zu entlocken? Als ich mit den Scherben auftauchte, hatte sie sich wieder gefasst.

»Ich verstehe, Sie wollen mir nichts erzählen«, sagte sie, mit der Resignation einer Frau, die schon lange aufgegeben hatte, die Welt um sich herum zu begreifen. »Wollen Sie auch nicht zur Polizei gehen? Warum nicht? Ist die Polizei so schlecht, dass sie ihre Arbeit nicht tun kann? Ja, beide waren krank. Eine seltsame Krankheit. Hautausschläge, die nicht weggehen wollten. Es hat mit Ringen um die Augen angefangen. Lila waren die. Richtig lila. Später war es auch noch unter den Armen. Ich habe sie zu unserem Hausarzt geschickt, aber er konnte auch nicht viel tun. Er hat ihnen eine Salbe verschrieben, aber die hat es nicht weggemacht. Er wollte es mit Bestrahlungen versuchen, aber jetzt –«

Erschöpft von der langen Rede hielt sie inne.

»Wann war das?«

»Vor drei Wochen waren sie das letzte Mal bei ihm.«

»Warum hat er sie nicht an einen Spezialisten überwiesen?«

Sie zuckte mit den Schultern.

Ich hakte nach: »Diese Krankheit hört sich doch sehr beunruhigend an.«

Sie griff sich mit einer Hand in die aufgetürmten Haare und rückte sie zurecht. »Dr. Weingart war schon immer unser Hausarzt«, sagte sie.

»Hören Sie.« Ich legte ihr vorsichtig die Hand auf den Arm und war erstaunt, dass sie ihn nicht sofort zurückzog. »Ich weiß nicht, ob diese Sache irgendeine Bedeutung hat. Ich stelle einfach nur Nachforschungen an, das ist alles.«

Sie nickte, griff wieder zu ihrer Sonnenbrille und stand langsam auf. Ich hatte keine Fragen mehr und war erleichtert, dass sie einfach ging und mich nicht um Erlaubnis bat. Zusammen verließen wir den trostlosen Ort und traten auf die Straße. Sie drehte sich ohne Gruß von mir weg und lief langsam zu ihrem Haus zurück. Ich überlegte noch, ob ich ihr etwas nachrufen sollte, »Ich rufe Sie an« oder »Ich werde mich melden«. Aber dann sah ich ihr nur nach, wie sie mit kleinen Stöckelschuhschritten und gesenktem Kopf an den Reihenhäusern entlangging, bis am Ende der Straße plötzlich drei Männer mit Mikrofonen und Fotoapparaten aus einem parkenden Auto sprangen und sie umringten. Sie wehrte sich nicht.

Ich fand den Hausarzt im Telefonbuch der nächstgelegenen Telefonzelle. Seine Praxis lag nicht weit entfernt in einer Straße mit einigen Geschäften und Rechtsanwalts-, Notar- und Steuerberaterschildern an den Hauswänden. Mit dem automatischen Türöffner kam ich in den unteren Flur. Ein weißgestrichenes Treppenhaus mit unechten Marmorstufen führte mich in die erste Etage. Die Tür der Praxisräume stand angelehnt.

Ich erklärte der Sprechstundenhilfe, dass ich nicht als Patientin, sondern mit einer privaten Frage gekommen sei. Sie sah mich skeptisch an.

»Der Herr Doktor hat mir gar nichts davon gesagt«, knurrte sie.

Ich murmelte eine Erklärung, warum ich mich nicht hatte anmelden können, wenig plausibel, dennoch beschwichtigend. »Ist ja noch kein Patient da«, lenkte sie ein und bat mich, ins Wartezimmer zu gehen. Ich setzte mich auf einen der Rohrstühle, griff zu einer Zeitschrift und vertiefte mich in Berichte über den Hochadel, bis ich von einer anderen Sprechstundenhilfe zum Arzt gebeten wurde.

Dr. Weingart saß hinter seinem Schreibtisch und zeigte abwesend auf einen Stuhl, auf dem ich Platz nehmen sollte. Er blätterte in Unterlagen, und ich hatte Zeit, ihn mir anzusehen. Er war schon älter, Mitte fünfzig vielleicht, mit einem Doppelkinn, tausend Fältchen im Gesicht, einer Hornbrille und einem mächtigen grauen Haarschopf. Ein richtiger Familiendoktor. Als er den Kopf hob, blickten mir zwei freundliche, nicht überragend intelligente Augen entgegen.

»Na, wo brennt's denn?« fragte er.

»Ich bin eine Freundin der Familie Matthäus«, sagte ich.

»Freundin der Familie? Familie Matthäus? Mein Gott,

eine tragische Geschichte ist das.« Er schüttelte den Kopf und legte seine Papiere beiseite.

»Gibt es etwas Neues von Manuela?«

Ich verneinte. Er schüttelte noch einmal besorgt den Kopf. »Was kann ich für sie tun?« fragte er dann.

»Die Mädchen waren nicht gesund in letzter Zeit, genauer gesagt schienen sie sogar ernsthaft krank zu sein. Ich interessiere mich –«

»O ja. Ja, ja. Dermatologische Probleme. Die Haut. Sie waren bei mir in Behandlung.«

»Können Sie mir mehr darüber erzählen? Was fehlte den beiden?«

»Hören Sie, Frau –?«

»Marrow.«

»Frau Marrow. Ich weiß nicht, in welcher Form Sie mit der Familie verbunden sind. Es handelt sich hier natürlich um ärztliche Geheimnisse. Ich habe den Mädchen und auch den Eltern gegenüber eine Schweigepflicht.« Er hörte auf zu sprechen, beugte sich ein Stück vor und drückte sich mit der rechten Hand die Brille dichter vor die Augen. Er sah mich prüfend an.

»Können die Hautprobleme der Mädchen etwas mit ihrem Drogengebrauch zu tun gehabt haben?« fragte ich.

Er lehnte sich wieder zurück.

»Man weiß natürlich nicht, was da alles aufgebauscht wird durch die Presse.« Er zögerte. »Andererseits habe ich das in den letzten Tagen auch gedacht. Natürlich hatte ich schon vorher gemerkt, dass die beiden doch ein wenig sehr, wie soll ich sagen, nachlässig mit ihrer Gesundheit umgingen. Zumindest waren sie recht früh schon starke Raucherinnen. Dazu werden sie Haschisch genommen haben. Von mehr weiß und wusste ich allerdings nicht. Davon habe ich nichts bemerkt. Injektionsspuren an den Armen – nein. Möglicherweise haben sie Tabletten genommen. Mein Gott, was für eine tragische Geschichte.«

»Heißt das, dass Sie nicht wussten, was die Hautprobleme der beiden verursacht hat?«

Ich musste wohl etwas grob geklungen haben. Jedenfalls sah er irritiert aus. Er stand auf, verschränkte die breiten Arme und sah zur Decke.

»Akne. Das dachte ich zunächst. Schlicht und ergreifend Akne. Eine schwere, und so schwer behandelbar, wie solche Erkrankungen nun einmal leider noch sind. Nach einiger Zeit allerdings begann ich zu vermuten, dass es sich doch vielleicht um etwas Schwerwiegenderes handeln könnte. Vor allem die Ringe um ihre Augen, die lila Ringe ...«

»Worauf deutete das hin?«

»Mein Gott, Frau –?«

»Marrow.«

»Frau Marrow. Ich rede eigentlich schon viel zuviel mit Ihnen. Wollen Sie nicht noch einmal mit den Eltern herkommen? Nun ja, zunächst hatte ich – verzeihen Sie mir meine Offenheit –, ich hatte keine Ahnung. Wissen Sie, mein eigenes Studium liegt ja nun schon einige Jahre zurück, und auch wenn man versucht, auf dem Laufenden zu bleiben – nun ja, fassen wir uns kurz: Der Zufall wollte, dass ein Freund von mir mich in der Praxis besuchte, ein junger Mediziner, und er wusste sofort, was wir davon zu halten hatten. Es gibt eine Krankheit, die Kinder und Jugendliche bekommen können. Aber sie tritt extrem selten auf. Dermatomyositis, im Volksmund ›die Lilakrankheit‹ genannt. Ihre Entstehung ist unklar, sie ist autoallergisch und gehört zum rheumatischen Formenkreis. Man hat herausgefunden, dass dabei Antikörper gegen die eigenen Hautzellen gebildet werden. Auch gegen die quergestreiften Muskelzellen. Das alles wird sozusagen vom eigenen Körper angefallen.«

Er ging zum Fenster und sah hinaus.

»Welchen Verlauf nimmt diese Krankheit? Wie behandelt man sie?« fragte ich.

Er drehte sich wieder zu mir um.

»Warum interessieren Sie sich dafür? Ich sehe nicht, wie ich Ihnen oder der Familie, den Eltern, da mit mehr Einzelheiten weiterhelfen kann, Frau Marrow.«

»Sie haben mir vielleicht schon sehr geholfen. Meine Frage wäre nur –«

»Der Verlauf ist folgender: rote Erytheme, Flecken auf der Haut. Ödeme, Schwellungen an Augenlidern, Ellenbogen, Knien, Knöcheln. Später schmerzhafte Muskelschwellungen, Schwindelanfälle, Fieber, Kopfschmerzen, Brechreiz. Irgendwann atrophieren die Muskeln.«

»Was heißt das?«

»Sie bilden sich zurück, werden dünner. Schließlich kommt es zu Entzündungen am Herzen und zur Tachykardie – Herzrasen.«

»Du meine Güte«, murmelte ich. »Was kann man dagegen tun?«

Dr. Weingart steckte die Hände in die Taschen seines Kittels.

»Nichts«, sagte er kaum hörbar. »Überhaupt nichts.«

»Nichts?«

»Es gibt keine Therapie. Cortisonhaltige Salben. Kamillosantupfer gegen die Augenlidschwellungen. Sonst nichts. Da man die Ursache der Krankheit nicht kennt, gibt es auch keine kausale Therapie. Darum habe ich zunächst auch davon abgesehen, die beiden ins Krankenhaus oder an einen Fachkollegen zu überweisen. Ich wollte es ihnen ersparen, als ›interessante Fälle‹ durch endlose Batterien von Untersuchungen geschleust zu werden. Die Medizin kann da manchmal sehr hart sein. Aber man kann gegen die Lilakrankheit nichts tun – außer hoffen, dass sich die Sache möglichst lange halbwegs schmerzfrei hinzieht.«

»Könnte es sein, dass diese Verstellung, dieses Durcheinandergebrachtsein des Immunsystems – darum handelt es sich ja wohl – als eine Reaktion auf einen äußeren Reiz auftritt?«

Er zuckte mit den Schultern und sah mich schon wieder so prüfend an.

»Sie meinen die Drogen? Unter Umständen könnte das

sein. Wie gesagt, ich habe mir in den letzten Tagen auch Gedanken darüber gemacht. Aber wie ich ebenfalls sagte, die Genese, die Entstehung der Krankheit, ist bisher völlig unbekannt.«

Ich stand auf.

»Vielen Dank«, sagte ich und gab ihm die Hand. »Ich, die Eltern und ich, wir wollten nur noch einmal genau nachfragen, wissen Sie.«

Er nickte verständnisvoll, geleitete mich zur Tür und entließ mich aus seinem Sprechzimmer. »Bitte sprechen Sie der Familie mein Beileid aus«, bat er.

Gleich darauf fuhr ich zu Fechners Labor.

16. Kapitel

»Darf ich vorstellen: Marianne Bartel, Biologin, sie arbeitet im zweiten Jahr an einer Promotion über Membranprozesse. Christoph Kraan, Biochemiker. Seine Promotion ist schon fast fertig. Worüber, Christoph?«

»Künstliche Systeme Fsp-III-dirigierter Immunisierung am Ratten-Trophoblasten.«

»Genau. Dies hier ist Susanne Lobenstern, eine unserer Diplomandinnen. Ach, und da kommt gerade Frank. Randolf scheint noch oben auf dem Hausseminar zu sein. Die beiden schreiben ebenfalls ihre Diplomarbeit bei mir. John Potter hier neben Ihnen ist Postdoc aus Kanada. Things are going superb, right, John?«

»Can't complain, George.«

»Und Barbara, die gerade mit dem herrlichen Kaffee zur Tür hereinkommt, ist unsere gute Seele, der Geist des Labors, unsere technische Angestellte mit dem Röntgenblick für kontaminierte Proben. Ohne sie liefe hier nichts, was Barbara?«

»Wollen Sie Milch oder Zucker?« Barbara, wie sie ja wohl hieß, wenn ich die vielen Namen nicht schon durcheinanderbrachte, wandte sich mir mit schüchternem Blick zu.

»Nur Milch bitte«, antwortete ich. Sie nestelte sich das dünne Haar hinters Ohr und reichte mir meine Tasse. Ich bedankte mich. Hier war ich also. Es war halb zehn, und ich war dankbar für einen Kaffee, mit dem ich die Mutter der Mädchen, die Kneipe und die Symptome der Lilakrankheit hinunterspülen und ein zweites Mal wach werden konnte. Neben mir saß ein aufgekratzter, gutgelaunter Fechner. Die Mitarbeiterinnen und Mitarbeiter gingen wieder an ihre Arbeitstische oder verschwanden in den Nachbarlaboren. Fechner lachte mich an. Ich lachte zurück. Hier im Labor trug er keinen Anzug, sondern ganz leger schwarze Jeans, Turnschuhe und ein Hemd mit offenem Kragen. Jetzt sah man erst, dass er noch immer eine wirklich gute Figur hatte, sportlich, dynamisch, sommerlich braun gebrannt – ein blendend aussehender Mann in seinen allerbesten Jahren. Er stellte seine Kaffeetasse ab und streckte die Arme in die Höhe, bis es knackte.

»Ich dachte mir«, sagte er, gähnte kurz und holte die Arme wieder nach unten, »dass ich oder einer von meinen Leuten – ich habe noch einige Telefongespräche zu erledigen – Sie heute morgen erst einmal überall im Haus herumführen, damit Sie sich ein Bild von meinen Laboren und von der ganzen Abteilung machen können. Heute nachmittag übergebe ich Sie der Obhut von Marianne und Christoph. Die beiden arbeiten bereits seit drei Jahren in meiner Arbeitsgruppe. Sie können Ihnen sicher schon viele Fragen beantworten.«

Ich lächelte. »Ganz der gestresste Professor?«

»Es tut mir Leid, ja!« Er lachte. »Leid tut mir das auch für mich, das können Sie mir glauben! Wissen Sie, ich habe seit Jahren schon nicht mehr an der Laborbank gestanden – keine Zeit. Mein Refugium ist dort drinnen.« Er wies durch die offene Labortür schräg über den Gang.

»Mein Arbeitszimmer. Dort stehen ein Schreibtisch voller Papier, ein Computer und ein Telefon. Dagegen habe ich die Pipetten getauscht. Das ist leider so, wenn man eine gewisse Position erreicht hat. Zurück, das gibt's nicht mehr.«

»Haben Sie gern praktisch gearbeitet?« War praktisch das richtige Wort?

»O ja! Ja, das habe ich! Wissenschaft ist ein Handwerk, sie hat mehr mit den Händen als mit dem Kopf zu tun. Wissen Sie, die meisten Menschen halten uns Wissenschaftler für Leute, die nur mit ihren grauen Zellen arbeiten. Aber die hier«, er lachte, streckte seine Hände aus und dreht sie, »die sind fast noch wichtiger. Wenn man seine Experimente nicht mit *Hingabe* ausführt, dann kann das Denken zuvor nicht viel wert gewesen sein. Deswegen werde ich auch so ungehalten, wenn ich sehe, wie jemand – fragen Sie meine Leute, die können ein Lied davon singen! – nachlässig mit seinen Proben umgeht, seinen Platz nicht sauber hält oder sich bei der Arbeit hinsetzt. Das geht nicht! Jeder Malermeister würde seinem Lehrling etwas husten, wenn der es sich mit seinem Pinsel in einem Lehnsessel bequem machen würde. Wissenschaft ist Handwerk und Liebe zum Handwerk, zur Akkuratesse, zum Gelingen.«

»Zum Gelingen?«

»Ja, das vor allem anderen! Die genialste Idee nützt gar nichts, wenn man in der Ausführung schlampt. Der Christoph ist so ein Kandidat: hochintelligent, aber wenn er an der Laborbank steht, möchte man wegschauen, weil er da zwei linke Hände hat. Schade. Umgekehrt ist das bei Frank. Er hat ein Händchen für Experimente. Was niemandem glückt, ihm gelingt es. Aber leider sind seine Ideen nicht wirklich innovativ. Er kocht nach, was in den Anleitungen steht, und denkt sich nicht in seine Fragestellung hinein. Marianne ist eine aufrechte Arbeiterin, wenn ich mal so sagen darf. Sie kommt pünktlich, geht pünktlich, macht sich angemessen gründlich Gedanken und führt sie angemessen gründlich aus. Auch eine Art zu arbeiten. So wird sie zwar nie etwas Großartiges erreichen, aber ihre Doktorarbeit hat schon jetzt ganz ordentliche Ergebnisse. Wenn *ihr* das reicht, *mir* soll es recht sein.«

»Der Immunologie-Professor – in Wirklichkeit ein verkappter Psychologe?« warf ich ein.

»Ein verkappter? Ein ganz offener sogar! Wissen Sie, wenn man die Leute nicht schikanieren will, und das will heutzutage, zumindest an unserem Institut, niemand mehr, dann muss man sie fördern, sie dazu bringen, das Beste aus sich herauszuholen. Das ist ein ganz wesentlicher Teil meiner Aufgabe, aber das musste ich auch erst lernen. Wir stehen auf dem Standpunkt: Niemand muss hier arbeiten. Wer herkommt, tut das freiwillig. Wir sind ein Eliteinstitut. Wir bieten hervorragende Arbeitsbedingungen. Wer etwas erreichen will in seinem Beruf, der ist hier am richtigen Platz. Aber dazu muss natürlich auch etwas geleistet werden. Das ist manchmal hart, und dann bin ich da. Einbrüche und Frustrationen gehören in unserem Geschäft zum täglichen Brot. Die Hauptsache ist: Was macht man daraus? Gibt man auf - oder geht man weiter?«

Ich lächelte. »Sie gehen weiter, nicht wahr?«

Er wiegte nachdenklich den Kopf. »Ich denke, sagen zu können, dass ich jemand bin, der nicht so leicht aufgibt. Das ist, wie gesagt, manchmal nicht einfach. Es ist hart. Aber«, er lachte, »es ist mein Beruf! Ich wollte Wissenschaftler werden, und ich bin es geworden!« Er stand auf. »Kommen Sie, jetzt gehen wir mal hinein ins Geschehen!«

Das Geschehen waren drei große, helle Labore mit Blumenpostern und Tischreihen an allen vier Wänden, etlichen von den Gerätschaften, die Til mir aufgezeichnet hatte, leider auch etlichen anderen, und den fleißig in weißen Kitteln und bunten T-Shirts arbeitenden Leuten Fechners. Drei Labore stellten, wie ich von Fechner erfuhr, für seine Position ein eher kleines Reich dar. Er lege jedoch, so erklärte er mir, Wert auf Effektivität. Eine gut zusammenarbeitende, einander ergänzende, kleine Arbeitsgruppe sei ihm lieber als ein Wasserkopf von zwanzig Leuten, die man nicht mehr im Griff habe. Abgesehen davon unterstehe ihm ja die ganze Abteilung mit fünf weiteren Arbeitsgruppen, für deren Forschung er ebenfalls verantwortlich sei, wenn auch nicht ganz so unmittelbar. Er führte mich durch die Gänge seiner Abteilung, die den gesamten zweiten Stock des Institutsgebäudes einnahm, stellte mich hier und dort einem Arbeitsgruppenleiter vor, scherzte mit technischen Angestellten, blauhosigen Mechanikern und Wissenschaftlern, die uns geschäftig über den Weg liefen. Alle trugen etwas: große, flüssigkeitsgefüllte Glaskolben, Tabletts mit Reagenzgläsern, Kabel und elektrische Geräte. Fechner schien beliebt zu sein. Man lachte ihn offen und herzlich und ganz frei von Untertänigkeit an. Ich stellte viele Fragen, und meine anfängliche Unsicherheit verflüchtigte sich rasch – Fechner wäre wohl ohnehin nie auf die Idee gekommen, mich wissenschaftlich ernst zu nehmen, deshalb konnte ich ganz frei heraus reden. Ich notierte mir, was ich für notierenswert hielt: die Themen, an denen gearbeitet wurde, die Namen der anderen Arbeitsgruppenleiter und -leiterinnen, die Struktur des Instituts. Inwiefern dieses Institut mit dem Krankenhaus zu tun habe, wollte ich wissen. Kaum. Man sei der Universitätsklinik zwar angegliedert, arbeite aber als eigenständiges Forschungsinstitut.

»Wenn Sie fragen, ob sich hierher auch einmal Patienten verirren, sage ich nein. Damit haben wir nichts zu tun. Wenn Sie allerdings wissen wollen, ob uns die Medizinstudenten heimsuchen, muss ich leider bejahen. Die Lehre ist Teil meines Aufgabengebietes, Vorlesungen, Prüfungen und zu unser aller Schrecken jedes Semester auch ein Praktikum in unseren Laboren. Wenn fünfzehn Studenten drei Wochen lang bei uns zugange waren, steht kein Gerät mehr auf dem anderen. Da heißt es vorher: Wertsachen wegschließen, Proben verstecken, Schreibtische zumachen – es ist eine Katastrophe.«

Ich schüttelte ungläubig den Kopf. »Proben verstecken?«

»Das können Sie sich kaum vorstellen, nicht wahr? Alles, was wichtig ist, muss vorher einkassiert werden. *Einen* scheint es in jedem Kurs zu geben, der seine Finger nicht bei sich behalten kann. Wir haben es aufgegeben, uns über Verdächtigungen Gedanken zu machen. Jeder einzelne ist ein freundlicher und sympathischer Zeitgenosse, und am Ende fehlen die teuren einstellbaren Pipetten oder die Röntgenfilme oder, oder, oder. Man fragt sich, was die Kerle damit anfangen.« Er verzog frustriert den Mund.

»Wie bewerkstelligen Sie denn das?« fragte ich. Ich wurde neugierig, hoffentlich nicht zu sehr. »Ich meine, wie verstecken Sie denn Ihre Proben? Das macht mir hier alles doch einen sehr offenen, ungezwungenen Eindruck. Wegschließen, das passt so gar nicht.«

Fechner lachte. »Nein, das passt nicht. Muss aber sein. Kommen Sie.« Er führte mich vorbei an seinen drei Laboren, zu denen wir gerade zurückkehren wollten, zum Ende des Ganges in einen großen Raum. Hier standen große Destillationsgeräte, in denen das Wasser gurgelte, Heizöfen, die die Pipetten mit heißer Luft keimfrei buken, und überdimensionale Spülmaschinen, die von drei dicken, müden Spülfrauen bedient wurden. Wir gingen an ihnen vorbei durch eine zweite Tür in eine kleine Kammer, in der nichts als drei gigantische Gefriertruhen standen.

»Hier – unser Allerheiligstes«, sagte er und klopfte auf eine der Truhen. »Bis hierher dringen sie nicht durch. Dafür sorgen schon unsere drei«, er senkte die Stimme, »*Walküren* da draußen. Wir haben sie instruiert, niemanden hier durchzulassen, und Sie können sich nicht vorstellen, mit welcher *unglaublichen* Energie die drei dieses Gebot durchzusetzen wissen.« Er zwinkerte mir komplizenhaft zu. Wir verließen die Kammer und den Spülraum, bogen um eine andere Ecke –

es fiel mir schwer, die Orientierung zu behalten – und landeten vor einer schweren grünen Schiebetür aus Metall. Fechner bediente einen seltsamen Verriegelungsmechanismus, öffnete das Metallding und schob es zur Seite. Kühle Luft wehte uns entgegen. »Der Kühlraum«, erklärte er. »Hier drinnen beträgt die Temperatur vier Grad, wie in Ihrem Kühlschrank. Auch hier ist Tabuzone für Studenten.«

Wir betraten den seltsamen Riesenkühlschrank. Er hatte etwas von einem gekachelten Sarg und roch unangenehm nach Chemie und abgestandener, kalter Luft. In seinen zwei einander kreuzenden Gängen standen Eisenregale mit Glasflaschen und großen Plastikbehältern. Mich fröstelte. Fechner lachte. »Ja, das ist unangenehm hier drinnen. Aber manche Experimente erfordern, dass man wochenlang jeden Tag hier zubringt. Wenn die Proben keine Wärme vertragen, jeder Schritt in der Kälte gemacht werden muss, heißt es, dicke Jacke anziehen und ab in den Kühlraum.«

»Kommt das oft vor?« fragte ich, von ehrlichem Mitleid erfüllt.

»Selten nicht«, lachte Fechner. Mein Schaudern schien ihm Spaß zu machen. »Im Moment trifft es gerade Marianne. Irgend jemanden trifft es immer. Wenn jemand zum Mittagessen mit geröteten Wangen und bläulicher Nase erscheint, dann wissen Sie sofort: Der leistet gerade Frondienst im Kühlraum. Aber kommen Sie, *wir* müssen uns ja nicht hier erkälten!«

Wir verließen den Kühlraum. Fechner schob die schwere Tür wieder zu. »Wir haben zwei solcher Räume in jedem Stockwerk«, sagte er abschließend. »Sie treiben unsere Stromrechnung ganz schön in die Höhe, und ich bin da hinterher, dass jeder überflüssige Kühlraum stillgelegt wird. Selbst um so etwas muss ich mir einen Kopf machen, hätten Sie das gedacht?«

Ich tat ihm den Gefallen und schüttelte lachend den Kopf. Auf einmal kam eine seiner Mitarbeiterinnen, es war wohl Marianne, angelaufen. »Telefon!« rief sie. »Der Hallstatt noch mal. Er fragt wegen dem neuen Oligosynthesizer.« Fechner entschuldigte sich und machte sich mit schnellen Schritten auf den Weg in sein Arbeitszimmer. Ich blieb mit Marianne zurück, einer kleinen, dicklichen Frau mit dunkelbraunen, langweilig geschnittenen Haaren und einer Kassengestellbrille. Ihr Kittel war speckig und zerrissen. Ich sah sofort, dass es ihr unangenehm war, mich auf einmal am Hals zu haben. Sie räusperte sich und warf unverhohlen einen Blick auf ihre Uhr.

»Machen Sie nur«, sagte ich freundlich. »Ich will Sie nicht stören. Ich werfe nur einen Blick über die Schulter.« Sie lächelte gequält, nickte wortlos und marschierte in eines der Labore, wo sie anfing, kleine Plastikgefäße aus einem sprudelnden Wasserbad zu ziehen und in einen Ständer zu überführen. Dabei kontrollierte sie jede der Proben mit einem Blick und versperrte mir mit ihrer rechten Schulter die Sicht.

»Was ist denn da drin?« fragte ich.

Marianne seufzte unhöflich. »Membranpräparationen«, sagte sie. Sie drückte jetzt ein Plastikgefäß nach dem anderen auf einen kleinen Kasten mit einer Einbuchtung oben in der Mitte, die sich bei Berührung rasch zu drehen begann, so dass die Proben durchgeschüttelt wurden. Wieder schenkte sie jedem Töpfchen einen prüfenden Blick. Ich ließ von ihr ab und wandte mich der Diplomandin, Susanne Soundso-Stern, die in der anderen Ecke des Labors an ihrem Schreibtisch saß und in wissenschaftlichen Zeitschriften las. Sie begrüßte mich freundlich.

»Schon vertraut gemacht?« fragte sie.

»Mehr oder weniger. Störe ich Sie?«

Susanne winkte ab. »Ach was. Ich versuche zu begreifen, warum meine Experimente nicht funktionieren.« Sie lachte. »Aber nirgendwo in der Literatur steht etwas über meine Probleme. Es ist mal wieder allen leichtgefallen – außer mir.«

»Und?« fragte ich. »Glauben Sie nicht, was Sie da lesen?«

»Schon.« Sie zögerte. »Ich glaube ihnen, dass es letztendlich geklappt hat. Bei mir wird es auch letztendlich klappen. Aber es ist eben meistens nicht so einfach, wie die Veröffentlichungen es darstellen. Oft weiß man am Ende nicht einmal, *warum* es plötzlich funktioniert. Man lässt den ganzen Versuchsablauf gleich, aber schüttelt die Proben nicht mehr senkrecht, sondern leicht geneigt durch, stellt sie über Nacht nicht in das untere, sondern in das mittlere Kühlschrankfach und benutzt die Pipette vom Kollegen, und siehe da ...« sie lacht wieder, »auf einmal geht's! Das ist die heilige Wissenschaft.«

Mit hochgezogenen Brauen guckte sie auf den Stoß an bedrucktem Papier vor sich und schüttelte den Kopf. Sie gefiel mir: Ihr offenes, verschmitztes Gesicht mit der kleinen Nase, der rötlichen Haut und den hellbraunen Augen war bedeckt von tausend Sommersprossen. Sie trug die Haare pilzkopfartig und knallrot gefärbt. Im Mund hatte sie das stummelige Ende eines Bleistifts. Sie mochte höchstens sechsundzwanzig sein. »Arbeiten Sie schon lange hier?« fragte ich.

»Seit einem halben Jahr. In ein paar Monaten bin ich hoffentlich fertig und kann dem Institut auf Wiedersehen sagen. Das hier ist nichts für mich.« Sie biss sich auf die Unterlippe und zuckte mit den Schultern. »War ein langer Umweg, um herauszufinden, dass ich *keine* Wissenschaftlerin werden will.«

»Was gefällt Ihnen daran nicht?«

»Ich finde ...« Sie brach ab und sah zu Marianne und Christoph hinüber. Inzwischen waren auch John und Frank hereingekommen. Alle vier arbeiteten konzentriert und versunken an ihren Laborbänken. Ob sie uns trotzdem zuhörten? Wahrscheinlich. Susanne gab sich einen Ruck und sprach weiter. »Ich finde das alles so *unwesentlich*, was wir hier tun. Es ist objektiv betrachtet einfach nicht wichtig. Die Zeiten, als Wissenschaft noch Durchbruch und Entdeckung bedeutete, sind längst vorbei. Das war ein Kindheitstraum von mir: etwas entdecken. Wie Marie Curie die Röntgenstrahlen oder wie Lise Meitner die Kernspaltung, na ja, vielleicht die Kernspaltung nun gerade nicht. Aber etwas Bedeutendes eben. Deswegen wollte ich auch ins Labor und nicht Vögel beobachten oder so was. Ich wollte in einem wichtigen weißen Kittel an der menschlichen Biochemie forschen und etwas unendlich Wichtiges entdecken.« Sie lachte über sich selbst. »Aber dass sich die Leute heutzutage nur noch mit der Bindungsstelle X der Untereinheit Y des Proteins Z beschäftigen, ist mir erst seit meiner Diplomarbeit klar.«

»Ihr Chef sieht das anders«, wandte ich ein.

»Chefs sehen vieles anders, oder nicht?«

»Reizt Sie das nicht: die ultimative Verhütungsmethode für die Dritte Welt?« Ich sah sie mir genau an. Susanne zog den Mund schmal zusammen.

»Mit der Immunisierung habe ich nichts zu tun«, sagte sie bestimmt. »Danach müssen Sie Frank und Christoph fragen, oder auch Marianne und John. Randolf und ich, wir beschäftigen uns ganz allgemein mit den Wechselwirkungen zwischen Antikörper und Antigen. Ich hätte das auch nicht getan.«

»*Was* hätten Sie nicht getan?«

»Vor Journalisten soll man sich in acht nehmen, nicht wahr?« Sie lächelte unsicher.

»Wenn Sie wollen, zeige ich Ihnen, was ich schreibe, bevor ich es wegschicke«, bluffte ich.

»Noch so ein Trick«, lachte sie. »Ich bin nicht naiv! Aber ich kann Ihnen auch gern antworten.« Sie sah noch einmal kurz zu den andern, sprach dann aber ganz normal weiter.

»Für mich ist die Sache hier sowieso bald zu Ende. Ich habe mich, bevor ich hier anfing, mit Fechners Themen beschäftigt und bin zu dem Schluss gelangt, dass ich seinen Ansatz bei der Immunisierung nicht richtig finde. Das hört sich«, sie zögerte, »es hört sich vielleicht arrogant an, aber ich hatte bei allem was ich lese, das Gefühl: nein. So geht das nicht. Das kann man so nicht machen. Man hat es nicht im Griff.«

»*Was* hat man nicht im Griff?« Mir zuckten Stift und Notizblock in den Händen, aber ich rührte mich nicht.

Susanne neigte skeptisch den Kopf. »Es ist zu heikel. Die Umkehrbarkeit ist nicht gesichert, die Langzeiteffekte sind nicht geklärt, und es fragt sich, ob man die jemals wird klären können. Von so etwas lasse ich lieber meine Finger.«

»Aber noch ist das doch nur eine Idee. Niemand hier macht Versuchsreihen an Frauen damit.«

»Bisher müssen Ratten daran glauben, das ist richtig. Und ein paar bedauernswerte Paviane.« Sie nahm den zerbissenen Bleistift aus dem Mund, begutachtete ihn, tat ihn wieder hinein. »Aber ich bin auch auf Tierexperimente nicht besonders wild. Ich bearbeite nur Zellen, das ist mir lieber.«

»Und die andern vier, die experimentieren mit Tieren?« hakte ich nach.

»Igitt, ja! Die Ärmsten!« sie lachte wieder. Ich wusste nicht, ob sie die Ratten und Paviane oder die Menschen damit meinte. »Sie sehen«, fuhr sie fort, »ich bin einfach keine Wissenschaftlerin! Ich fände es widerlich, jeden Tag Ratten zu spritzen und ihnen Blut abzuzapfen!«

Jetzt drehte sich Christoph nach uns um und lächelte mit leisem Spott. Er hielt eine Handvoll Reagenzgläser in die Höhe, in denen sich offensichtlich frisches Blut befand. »Der ganz besondere Saft! Ich verstehe nicht, was du dagegen hast.« Seine Stimme klang hoch und nicht besonders sympathisch. Er schüttelte die Hand mit den Gläsern. Das Blut schwappte hin und her. John lachte laut. Frank drehte sich ebenfalls um und grinste – er sah aus wie ein Hochleistungssportler, ein Radfahrer vielleicht, trug kurze Hosen, unter denen muskulöse, blondbehaarte Beine hervorsahen. Vom Typ her hätte er der Sohn Fechners sein können, nur dass er nicht ganz so klug aussah. Auch Frank griff sich jetzt eines der Reagenzgläser und winkte uns damit zu.

»Hör auf damit, du verschüttest das Zeug noch!« herrschte Marianne ihn an. Susanne beugte sich wieder zu mir.

»Christoph und Frank sollten lieber sehen, dass sie damit etwas zustande bringen.« Die beiden drehten uns wieder den Rücken zu.

»Schwierigkeiten gehören einfach dazu. Das habe ich eben noch von Ihrem Professor gelernt«, sagte ich.

Susannes Stimme blieb leise. »Das ist ja nicht das Problem. Es kommt für mich nur darauf an, ob man das *zugibt* oder ob man so tut, als sei alles locker und ... genial ... was man tut. So was widert mich an, diese coolen, glatten Redenschwinger, die es hier auf jedem Flur, in jeder Arbeitsgruppe gibt, und wenn man genauer hinsieht, arbeiten sie auch nicht besser als man selbst.«

»Sie sollten vielleicht wirklich hier weggehen.«

»Entschuldigen Sie«, sagte sie plötzlich müde. »Das sind so die internen Geschichten. Das braucht Sie für Ihren Bericht ja nicht zu interessieren. Das ist der Hintergrund. Wollen wir essen gehen?«

»Einen Moment noch«, ich drehte den Kopf zu Christoph und Frank. »Ich glaube, ich muss mir kurz ansehen, was die da mit dem Rattenblut machen. Damit ich richtig Appetit bekomme!«

Susanne lachte. »Ich sitze immer hinten an den runden Tischen bei den Fenstern. Die Kantine ist im sechsten Stock. Aufzug vorne im Flur.« Sie verschwand. Ich stand auf, raffte meine Utensilien zusammen und ging zu ihnen hinüber. Christoph stand in einem blütenweißen, frischen Kittel lang und hager über ein Meßgerät gebeugt und drehte daran herum. Als ich hinter ihm stand, wandte er sich um und sah mich freundlich und aufmerksam an.

»Was treibt Sie zu mir?« fragte er. »Hat die gute Susanne ihr ganzes Pulver schon verschossen?«

»Das Blut, das Blut!« Ich versuchte, locker zu klingen. Christoph richtete sich auf und schob die Proben von sich.

Er sah müde aus, hatte Ringe unter den Augen. Er schien sich zu einem Lächeln zu zwingen. Es huscht kurz und angestrengt über sein Gesicht.

»Darf ich?« fragte ich und zeigte auf die Proben.

»Sie werden da nicht viel sehen«, mischte Frank sich ein. Christoph nahm den Probenständer und gab ihn mir.

»Ist das wirklich Rattenblut?« fragte ich und sah in die rote Suppe.

»What dänken Sie?« lachte John. »It is richtige, echte Bluut!« O Gott, der Mann würde mir auf die Nerven gehen, wenn ich länger als einen Tag an seiner Seite arbeiten müsste. Er war breit und plump und offensichtlich etwas schräg im Kopf. Jetzt kicherte er.

»Wollen Sie die Ratten sehen?« Christoph schob mir die Frage schnell und atemlos hinüber, ich meinte eine kleine Boshaftigkeit in seiner Stimme zu hören. Ob er damit rechnete, dass es mir unangenehm war, seine Versuchstiere zu sehen?

»Ja«, sagte ich und stellte die Proben wieder ab. »Gern, wenn ich darf.«

»Kommen Sie.«

»Oh yeah, let's have a look at our little monsters!« rief John, legte seine Pipette beiseite und schloss sich uns an.

»Ich muss auch grad nach oben«, sagte Frank grinsend.

Sie gingen vor, schnell, ungeduldig, als könnten sie es nicht abwarten, mir die Ratten zu zeigen. Ich lief hinter den dreien her, den Gang hinunter, in den Aufzug, hinauf zum vierten Stock, einen anderen Gang entlang, zu einer Tür.

John öffnete sie. Scharren, Trappeln, Krallen auf Metall drangen an mein Ohr, ein Geruch von Fell und Tier breitete sich aus. Wir gingen hinein. Das erste, was ich sah, eher als die Hunderte von Ratten, Meerschweinchen, Mäusen und Kaninchen, war Metall: blanker Edelstahl, an den Wänden, auf dem Boden, in den Käfigen. Alles war silbern, sauber und glatt. Es gab keine Holzbänke, keine Streu. Aus der Glätte waren die Wände, die Stangen und die zahllosen Käfige gemacht, einer neben dem anderen, in endlosen Reihen, mit Rinnen, die in automatischem Fluss Fäkalien abtransportieren. Die drei standen neben mir, und wir sahen auf das neonbeleuchtete Käfigmeer.

»Das ist das Material für das ganze Institut«, sagte Frank. Er warf mir einen hochnäsigen Blick zu. Christoph nickte zustimmend. Ich rang mir ein kühles Lächeln ab. Ich spürte, dass Frank das Wort »Material« absichtlich gewählt hatte, obgleich ich annahm, dass das durchaus dem Sprachgebrauch dieser Forschungsstätte entsprach. Die drei wollten mich provozieren. John ging auf die ersten Käfige zu. Darin hockten apathische Kaninchen mit großen, roten, hervorquellenden Augen.

»Arrbeitsgroup Boviack«, sagte er. »They do tests with Augeinnedrruuck.«

Ich sagte nichts, ging einfach hinter ihnen her. Zu jeder Käfigreihe gab einer der jungen Forscher einen Kommentar ab, und ich schrieb mit, fragte ein paarmal nach, gab niemandem eine Gelegenheit, eine Schwäche an mir zu entdecken. Es schien Stunden zu dauern, bis wir an der letzten Reihe angelangt waren. Da saßen, in sieben Käfigen nebeneinander, die Paviane, es mochten etwas zehn sein. Verhaltensgestört kauerten sie in den Ecken. Gerade bei dieser letzten Reihe ließen die drei sich noch einmal viel Zeit, führten aus, erklärten, was ich ohnehin nicht verstand, und redeten sich, so schien es mir, wortreich ihr eigenes Unbehagen und schlechtes Gewissen von der Leber.

Endlich kamen wir wieder an der Tür an. Das wenige natürliche Licht des Flurs kam meinen Augen wie eine große Befreiung vor. Ich fasste mir an die Stirn. Schweißtropfen. Ich wischte sie unauffällig weg.

»Wollen Sie jetzt essen gehen?« fragte Christoph. Frank lächelte kalt und zufrieden. John legte den Kopf zurück und kicherte schon wieder.

Alle vier fuhren wir schweigend im Aufzug nach oben. Ich fühlte mich wie ausgespuckt. Im fünften Stock stieg

Fechner mit einigen Herren im Anzug zu. Er legte eine übertriebene Wiedersehensfreude an den Tag, als er mich sah, und stellte mich vor. Es waren Angestellte der Institutsverwaltung und des Sekretariats. Oben verschwanden seine drei vielversprechenden Nachwuchswissenschaftler. Gemeinsam mit Fechner und seiner Begleitung begab ich mich zur Kantine, die schon voller Menschen war. Wir stellten uns an der Essensausgabe an. Als ich mein Tablett in den Händen hielt und auf die Geleebröckchen in dem blassen Rotkraut starrte, wurde mir kurz schlecht. Ich kämpfte die Bilder der neurotischen Ratten und quelläugigen Kaninchen nieder und lief hinter der Männerriege her zu einem großen Tisch. Fechner bot mir einen Platz neben sich an, hielt mir sogar den Stuhl hin, half mir beim Platznehmen und fummelte meine Handtasche über die Lehne. Die Gruppe fing an, über Belanglosigkeiten zu reden, das Wetter, das Essen, das vergangene und das kommende Wochenende. Einer quetschte mich kurz nach meinem Beruf und dem Grund meines Hierseins aus, und ich schlug mich wacker mit der vorgefertigten Geschichte. Während ich sie vorbrachte, spürte ich, wie Fechner an meiner Seite sich unauffällig größer pumpte. Es gefiel ihm, im Mittelpunkt meines englischsprachigen Reports stehen zu sollen. Der Mann, der mich ausgefragt hatte, nickte anerkennend zu ihm hinüber, und Fechner beeilte sich, sein Licht so unter den Scheffel zu stellen, dass jeder es mitbekam.

»Halt, halt, halt!« rief er kauend. »Nicht so heftig! *Noch* sind wir nicht soweit! Ein Weilchen brauchen wir schon noch, bis die Sache steht!«

»Wie lange?« fragte der Verwaltungsmann. »Das haben sogar wir unten im Sekretariat mitbekommen, dass der Fechner kurz vor seinem großen Durchbruch steht. Jede Minute hundertfünfzig neue Kinder auf der Welt – Sie müssen sich ranhalten, denken Sie nicht?!«

Alles lachte. Fechner schob sich ein neues Stück Kaninchenfleisch in den Mund und wandte sich mir zu.

»Wie lange bleiben Sie noch?« fragte er. Ich sah die Fleischfasern zwischen seinen weißen, geraden Zähnen.

»Drei Tage, das hatten wir so ausgemacht«, antwortete ich.

»Bis dann sind wir fertig«, sagte Fechner.

»Der Fechner!« Der Verwaltungsmann lehnte sich zurück und lachte laut. »Ein gesundes Selbstbewusstsein hat er schon immer gehabt!«

In diesem Moment kam eine junge Kantinenangestellte angelaufen und trat an unserem Tisch.

»Herr Doktor Fechner?« fragte sie und sah sich um.

»Ich bin das.« Fechner tupfte sich mit einer Serviette das Fett von den Mundwinkeln und blickte zu ihr hoch.

»Da ist jemand am Telefon«, sagte sie. »Er sagt, es sei dringend. Er hat sich extra nach hier oben durchstellen lassen.«

»Ach Gott, immer ist alles dringend.«

Fechner seufzte, stand auf, entschuldigte sich, bat uns, ihm eine Tasse Kaffee zu reservieren, und ging an den Eingang zu einem kleinen Tisch neben der Garderobe, auf dem ein Telefon stand. Wenn ich den Hals ein wenig reckte, konnte ich ihn beobachten. Er hielt sich mit einer Hand das rechte Ohr zu und horchte angestrengt in den Hörer.

Als er wieder zurückkam, sah er eine Spur weniger locker und strahlend aus, kaum merklich, höchstens vielleicht an der Art, wie er die Ärmel seines weißen Hemdes aufknöpfte und nach oben schob. Ihm war warm. Er lächelte in alle Richtungen, auch zu mir.

»Wo waren wir stehengeblieben?« fragte er.

»Hundertfünfzig Kinder in der Minute«, sagte der Verwaltungsmann.

»Stimmt!« sagte Fechner. »Wären Sie so liebenswürdig, mir ein Dessert zu reichen?«

Damit meinte er mich. Ich griff eine der Puddingschalen und schob sie zu ihm. Er bedankte sich.

»Frau Marrow«, sagte er. »Haben Sie sich denn heute

morgen gut umsehen können? Es tut mir Leid, dass ich so wenig Zeit für Sie hatte.«

»Ich kann nicht klagen«, sagte ich. »Ihre Crew hat sich sehr freundlich mit mir beschäftigt. Ich denke schon, dass ich einen ersten interessanten Überblick bekommen habe. Allerdings«, ich lächelte, »ist das natürlich noch nichts gegen ein Exklusivinterview mit Ihnen. Das muss schon noch sein!«

Er lächelte zurück. Alle Verwaltungsleute lächelten. Er löffelte seinen Pudding und ließ sich Zeit. Dann sagte er: »Leider erst morgen. Heute nachmittag überlasse ich Sie noch einmal meiner ›Crew‹, wie Sie das nennen. Ich muss – wohl oder übel – einen wichtigen Termin wahrnehmen.« Er zuckte mit den Schultern und wies mit seinem Nachtischlöffel Richtung Eingang und Telefon. Dann drehte er den Kopf zu mir.

»Ist Ihnen das recht so? Oder haben Sie sich Ihren Besuch hier anders vorgestellt?« Er stellte die Frage ohne besondere Betonung, nur ein bisschen langsam, sah mich an, hörte auf zu essen und wartete auf meine Antwort. War eine Schärfe in seiner Stimme? Ironie? Oder die Andeutung einer Drohung, undeutlich, vage, gut versteckt? Wer hatte ihn gerade angerufen?

»O nein!« antwortete ich rasch. »Das ist mir recht so. Ich möchte Ihr Labor so kennenlernen, wie es sich im Alltag abspielt. Das hatte ich vor. Das will ich beschreiben. Sie sollten Ihre Pläne nicht für mich ändern! Das ginge ja ... an der Wahrheit vorbei!«

Er legt den Kopf in den Nacken und nickte. Ich hatte das Gefühl, wir beide seien allein in der Kantine übriggeblieben. Die Tische um uns, das Stimmengemurmel, das Tellerklappern und die vielen aufeinanderschlagenden Bestecke schwammen zu einem akustischen Nebel im Hintergrund zusammen.

Er wiederholte meine Worte: »An der Wahrheit vorbei ...« Dann schnalzte er leise. Seine Augen lächelten. Er nickte noch einmal und gab sich einen Ruck, schob plötzlich seinen Stuhl zurück und stand auf.

»Keine Angst«, sagte er. »Ich ändere meine Pläne nie.«

Nachts wurde ich davon wach, dass ich ein kratzendes Geräusch hörte. Draußen oder drinnen? Schlaftrunken wühlte ich mich aus den Laken und ging zum Lichtschalter. Im trüben Schein der Glühbirne an der Decke, dem einzigen Licht hier, blickte ich mich um. Alles sah aus wie immer. Da lagen meine Kleider auf dem Boden, ein paar Tassen und Gläser standen auf der Ablage neben dem rostigen Spülstein, am Fuß des Bettes flogen Zeitschriften umher, und Til hatte ein Unterhemd vergessen. Weiß kringelte es sich um eine Stuhllehne. Ich horchte, alles war leise. Dann ging ich zur Tür, um sie zu öffnen. Ich wollte einen Blick nach draußen werfen, um sicherzugehen, dass die Ursache des Geräusches harmlos war. Vielleicht trieb sich eine hungrige Katze herum, oder ein Vogel war versehentlich zu früh aufgestanden.

Der Mechanismus muss sich in dem Moment gelöst haben, als ich die Tür öffnete. Til rekonstruierte das später. Ein Metallbügel war oben mit der Tür verbunden und übertrug meine Bewegung auf den Haken. Ich griff zur Klinke, drückte sie nach unten und schob die Tür auf. Plötzlich hörte ich ein Reißen, und eine Lawine von Flüssigkeit stürzte auf mich nieder, ein entfesselter Sturzbach, es knallte laut, als die vielen Liter auf mich und neben mich platschten. Ich hörte mich schreien. Von nacktem Horror erfüllt, sah ich an mir herunter. Ich war über und über voller Blut, meine Arme, meine Hände, mein Nachthemd. Ich sah aus wie ein Schlachter, wie ein hingerichtetes Schwein. An meinen Beinen klebten Stücke, Brocken von irgend etwas, und meine Füße standen in Lachen von hellem Rot. Ich weiß nicht, wie lange ich stand und an mir herunterstarrte. Dann brach ich in Tränen aus und schlug mir die triefenden Hände vors Gesicht.

17. Kapitel

Sie hielt seine Kapuze in der Hand, ihr Herz wirbelte wie ein Trommelfeuer. Sie erkannte ihn sofort wieder: Er war einer der Ärzte, die er dazubestellt hatte, als die Hautkrankheit nicht wegging. In derselben Sekunde strich sie das Wiedererkennen aus ihrem Gesicht. Vielleicht sollte er es lieber nicht wissen. Die Kapuze glitt aus ihrer Hand zu Boden, und er bückte sich blitzschnell, hob sie auf und riss sie an sich. Als er wieder hochkam, konnte sie es sehen, ganz deutlich, er hätte ein Schild vor sich her tragen können, so deutlich las sie das auf seinem Gesicht: Er war mit dem Nerven am Ende. Sein Gesicht war weiß wie diese furchtbaren Kachelwände ringsumher und behielt nur mühsam die Fassung. Er nahm die Kapuze und wollte sie wieder aufsetzen, aber dann überlegte er es sich anders. Sie hatte ihn ja sowieso schon gesehen. Er starrte sie an. In seinen Augen sah sie jetzt noch etwas anderes. Es ließ ihr trotz ihres Triumphes einen Schauer den Rücken hinunterlaufen: Hass. Es schien, als könnte er sich nur mühsam beherrschen, sie nicht zusammenzuschlagen. Seine Hände waren zu Fäusten zusammengeballt und vibrierten vor Wut. Warum tat er das nicht? Warum schlug er sie nicht zusammen? Sollte sie noch einen Schritt auf ihn zugehen, dass sie noch dichter stand, noch mehr Angriffsfläche bot? Sollte sie ihn anschreien: Los! Schlag zu! Worauf wartest du noch! Sie drehte sich um, ging zur Matratze zurück und setzte sich hin. Unterwegs hob sie die hingefallene Decke wieder auf und kauerte sich hinein. Er drehte ihr den Rücken zu und stützte sich mit den Händen auf den Tisch. Ohne Kapuze wirkte er fast noch größer als vorher. Sie sah nur die linke Hälfte seines Gesichtes. Er blickte angestrengt ins Leere.

»Hassen Sie mich?«

Er antwortete nicht. Aber sie sah, wie er seine hohe Stirn

in Falten legte. Sie war ihm lästig, das konnte sie sehen. Es ging ihm auf die Nerven, dass sie schon wieder anfing zu sprechen. Vielleicht hasste er sie nicht wirklich. Vielleicht verabscheute er sie einfach nur, weil er sie am Hals hatte. Diese Wendung war ihr einfach so eingefallen: Er hat mich am Hals. Ich bin eine Last für ihn. Ich hocke hier in dieser ... Katakombe, diesem Labor, und er muss mir zweimal am Tag Essen bringen und meine stinkenden Ausscheidungen entsorgen, und wenn er nicht achtgibt, reiße ich seine Haut in Fetzen. Sie richtete sich ein Stück auf und versuchte, sein halbes Gesicht so genau wie möglich zu ergründen. Passte das? Verhielt es sich so?

»Darf ich Ihnen eine Frage stellen?«

Er zeigte keine Reaktion.

»Worauf warten Sie hier mit mir? Was soll denn passieren?«

Er presste die blutleeren Lippen aufeinander.

»Wissen Sie eigentlich selbst, was mit mir passieren soll? Ich meine, haben Sie einen Plan? *Worauf* warten Sie, wissen Sie das?«

Jetzt sah es aus, als nähme seine Genervtheit zu, als könnte er sich, wenn sie weitersprach und es schaffte, ihn zu provozieren, kaum noch beherrschen. Dreh dich um, dachte sie, komm, fahr aus der Haut.

»Auf irgend etwas müssen Sie doch warten. Ich meine, das kann doch nicht ewig so weitergehen. Vielleicht finde ich ja morgen schon etwas Besseres als eine Glasscherbe.«

Er atmete tief ein und hielt die Luft an.

»Außerdem werde ich immer kränker. Irgendwann krepiere ich an dieser Krankheit, und dann haben Sie eine Leiche am Hals, eine lila Leiche. Was machen Sie dann?« Ihre Stimme wurde lauter, sie sprach mehr und mehr, faselte, was ihr einfiel, nur viel musste es sein und ihm auf die Nerven gehen. Während sie das tat, sah sie ihn fest und genau an. Es befriedigte sie, dass seine Gesichtszüge immer ungehaltener und zittriger wurden.

»Was haben Sie sich denn für mich überlegt?!«

Jetzt schrie sie richtig, wie ein Lehrer, wie ihr Vater, in demselben herrischen Ton.

»Denken Sie überhaupt irgend etwas?! Machen Sie Ihren komischen Mund doch mal auf!!«

Er drehte sich um. Nackte Wut stand auf seinem Gesicht.

»*Schluss!!*« schrie er. Sein Mund blieb offen stehen, eine hässliche Fratze.

»Kannst du noch etwas anderes sagen als Schluss, Schluss, Schluss??« Sie äffte seine Stimme nach. »Hast du noch was anderes da oben?« Sie tippte sich an die Stirn. »Was willst du mit mir anfangen, sag mir das! Worauf läuft das hier hinaus! Das weißt du selber nicht! Du hast keine Ahnung, nicht die geringste Ahnung!!«

»*Schluss!!*« Seine Stimme überschlug sich, er schrie und bettelte zugleich.

Jetzt fing sie an zu lachen. Sie lachte erst leise, ein kleines Glucksen nur, das lauter wurde, und noch lauter, und schließlich so heftig und überheblich es ging. Lachen gefiel ihr. Zum ersten Mal, seit sie hier eingesperrt war, fühlte sie sich frei und stark. Genau so würde sie weitermachen. Die Glasscherbe war nur der Anfang gewesen. O ja, nur der Anfang – und Lachen gefiel ihr so gut.

18. Kapitel

»Der neue Verlagschef ist am Apparat. Soll ich durchstellen?« Die Stimme seiner Sekretärin klang angenehm aufgeräumt. Er hatte ihr gestern den ganzen Tag freigegeben, weil ihre Mutter plötzlich ins Krankenhaus eingeliefert worden war, nichts Ernstes, und sie dankte ihm das auf diese

Weise. Wahrscheinlich, dachte Sanner, genoss sie es auch, die alte Frau für ein paar Tage los zu sein.

»Ja, bitte«, sagte er. »Ich übernehme das Gespräch.« Es dauerte nur eine Sekunde, die Leitung umzustellen, aber diese Sekunde reichte, um ein Gefühl der Unruhe in ihm wachzurufen. Der neue Verlagschef. Er hatte erst drei-, viermal mit ihm gesprochen. Pläne hatte der. Ob er vorhatte, in der Zeitung Umstrukturierungen vorzunehmen? Jeder neue Chef will sich seine ersten Meriten mit Umstrukturierungen verdienen, notwendig oder nicht; wie solche Großspurigkeiten ihm zum Hals heraushingen. Wer oder was würde dieses Mal über die Klinge springen müssen? Der letzte Verlagschef, der in wenigen Monaten nach noch weiter oben weggelobt worden war, hatte kurzerhand den ganzen traditionsreichen Lyrikbereich der Buchproduktion einstampfen lassen. Auch eine Art, sich einen Namen zu machen.

»Sanner«, sagte er leise in den Apparat.

»Wer?« Mehr ein Bellen als eine Stimme.

Er wiederholte es lauter. »Sanner!«

»Herr Sanner, ach ja, natürlich. Ich möchte mit Ihnen sprechen. Ja, ja. So bald wie möglich, noch heute am besten. Sagen wir zwei Uhr. Mein Fahrer wird Sie um halb zwei abholen. Keine Widerrede. Ich möchte, dass Sie ausgeruht bei mir ankommen.«

Klick. Sanner legte auch auf. Ausgeruht, eine Unverschämtheit. Der würde ihn um sein Mittagessen bringen, sonst nichts. Mein Gott, so gebellt hatte der noch nie. Sanner war müde. Die paar Tage zu Hause hatten ihn nicht fit gemacht, eher im Gegenteil. Er hatte zuviel getrunken, sich zuviel Sorgen um die Telefongespräche gemacht. Und dann war auch noch diese Frau aufgetaucht, noch eine Frau mit noch einer anderen Stimme und der Macht, noch einen neurotischen Schub auszulösen. Er begriff das alles nicht mehr, und er würde jetzt auch aufgeben, es begreifen zu wollen.

Nachts träumte er davon, in großen Meeren unter gigantischen Flutwellen zu ertrinken. Das war sein Leben: eine

Nussschale im Meer, für nichts und niemanden von Bedeutung und zum Versinken verdammt.

Um fünf vor halb zwei schloss er sein Büro ab, entschuldigte sich bei der Sekretärin und Rohloff, dem Chef vom Dienst, und fuhr im Aufzug nach unten. Die Verlagsbosse waren vor wenigen Monaten erst in neue Büroräume umgezogen, die Zeitung sollte bald folgen. Das Motto lautete: »Alle Abschnitte des Verlags unter einem Dach«. Der Büroturm, dessen zweite Hälfte sich noch im Bau befand, wartete anscheinend mit solch unverzichtbaren Raffinessen der modernen Architektur auf, dass die Verlagsspitze es nicht mehr hatte abwarten können, ihre Etage im 14. Stock zu beziehen. Während Sanner am Pförtner vorbei auf die sonnige Straße trat und nach dem Fahrer Ausschau hielt, ertappte er sich dabei, wie er ihnen einen Baulärm wünschte, der sie gründlich um ihre Ruhe und ihre Großspurigkeit brachte. Ein Mercedes kam, Sanner stieg ein, sie fuhren los. Die Lilienstraße entlang, auf den Ring, an den Rand des Heinrichviertels. Der Mercedes hielt direkt neben den monströsen Zwillingstürmen. ›Neben‹, dachte Sanner, ist der falsche Ausdruck, ›unter‹ müsste es heißen, denn das war das Gefühl: Die unschön proportionierten Doppelstifte, zu dünn und zu lang, schraubten sich, jedenfalls für die Verhältnisse dieser Stadt, in schwindelerregende Höhe und erdrückten mit der Macht ihres bloßen Vorhandenseins alles ringsumher, den Rest der Straße, die weißen Gründervillen, das ganze alte Viertel. Sanner seufzte und folgte dem Fahrer über die zu beiden Seiten von Bauschuttbergen belagerte Auffahrt, die für den Autoverkehr noch gesperrt war. Der Fahrer drehte sich zu ihm um.

»Wir müssen leider hier das Treppenhaus nehmen«, sagte er und zeigte mit seinem Schlüsselbund auf den unfertigen der beiden Türme. »Aufzüge und Treppenhaus in Turm A sind noch nicht benutzbar.«

»Sie meinen, ich soll zu Fuß bis in den vierzehnten Stock?«

Der Fahrer grinste. Er hatte schlechte Zähne und eine ungesunde Haut. Die breiten, metallenen Flügeltüren des Eingangs, deren Türklinken noch mit Papier und Pappe umwickelt waren, standen offen. Im Innern des Baus roch es nach Eisen, Zement und frischem Holz. Sanner fragte sich, wofür man hier Holz brauchte, er sah nichts, das aus Holz war. Alles schimmerte grau und weiß, Beton und Tünche. Vielleicht kam der Geruch nur von den beiden Leitern dort. Der Fahrer beschleunigte seinen Schritt. Sie gingen durch die rohen Flure bis zu einem Loch, das ins Treppenhaus führte. Sanner wurde unbehaglich bei der Vorstellung, so viele Stockwerke in einem Treppenhaus hinaufzuklettern, das noch nicht einmal mit einem Geländer ausgestattet war. Er ging nah an der Wand. Ihre Schritte schlugen an die nackten Mauern und vibrierten mit der kalten Luft. Alles war ausgestorben und menschenleer. Wo waren die Bauarbeiter? Wahrscheinlich hatten sie Mittagspause. Nur ihre Gerätschaften lagen umher. Sanner bückte sich und hob eine Kelle auf, die auf einem Fenstersims ohne Fenster lag. Das Loch begann so weit unten, dass ein Schritt genügt hätte, um einen ganzen Mann in die Tiefe stürzen zu lassen. Sie waren jetzt im vierten Stock. Er trat einen Schritt zurück, drehte die Kelle in den Händen und lächelte. Als Kind hatte er sich immer gewünscht, mit einer Kelle arbeiten zu können. Er hatte wissen wollen, wie sich das anfühlt, den nassen, satten Zement hin und her zwischen Steine zu schmieren. Plötzlich war der Fahrer weg. Sanner sah ihn nicht mehr. Er lief schneller und guckte dabei nach oben. Doch da schoben sich nur unzählige leere Treppenabsätze ineinander. Er blieb stehen. Jetzt war auch nichts mehr zu hören, nur sein eigener Atem und ein Auto weit unten. Und der Wind wehte um den Turm.

»Sanner?« Die Stimme war gedämpft und kam von oben. War das der Fahrer?

»Ja. Hier«, antwortete er . »Wo sind Sie?«

Die Stimme lachte, ein unangenehmes, fast gemeines Lachen. Das war nicht der Fahrer! Sanner drehte sich hastig um und wollte die Treppe hinunterlaufen, als ein Schatten – der Fahrer! – aus einem Seitengang trat, ihm von hinten in den Nacken griff und gleichzeitig den rechten Arm auf den Rücken bog, so dass er sich vornüberbeugen musste, aufschrie und die Kelle scheppernd zu Boden fallen ließ. Schrei und Scheppern liefen in einer schrecklichen Wellenbewegung die Wände hinauf, die ihn so sehr ängstigte, dass er ein zweites und drittes Mal schrie. Da ließ der Fahrer seinen Nacken los und hielt ihm die Hand vor den Mund.

»Sanner?« Das war wieder die Stimme von oben. Der Mann kam näher, doch Sanner konnte ihn nicht sehen. Alles, was er sah, waren die Spitzen seiner eigenen schwarzen Halbschuhe und der graue Staub, in dem sie standen. Er rührte sich nicht. Die Hand auf seinem Mund sollte nicht noch weiter nach oben rutschen. Schon jetzt reichte der Platz unter seiner Nase gerade noch, um ein- und auszuatmen. O Gott, dachte er, hilf, hilf mir doch.

»Sanner, Sanner, Sanner. Was machen wir bloß mit Ihnen? Wenn ich Sie mir so ansehe – für das, was Sie da anstellen, sind Sie doch gar nicht gebaut.«

Jetzt musste der Mann direkt hinter dem Fahrer stehen. Er hatte die Stimme des angeblichen Verlagschefs vom Telefon. Nur dass er jetzt nicht bellte, sondern ruhig sprach. Hinter der Ruhe steckte die Gefahr. Jetzt wurde Sanner klar, dass er die Stimme nicht kannte, wie er nichts und niemanden kannte in dieser Geschichte. Den, der ihm Briefe schrieb, nicht, und die Frauen nicht, die ihn anriefen und in seinem Haus heimsuchten, ihm Angst machten und ihn überfielen, die Arme verdrehten und den Atem wegquetschten.

»Mann, gucken Sie sich doch an! Sie trauriges Würstchen. Sie zittern ja, dabei hat Ihnen doch noch niemand etwas getan. Mit wem wollen Sie sich eigentlich anlegen?« Der Mann machte Pause. Der Fahrer ließ Sanners Mund und Arm los, packte sein Haar und zerrte ihn daran weiter nach unten. Sanner wimmerte und rieb sich den Arm, der in den

Gelenken wie auseinandergerissen schien.

»Wer?« herrschte der Fremde ihn an. »Wer hat Sie informiert?«

Sanner sagte nichts.

»Wer??«

Wohl auf ein Zeichen des Mannes packte der Fahrer erneut seinen Arm und zog ihn so weit auf seinen Rücken, dass Sanner panisch fürchtete, er werde ihm das Schultergelenk auskugeln. So weit konnte man doch keinen Arm drehen!

»Wer? Sprechen Sie, Sanner! Wer hat Sie informiert? Mit wem haben Sie sich darüber unterhalten? Was haben Sie vor? Los, sprechen Sie, Sanner!«

Der Fahrer machte noch einen Ruck. Die Qual wurde für Sanner so unerträglich, dass sich ihm der Magen umdrehte. Und in diesem Moment fasste Sanner seinen Entschluss: Er würde den Mund nicht aufmachen. Gleich was sie wollten und machten. Er würde schweigen. Es war nicht wichtig, was sie ihm antaten. Was konnte man ihm noch antun? Sanner biss auf seine Unterlippe, bis er Blut schmeckte. Sein Arm hinten war nur noch ein Bündel heller Schmerz. Ihm konnte man nichts mehr antun. Es stimmte, ein armes Würstchen war er. Was wollte man an ihm noch vernichten? Er würde das Mädchen beschützen, und den Briefeschreiber, und die Frau, die zu ihm gekommen war – und wenn nur mit seiner Armseligkeit. Sein kraftloser, unmännlicher, kränklicher Körper gegen ihr Leben! Ein wilder Entschluss war das, er bäumte sich in ihm auf wie eine verrückte Musik, Beethoven, dachte er, das 5. Klavierkonzert in Es-Dur. Er hörte die Trompeten und die Streicher und das mächtige Klavier.

»Genug!!!« schrie Sanner. »Genug!«

Und dann breitete er den freien Arm aus, hob den Kopf so weit es ging und ließ sich fallen. Die Füße rutschten ihm unter den Beinen weg, und er knickte ein. Ganz leicht. Flog. Schwebte zu Boden. Spürte, wie er dem Fahrer entglitt.

Fühlte die ersten Treppenstufen unter seinen wie in die Länge gezogenen Beinen. Schlug auf. Alles um ihn herum wurde orange. Dann grün. Dann tief, tief blau. Und dann war da nichts mehr, lange nichts mehr, nur noch eine große Wärme.

Als er erwachte, lag er mit dem Kopf nach unten auf der Treppe. Er öffnete die Augen und brauchte einige Minuten, um sich zu orientieren. Er versuchte aufzustehen, aber seine Arme versagten, und er rutschte noch ein paar Stufen nach unten. Stufe für Stufe schlug ihm gegen Kinn und Knie. Sie mussten versucht haben, ihn wach zu schlagen, seine Wangen brannten und klebten von Blut. Er fasste sich an die Nase. Sie fühlte sich an wie ein riesiger, blutiger Klumpen. Dann berührte er seine Augen. Das linke Auge war völlig zugeschwollen. Und Tränen waren da oder etwas, seine Augen waren ganz nass. Beim zweiten Mal gelang es ihm, sich aufzurichten. Er drehte sich unter Aufbietung seiner letzten Kraft auf der Schräge um, bis er sitzen konnte. Jetzt hörte er unten Stimmen, Lärm und Geklapper. Die Bauarbeiter. Er ließ den Kopf sinken. Er würde sitzen bleiben und auf sie warten. Auf einmal sah er neben seinem Fuß einen Briefumschlag. Er bückte sich mühsam danach, hob ihn hoch. Der Umschlag war unverschlossen. Sanner sah sofort das Geld darin. Viele Scheine, er zählte nicht nach. Und ein aus einem Notizblock herausgerissener Zettel mit großen, geschwungenen Buchstaben: »Sie können mehr davon haben. Darüber wollten wir mit Ihnen verhandeln. Wir melden uns wieder.« Er knüllte den Zettel zusammen und wollte ihn in den Treppenschacht werfen. Dann besann er sich anders und steckte den Zettel ein. Den Umschlag mit Geld warf er zurück in den Staub.

19. Kapitel

Am nächsten Tag erschien ich morgens um neun im Institut, als ob nichts gewesen wäre. Ich hatte die halbe Nacht damit verbracht, mich und den Fußboden und die Tür zu waschen, aber ich fühlte mich immer noch so, als klebte ich über und über von Blut. Vor allem hing mir dieser Geruch in der Nase: süßlich, verdorben, verwest. Fechner bat mich in sein Arbeitszimmer, gab mir Kaffee, plauderte über das Wetter und die Papierstapel voller Arbeit vor sich. Ab und zu schob er in sein Plaudern Fragen an mich ein, harmlos klingende, und ich musste scharf nachdenken, wie ich antworten wollte. Aus meinem richtigen Namen hatte ich ja nun von Anfang an keinen Hehl gemacht. Ich erzählte ein bisschen mehr von meinem Werdegang und gab meine Schwerpunktthemen zum besten – ein Sammelsurium aus Psychosomatik, Verhaltensforschung und Archäologie. Das hatten Til und ich uns so ausgedacht, weil es fachfremd war und man im Institut vermutlich darüber wenig wüsste und würde fragen können. Doch wie der verdammte Zufall es wollte, musste Fechner sich ausgerechnet in Sachen Archäologie als Hobbyexperte entpuppen und zog mich mit ein paar Fragen zur antiken Weinherstellung aufs Glatteis. Ob ich von den Thesen von Solomon Katz aus Pennsylvania gehört hätte, wonach die Kunst des Traubengärens und andere menschlich kontrollierte Fermentationen dem Ackerbau vorausgegangen seien? Ich quetschte mir eine undeutliche Antwort zwischen Ja, Nein und Ichweißnicht ab. Fechner beugte sich vor und hakte nach. Und Daniel Zohary? Aus Jerusalem? Wichtige Leute auf dem Gebiet! Da sei doch vor kurzem im Irak eine Amphore der Sumerer aus der Stadt Uruk ausgegraben worden, davon *müsse* ich aber nun wissen. Nein, wisse ich nicht? Aber demnach sei das Weintrinken fünfhundert Jahre älter, als man bisher angenommen habe. Viginia Badler aus Toronto sei die glückliche Entdeckerin dieser Tatsache gewesen. Virginia Badler. Er suchte auf meinem Gesicht ein Zeichen des Wiedererkennens, und ich lieferte es ihm rasch. Dann fragte er mich ohne Umschweife, worüber ich das letzte Mal geschrieben hätte. Ich blickte in seine stahlgrauen Augen, sah dann auf meine Uhr und antwortete so kühn es ging mit einer Gegenfrage:

»Wann machen wir unser Interview?«

Er lächelte und lehnte sich zurück. »Jetzt gleich – wenn Sie wollen.« Ich holte mein Aufnahmegerät hervor und baute es umständlich zwischen uns auf. Ich hatte eine reichlich schlechte Figur abgegeben, und während ich an meinem Mikrofon herumfummelte, versuchte ich, mich wieder zu sammeln und Mut zu schöpfen. *Noch* hatte er mich nicht hinausgeworfen.

Das Mikrofon stand.

»Herr Professor Dr. Fechner. Sie sind Mediziner, Professor für Immunologie und arbeiten an der ›Schwangerschaftsimmunisierung‹. Was ist das?«

»Die Schwangerschaftsimmunisierung ist eine Methode der Verhütung, die sich die Aktivität des menschlichen Immunsystems zunutze macht. Konkret gesagt, die Wissenschaft hat Möglichkeiten entwickelt, das weibliche Immunsystem sehr gezielt zur Bildung von Antikörpern anzuregen.«

»Antikörper sind ...?«

»... Produkte der Plasmazellen, einer Unterart unserer weißen Blutkörperchen. Antikörper sind Eiweißstoffe mit der Eigenschaft, Fremdkörper, die in den Körper eingedrungen sind, fest zu binden und damit auszuschalten. Plasmazellen reagieren sehr spezifisch auf die Oberflächenstruktur eingedrungenen Fremdgewebes – das können Bakterien sein, oder Viren, oder meinetwegen auch ein Transplantat. Plasmazellen bilden Antikörper, die nach dem Schlüssel-Schloss-Prinzip haargenau auf bestimmte Stellen der als fremd erkannten Oberflächen passen.«

»Die Antikörper, die Sie und Ihre Kollegen vom weiblichen Körper bilden lassen wollen, waren bislang im Bauplan der Natur nicht vorgesehen, oder?«

»In der Tat, wir müssen die Biologie ein wenig überlisten, um unser Ziel zu erreichen. Das Ziel: aktive Immunisierung. Der Körper soll *eigenständig* Antikörper bilden, die Schwangerschaften verhindern. Es sind da mehrere Wege versucht worden. Zum einen kann man an der Eizelle ansetzen. Auf der Zona pellucida des Eies, der Eihaut, gibt es Stellen, die man von Antikörpern angreifen lassen könnte. Ein zweiter Weg ist es, sich die Membran des ganz frühen Embryos, des sogenannten Trophoblasten, anzusehen. Auch dort sitzen Eiweiße, die einen Ansatzpunkt ergeben könnten. Und schließlich gibt es noch die Hormone, die der frühe Embryo ausscheidet. Hier ist vor allem das hCG zu nennen, das humane Chorion-Gonadotropin. Es dient bei einer normal verlaufenden Schwangerschaft dazu, das mütterliche Hormonsystem zum Erhalt der Schwangerschaft anzuregen.«

»Bei alldem geht es darum, den weiblichen Körper zu etwas zu bringen, was er normalerweise nicht tut – nämlich als ›fremd‹ abzustoßen, was er eigentlich toleriert?«

»Ganz genau. Und das bringt die verhütende Wirkung. Das Ei, der frühe Embryo werden nicht mehr toleriert, sondern von den Antikörpern angegriffen. Oder hCG wird ausgeschaltet, und das mütterliche Hormonsystem ›beachtet‹ die Schwangerschaft nicht und kehrt zu einem normalen Zyklus zurück.«

»So wird der Uterus für den Embryo von einer schützenden zu einer feindlichen Umgebung?«

»Wenn Sie es so ausdrücken wollen – ja. Nicht beim Ei. Aber wenn man über den frühen Embryo geht, oder über das hCG, dann kommt es zum Frühabort. Deswegen ist das auch der vielleicht heiklere Weg, wegen der ethischen Implikationen. Solche Verhütungsmittel werden möglicherweise einmal nur in Ländern eingesetzt werden können, die sich den Luxus eines, ich sage es einmal krass, pseudo-ethischen

Hinundherlavierens nicht leisten können. In der Dritten Welt also. Wir alle wissen um die Bevölkerungszuwachsraten in manchen Ländern dort und das Elend und die Armut, die das mit sich bringt. Hierzulande gibt es zwei kritische Fraktionen – die Konservativen, die das ungeborene Leben um jeden Preis schützen wollen, während sie sich um das lebende in keiner Weise kümmern. Und auf der anderen Seite diejenigen, die sich für fortschrittlich halten, auf das Selbstbestimmungsrecht der Frau klopfen und eine enorme Wissenschaftsfeindlichkeit an den Tag legen. Sie wollen die Abtreibung freigeben und die Embryonenforschung verbieten – absurd. Beide Fraktionen machen uns das Leben schwer. Aus der Sicht des Mediziners kann es nur darum gehen, die Ursachen von Leiden ausfindig zu machen und auf vernünftige Weise für Abhilfe zu sorgen. Was Abtreibungen angeht, sehe ich in der Indikationslösung einen gangbaren Weg, der auch soziale Fragen mit einbezieht und dem Fachmann das letzte Wort lässt. Konsequenterweise muss man dann aber auch sagen: Wenn das Leben des Embryos nicht unter allen Umständen tabu ist, dann muss auch im Interesse der gesamten Menschheit medizinische Forschung daran möglich sein. Denken Sie nicht?«

Fechner sah mich an, als ob meine Antwort gar nicht anders als seine Ausführungen ausfallen könnte. Ich lächelte.

»Fragen Sie mich lieber nicht«, sagte ich, »ich könnte sonst versucht sein ...«

»... Ihre Meinung zu sagen? Nur zu! Was denken Sie dazu?«

Ich sah aus dem Fenster. Hinter dem Institut und den Parkplätzen standen Pappeln an einem Flüsschen, das man offensichtlich mit viel Aufwand wieder in eine Art Naturzustand versetzt hatte. Es floss durch ein Bett mit flachen, grasbewachsenen Ufern, schnellte über importierte Steine und sollte wohl Zeugnis geben von dem ökologisch hochstehenden Bewusstsein der Forscher, die hier arbeiteten. Den Bach sah ich jetzt nicht, aber die Wipfel der Pappeln weiter hinten. Die Sonne schien auf ihre flirrenden, weißgrünen Blätter. Ich riss meinen Blick los und sah Fechner wieder an. Was hätte ich sagen können?

›Ich habe etwas gegen die Durchorganisation der Welt durch die Fachwelt. Mich erfüllt die Vorstellung von verbrauchender Embryonenforschung, das ist ja wohl der Begriff, mit tiefem Unbehagen. Ich weiß keine Antwort auf das Dilemma, das sich daraus ergibt, das Lebensrecht eines Menschen gegen das eines anderen aufzuwiegen, und mich schmerzt jedes verhinderte, jedes abgebrochene Leben. Mich schmerzt, lachen Sie darüber, manchmal das zerkochte Gemüse, das ich auf meinem Teller liegen habe. Weil Leben leben will. Aber ich bin mir sicher, dass ich keine Frau auf der Welt in die Hinterstube eines Kurpfuschers schicken möchte, denn dorthin gehen Frauen, wenn Abtreiben nicht legal ist. Und ich möchte keine Frau der Befragung eines Arztes aussetzen, der sich für wichtig genug hält, über sie letzte Worte zu sprechen. Dabei glaube ich nicht, dass der Embryo nur ein Klümpchen Fleisch ist, das man wahlweise als Objekt der Forschung, als Ersatzteillager für Organtransplantationen oder als künftigen Menschen in Gebrauch nehmen kann. Ich glaube das nicht, weil ich das In-Gebrauch-Nehmen ohnehin verabscheue wie wenig sonst auf der Welt und weil ich tatsächlich Ehrfurcht empfinde vor dem Wunder eines vierzelligen Menschen. Ja, es liegt darin ein Widerspruch. Aber ich denke, dass wir mit diesem Widerspruch menschlicher leben, als wenn alle Widersprüche der Welt nach den Gesetzen von Effektivität, Kostenminimierung und keimfreier Vernunft abgeschafft werden ...‹

Ich schwieg. Die Pappeln wiegten sich im Wind.

»Nun?« fragte Fechner ungeduldig.

»Wissen Sie«, sagte ich, »es ist mittlerweile so, dass mehr Kapital aus den Ländern des Südens in den Norden fließt als umgekehrt. Verschuldung und so weiter. Sie kennen das. Aus Schulden entsteht Armut, aus Armut entsteht Bevölkerungswachstum – nicht umgekehrt.«

»Ach Gott!« Fechner riss den Mund weit auf und gähnte. »Das hätte ich mir denken können. Es sind immer wieder dieselben Argumente, Totschlag-Argumente nenne ich das. Ich kenne das von meinen Studenten, aber von Ihnen enttäuscht mich das ein wenig. Wenn wir bei jeder Frage, die zu beantworten ist, beim kleinen Einmaleins der Weltwirtschaftsordnung anfangen, kommen wir für nichts, aber auch gar nichts zu einer Antwort. Was wollen Sie tun? Die Weltrevolution anzetteln? Das Herz der Kapitalisten in ein Paradies verwandeln? Kommen Sie, die Welt braucht pragmatische Lösungen, nicht große Reden. Alles, was ich sehe, sind Dutzende von Ländern, die ihre vielen Menschen nicht ernähren können, weil der Boden, die Infrastruktur es einfach nicht mehr hergeben. Beim Bevölkerungszuwachs muss man ansetzen. Das ist ein *gangbarer* Weg.«

Ich lächelte. »Es tut mir leid, wenn ich Sie langweile. Glauben Sie mir, ich selbst finde kaum etwas langweiliger, als dass die Dinge derartig hartnäckig so sind, wie sie sind.« Ich zögerte. »Sie müssen auch noch in den Genuss der 68er gekommen sein, nicht wahr?«

Jetzt lachte er laut auf und legte den Kopf zurück. »Ja! O ja! Deswegen kenne ich diese Argumente auch so gut! Ich habe in Berlin an der Freien Universität studiert und an mehr Sit-ins als Vorlesungen teilgenommen. Aber das ist über zwanzig Jahre her! In all der Zeit muss doch etwas hier oben passiert sein!« Er lachte noch einmal und klopfte sich an den Kopf.

»Gesetzter werden, abgeklärter, geduldiger – ja«, fiel ich ein, engagierter, als ich vorgehabt hatte. »Ich dachte auch immer, dass ich so werden müsse, mit den Jahren. In gewisser Weise bin ich das durchaus. Aber was meine Grundanschauungen angeht – nein. Wirklich nicht. Ich setze mich vielleicht nicht mehr so dafür ein wie früher. Aber sie abschaffen deswegen? *Ich* habe nicht gesehen, dass sich am Umgang der Industrienationen mit der Dritten Welt etwas geändert hätte in den letzten zwanzig Jahren. Sie?«

Er atmete tief durch und sah mich belustigt an. »Was sagen Ihre Auftraggeber zu solchen Anschauungen? Damit hausieren gehen tun Sie doch sicherlich auch nicht, oder?«

Damit hatte er recht. Meine Reiseseiten waren das Biederste, was man sich denken konnte. Ich konnte nicht umhin zu nicken.

»Das ist es, was ich meine«, kommentierte er meine Reaktion zufrieden. »Reden ist leicht. Es hat nur niemand etwas davon.«

»Ich rede weitaus weniger, als ich es schon einmal getan habe«, sagte ich langsam. »Aber ich bleibe dabei, zu *denken,* was ich für die Wahrheit halte. Halbwahrheiten und Lügen erlaube ich mir selten, aber niemals« – ich tippte an meinen Kopf – »hier oben.«

Einige Sekunden sahen wir uns in schweigendem Kräftemessen an. In seinen Augen glitzerte Angriffslust. Vielleicht war das der Grund dafür, dass er mich nicht einfach hinauswarf. Er hatte Lust auszuprobieren, wie weit ich gehen würde und wie geschickt er mich dabei aufhalten könnte. Es war sein Spiel.

»Kommen wir zurück zum Thema«, sagte ich. »Was genau forschen Sie auf diesem Gebiet?«

»Wir konnten im Tierversuch die Antikörperbildung gegen ein Embryonen-Oberflächen-Eiweiß anregen, das wir zuvor gefunden und charakterisiert hatten. Dieser Weg ist äußerst vielversprechend, weil es in unseren Tests nicht zu sogenannten Cross-Reaktionen kommt. Das heißt, die Antikörper attackieren wirklich *nur* den Embryo und nicht anderes Körpergewebe. Das ist längst nicht bei allen Antikörpern so, die man bisher getestet hat. Andere Arbeitsgruppen haben da wesentlich größere Schwierigkeiten.«

»Aber auch bei Ihnen lief nicht alles von Anfang an glatt.«

»Oho, Sie haben sich gut informiert, nicht wahr? In der Tat, wir mussten lange versuchen und experimentieren, bevor wir die Cross-Reaktionen ausschalten konnten. Das ist uns jetzt gelungen. Der Impfstoff, den wir heute breit an Pavianen prüfen, arbeitet spezifisch und sicher.«

Cross-Reaktionen. Selbstzerfleischung. Ich dachte an die Ratten mit dem zerfressenen Fell.

»Auf welche Weise klingt die Antikörperbildung wieder ab?« fragte ich.

»Da berühren Sie den entscheidenden Punkt. Normalerweise geschieht das nach etwa einem Jahr. Aber wir experimentieren mit sogenannten Agonisten und Antagonisten der Immunisierung, also Substanzen, die diesen Vorgang unterstützen oder abbrechen können. Wir hoffen, auf diese Weise den gesamten Prozess von außen steuern zu können. Unser Ziel ist, es Beginn und Ende der Immunität *exakt* zu bestimmen. Das ist absolut neu. Und wie das funktioniert, ist – noch – unser Geschäftsgeheimnis. Alles, was ich verraten kann, ist, dass das natürlich via Eingriff in die Genregulation der entsprechenden Zellen geht.«

Fechner schob bedeutsam einige Papiere zum Rande des Tisches.

»Sie planen eine Vermarktung Ihrer Idee?« fragte ich.

»Die Patentierung ist in der Tat in Vorbereitung. Das ist ein ganz normaler Vorgang. Es wäre ja traurig, wenn unsere Ergebnisse hier im Elfenbeinturm der Universität liegenbleiben würden. Ich arbeite bereits mit einem Pharmaunternehmen zusammen.«

»Verbrauchende Embryonenforschung darf laut Embryonenschutzgesetz vom 1. Januar 1991 hier in der Bundesrepublik nicht sein. Wie kommen Sie an Ihre Embryonen?«

Fechner lächelte. »Sie haben sich ja wirklich umfassend informiert. Tatsächlich, meine Kollegen in Ihrem Land haben es da wesentlich leichter. In den ersten vierzehn Tagen ist der Embryo in England für die Forschung freigegeben. Das embryonale Eiweiß, mit dem wir arbeiten, liegt kloniert in Kolibakterien vor. Wir produzieren es gentechnisch. Alles andere geschieht in Zellkulturen und am Tier.«

»Arbeiten Sie in Konkurrenz zu jemandem – oder sind

Sie mit den Agonisten und Antagonisten einsamer Spitzenreiter am Immunisierungshimmel?«

Er zögerte. Die Frage schien ihm nicht ganz recht zu sein. »Es gibt eine Arbeitsgruppe in Thailand. Steven Purse, ein Amerikaner, forscht dort. Er ist uns ein wenig auf den Fersen, aber ...«

»... Sorgen machen Sie sich nicht?«

»Nie!« Er lächelte. »Niemals. Das bringt nicht weiter. Wir schaffen das schon.«

Ich schaltete das Mikrofon aus. »Das war's. Ich habe keine Fragen mehr. Wollen Sie noch etwas erzählen?«

Er wollte nicht. Ich kramte meine Aufnahmeutensilien zusammen und packte sie ein. Da fiel mir noch eine letzte Frage ein. Wie hatte ich das vergessen können!

Ich drehte mich zu ihm um.

»Die Anwendung am Menschen – wie weit sind Sie da?«

Fechner zögerte keine Sekunde. Er antwortete ruhig und fest. »Wir haben die erforderlichen Unterlagen, toxikologische Tests und so weiter, bei den zuständigen Behörden eingereicht und die Arzneimittelzulassung beantragt. Wir würden gern in kürzester Zeit mit der Phase I anfangen. Das sind die Untersuchungen an sterilisierten Frauen. Dabei testet man nicht auf die gewünschte Wirkung, sondern nur auf die Verträglichkeit des Medikamentes. Diese Untersuchungen würden dann von einem Kliniker gemacht, nicht mir. Darauf würden Phase II und III folgen, die enggesteckte Anwendung bei einigen wenigen Frauen und dann bei einer größeren Gruppe. In Phase IV schließlich ginge das Medikament unter Beobachtung in die ärztliche Routine über. Aber so weit sind wir noch lange nicht.«

»Das heißt, noch *wissen* Sie nicht, ob Ihr Immunisierungssystem auch bei Menschen, bei Frauen funktioniert.«

»Genaugenommen – nein. Es ist anzunehmen. Es klappt im Reagenzglas, beim Tier, in mehreren Testsystemen. Warum nicht auch beim Menschen? Aber ganz genau können wir das erst sagen, wenn wir in der Phase II sind. So geht eben Forschung. Oft rennt man los, ohne genau zu wissen, was dabei herauskommt. Das ist das Risiko- und die Spannung.«

»Das kann Jahre dauern!«

»Tja. So streng sind eben die Auflagen. Da kann man nichts machen. Und es ist ja auch richtig so.«

»In Thailand, nehme ich an, sind die Auflagen weit weniger streng.«

Er hob abwehrend die Hände hoch. »Ich weiß nicht«, sagte er. »Keine Ahnung. Darum kümmere ich mich nicht. Sind wir jetzt fertig? Ich würde gern einige Telefonate machen.«

Ich wollte noch nicht lockerlassen. »Wenn dieser Amerikaner in Thailand eher die Erlaubnis erhält, am Menschen zu testen, dann kann er auch eher mit dem fertigen Mittel ...«

»... auf den Markt. Ja. Obwohl wir natürlich an unserer Sache immer noch die Patentrechte haben. Purse geht einen etwas anderen Weg, das hieße, er hat sein System und das Patent, und ich habe mein System und das Patent.«

»Was bedeutet das?«

»Er könnte es eher auf dem Markt etablieren. Das ist der Punkt. Das ist das, was natürlich unangenehm wäre. Entschuldigen Sie, aber ich muss jetzt wirklich telefonieren.«

»Sie sagten eben«, fiel ich ihm ins Wort, »›man rennt blind los und weiß manchmal nicht, was dabei herauskommt‹. Wenn es um Zeit geht, wäre es doch sehr wichtig für Sie zu wissen, *ob* etwas und *was* dabei herauskommt.« Ich beobachtete sein Gesicht und ging einen Schritt weiter. »Ich meine, was am *Menschen* dabei herauskommt.«

Fechner hielt sein Lächeln hartnäckig auf seinem Gesicht fest. »Bitte«, sagte er, zeigte die Zähne und unmissverständlich auf die Tür.

In diesem Moment klopfte es, und die Tür ging auf. Frank trat ein.

»Hi!« sagte er zu mir gewandt und zu Fechner: »Heute ist Dienstag!«

»Dienstag?« blaffte Fechner. »Was soll das heißen, heute ist Dienstag? Ach ja, ich sollte Hallstatts Oligos ... Frank, sieh nach dem Synthesizer. Ich komme in einer Minute dazu.« Ich wunderte mich über den plötzlichen Wandel in seinem Ton. Er klang scharf. Ich bekam auf einmal eine leise Ahnung davon, wie unangenehm er werden konnte. »Und sieh bitte zu, dass das Ding nicht schon wieder leerläuft!«

»Entschuldigung«, unterbrach ihn Frank unbeirrt. »Heute ist *Dienstag.* Gehen wir nicht joggen?«

Jeden Dienstag, das stellte sich heraus, verzichtete die Arbeitsgruppe Fechner auf ihr Mittagessen und rannte stattdessen um einen nahegelegenen See. Aus Gründen der Figur, der Gesundheit und des Gemeinschaftsgefühls. Frank und Fechner, der sich mit seinem Ton rasch wieder besonnen hatte, wollten mich mitschleifen, aber ich verzichtete dankend. Ich hatte das Gefühl, Fechner sah mich nicht gern allein zurückbleiben. Aber als sich später herausstellte, dass Susanne Lobenstern und Barbara, die technische Angestellte, nicht mitlaufen wollten, beruhigte er sich. Christoph nutzte die Gelegenheit der großen Runde, um eine unangenehme Ironie über Barbara auszugießen.

»Sie ackert dem Nobelpreis entgegen, was Barbara? Keine Zeit für Unterbrechungen – anders als wir kleinen Wissenschaftler, ha-ha!« Er lachte. »Sie müssen nämlich wissen, Frau Marrow, dass Barbara ganz hoch hinaus will. Barbara, wann bekommst du deine eigene Forschungsgruppe? Schon beantragt?!«

»Lass sie doch!« unterbrach ihn Fechner. »Ohne Barbara würde keiner von euch auf einen grünen Zweig kommen! Außer Barbara versteht doch niemand mehr, was ihr Kerle eigentlich pipettiert. Ihr solltet sie euch lieber warm halten.«

Barbara sah zu Boden. Ironie und Lob schienen an ihrem unscheinbaren Körper herabzulaufen. Sie sah unsportlich aus – ich konnte gut verstehen, warum sie nicht laufen wollte.

»Meine Reaktionsgemische sind noch nicht zu Ende«, sagte sie leise. Also doch, die Experimente.

Fechner zog mit seinen Leuten los. Sie trugen bunte Sportkleidung und fingen schon auf den Institutsfluren an zu rennen. Wie nett, wie locker. Es war offensichtlich gewesen, dass Fechner mich nicht allein mit Susanne zurück gelassen hätte. Wusste sie etwas? Oder plauderte sie ihm nur zuviel? Nun saß ich im vordersten Labor zwischen Barbara und der Kaffeemaschine und wünschte Barbara zum Mond. Das wäre die ideale Gelegenheit gewesen, einige der Unterlagen und Protokolle durchzusehen, die auf den Tischen umherlagen. Aber Barbara saß an ihrem Schreibtisch, den Rücken tief über Versuchsanleitungen gebeugt, und füllte geflissentlich Spalte um Spalte ihrer Protokollbögen mit Zahlen aus. Ich stand auf und ging hin und her. Sie beachtete mich nicht. Ich schlenderte zu Mariannes Schreibtisch und schob ein bisschen die Blätter darauf durcheinander. Mein Blick fiel auf einen Ordner: »Protokolle«. Ich schlug ihn vorsichtig auf. »Aktivitätsbestimmung HZY3312 mit SENTUR-Antiserum. Test I« stand da. Ein Rätsel. Ich blätterte weiter. Die anderen Überschriften waren ähnlich kryptisch.

»Was suchen Sie?« Ich erschrak und drehte mich um. Barbara stand hinter mir. Sie hielt die Augen niedergeschlagen, als hätte ich *sie* beim Schnüffeln erwischt.

»Oh!« sagte ich. »Ich wusste nicht – ist das geheim?«

»Das ist Mariannes Schreibtisch.«

Ich lächelte. »Sie haben ganz recht. Das gehört sich nicht. Wissen Sie, Neugierde ist so eine Art Berufskrankheit von uns Journalisten. Wir können es nicht lassen.« Barbara ging auf mein Scherzen nicht ein und fingerte am Saum ihrer altmodischen Jacke.

»Was suchen Sie?« wiederholte sie, ohne mich anzusehen.

Ich wusste nicht genau, wie ich reagieren sollte.

»Ich suche«, raunte ich spaßeshalber, »Hinweise für *unglaubliche* Machenschaften!«

Sie sah hoch. Ein farbloses, mäuschenhaftes Gesicht mit unattraktiven Zügen und blassen, fast durchsichtigen Lippen.

»Sind Sie wirklich Journalistin?« fragte sie.

»Mein Gott, natürlich!« rief ich. »Soll ich Ihnen meinen Presseausweis zeigen? Aber der ist natürlich aus England.«

»Bleiben Sie öfter drei Tage an einem Ort? Das kommt mir so lang vor.«

»Ich habe Zeit. That's it. Die kann man sich überdies auch schon einmal nehmen, wenn das Thema interessant ist.«

»Ach so.« Sie zog grübelnd ihre kaum vorhandenen Augenbrauen zusammen. Ich fragte sie, ob sie nicht Lust hätte, einen Kaffee mit mir zu trinken. Sie lehnte ab – ihre Reaktionsgemische.

Während sie sich an einem der Geräte zu schaffen machte, wanderte ich wieder im Labor umher. Unauffällig drückte ich mich zur Tür hinaus und ging in das Nachbarlabor. Auch hier lagen Aufzeichnungen auf den Tischen. Ich blätterte und konnte nicht entscheiden, was davon wichtig war und was nicht. Als ich den Flur überquerte, um dem dritten Laboratorium meinen Besuch abzustatten, sah ich, dass die Tür zu Fechners Arbeitszimmer nur angelehnt war. Ich blickte mich um. Der Flur war leer. Ich hörte Barbara im vordersten Labor rumoren. Vorsichtig zog ich die Tür auf und begab mich in Fechners ›Refugium‹. Schon bei unserem Interview heute morgen war mir aufgefallen, wie aufgeräumt es hier aussah. Die Papierstapel auf seinem Schreibtisch und in den Regalen waren akkurat zusammen geschoben und mit säuberlichen Haftnotizen beklebt. Ich besah mir den Schreibtisch. Seine aktuelle Korrespondenz. Wissenschaftliche Artikel. Ein Vortragsentwurf. In den Regalen standen Bücher und zwei Reihen Ordner. Ich reckte den Kopf und las in der obersten Reihe ›Manuals und Bedienungsanleitungen‹, ›Prospekte‹, ›Veröffentlichungen‹. Eine Reihe darunter las ich – ›Protokolle‹!

Mein Herz schlug höher. Zwei dicke Ordner standen da. Ob Barbara mich schon vermisste? Ich sah auf die Uhr. Die Gruppe war erst seit einer Viertelstunde weg. Rasch griff ich nach oben und zog die beiden Protokollordner aus dem Regal. Ich schlug den ersten auf. Bunte Einlegeblätter markierten die einzelnen Mitarbeiter. ›S. Lobenstern‹, stand da und ›R. Bäcker‹ und ›H. Manthey‹. Ich griff zum zweiten Ordner. ›F. Hege‹, ›J. Potter‹, ›Ch. Kraan‹, ›M. Bartel‹. Das waren die Immunisierungsleute. Ich überlegte nicht mehr lange. Den Ordner mitgehen zu lassen, wäre zu gewagt. Schließlich wollte ich morgen noch einmal herkommen. Doch neben Fechners Schreibtisch stand der Kopierer der Arbeitsgruppe. Ich öffnete den Ringverschluss des Ordners und holte den ganzen Packen Papier heraus. Ein Drittel davon legte ich auf den Papiereinzug und drückte den Startknopf. Mit einem entsetzlichen Lärm setzte sich der Kopierer in Gang. Wie lange konnte es dauern, bis Barbara hier auftauchte und mich auffliegen ließ? Ich lauschte auf Schritte. Aber da kam nichts. Blatt für Blatt wurde eingezogen, kopiert, umgedreht, von der anderen Seite kopiert und wieder ausgespuckt. Am liebsten hätte ich die Blätter eigenhändig in die Maschine gedrückt und hinten wieder rausgezogen, damit es schneller ging. Das zweite Drittel Papier. Was war das Schlimmste, was mir passieren konnte? Ein Rausschmiss, oder mehr? Das letzte Drittel. Nach einer Ewigkeit konnte ich die gesammelten Protokolle wieder einheften und die Ordner ins Regal zurückverfrachten. Den Stapel Kopien klemmte ich unter den Arm. Vorsichtig öffnete ich die Tür. Da hinten bog ein Mechaniker um die Ecke. Ich wartete, bis er weg war. Dann schlich ich leise über den Flur in Labor Nr. 2. Barbara klapperte immer noch nebenan. Wohin mit den Kopien? Meine Handtasche lag nebenan bei Barbara und war auch viel zu klein. Unter einem der Schreibtische lag eine zusammengeknüllte Plastiktüte. Ich angelte sie mir und schob die Kopien hinein. Mehr konnte ich nicht tun. Nur hoffen, niemand möge sich erinnern, dass ich nicht mit einer Tüte gekommen war. Mit der Tüte in der Hand spazierte ich hinüber zu Barbara und meiner Handtasche. Sie drehte sich nicht um, als ich eintrat. Ich stellte die Tüte leise neben meine Tasche auf den Boden und atmete langsam aus. Meine Hände bebten. Auf einmal drehte Barbara sich um.

»Ach, da sind Sie ja«, sagte sie. »Jetzt hätte ich Zeit, einen Kaffee zu trinken.«

»Au fein«, antwortete ich erschöpft.

Doch als sie sich daranmachte, Wasser in die Kaffeemaschine zu gießen, kam der Trupp auch schon wieder zurück. Alle waren völlig außer Atem, abgekämpft und von Kopf bis Fuß staubig und dreckig.

»Na, wer hat das Rennen gemacht?« fragte ich.

»He, of course!« sagte John mit letzter Kraft, wies mit dem Ellenbogen Richtung Fechner und ließ sich auf einen Stuhl fallen. »He always does it!«

»Does what?« fragte ich.

»Er ist der erste«, sagte ein dicklicher, kleiner Kerl mit jugendlichen Geheimratsecken und einem munteren Gesicht, der Randolf sein musste. »Er knüppelt auf dem letzten Kilometer dermaßen – da kann keiner mehr mitkommen. Ich schon gar nicht.« Er tätschelte liebevoll seinen Bauch. Fechner lächelte. Er war der einzige, dem der Lauf nichts ausgemacht zu haben schien. Er drehte sich um und ging federnd in sein Büro. Randolf sah ihm nach und schüttelte den Kopf. »Das ist kein Mensch mehr. Das ist eine Maschine.«

»Ein wahres Wort«, setzte Christoph spöttisch hinzu.

Alle verschwanden mit Handtüchern und frischen Kleidern auf den Toiletten, wo es Duschen gab. Ich blieb schon wieder zurück. Auf einmal hörte ich Fechners Stimme aus seinem Büro, heftig und aufgeregt. Ich ging auf den Flur.

»Du sagst ihm das, hast du mich verstanden!«, sagte er mit Nachdruck. »Du sagst es ihm!« Er schien zu telefonieren. »Hör zu, Babette –« aha, eine Frau, *seine* Frau? Ich hatte mir nie Gedanken darüber gemacht, ob er verheiratet war oder nicht –, »ich – dulde – das – nicht. Hast du mich verstanden? Der Junge muss das lernen. Ich wünsche das so. Keine Ausnahme, kein Pardon. *Ist das verdammt noch mal klar?!«* Den letzten Satz stieß er so plötzlich und so voller Hass aus, dass ich förmlich von seiner Tür zurückwich. Mein Herz setzte aus, als ich dabei in einen Leib rannte. Ich drehte mich um. Schon wieder Barbara.

»Er spricht immer so mit seiner Frau«, sagte sie. Sie klang gar nicht mehr untertänig und schüchtern dabei, sondern missbilligend und unüberhörbar bitter. »Es geht meistens um seinen Sohn. Oliver ist neun Jahre alt und geht auf ein Musikkonservatorium. Fechner will ...«, sie zögerte, »... er will etwas aus ihm züchten. Oliver soll ein Genie werden, das sagt er manchmal genau so. Er meint, das sei alles eine Frage der Erziehung.«

»Warum arbeiten Sie soviel?« fragte ich. »Für *ihn*?«

»Als Technische ist man der Fußabtreter für alle«, sagte sie. »Niemand nimmt einen ernst. Sie loben mich, aber alles, was sie wollen, ist, dass ich die langweiligen Routinearbeiten für sie mache. Dabei habe ich mich eingearbeitet. Ich verstehe bald genauso viel davon wie sie. Ich habe mein Abitur nachgemacht und möchte anfangen zu studieren. Ich bin erst neunundzwanzig.« Sie lächelte unfroh, drehte sich um und ging wieder in ihr Labor. Ich sah ihr nach.

Stille Wasser sind tief, dachte ich.

20. Kapitel

Sie wusste nicht mehr, ob Nacht war oder Tag. Sie ließ das Licht immer an, weil die Dunkelheit ihr den Tod gebracht hätte. Mittlerweile schlief sie wie ein Tier, ein Bär, eine Katze, ein Hund. Immer wenn sie müde wurde, kringelte sie sich auf der Matratze zusammen und dämmerte stundenweise, nie tief, und stundenweise war sie wach. Wenn sie wach war, übte sie. Sie übte laut und leise, im Liegen, im Stehen, beim Umherwandern, flüsternd und schreiend. Sie übte und erlaubte sich keine Pause, kein Pardon. Immer neue Reden dachte sie sich aus, erprobte Vorhaltungen, Szenen, Lügen, verbesserte, überarbeitete und schliff, damit sie reif war, wenn er kam, und alles über ihn ergießen konnte. Jeden Tag ein- oder zweimal, es war fast ein Genuss, ein Höhepunkt, längst sehnte sie sich nach seinen Besuchen. Wenn er dann endlich die Tür zur Seite schob, verkroch sie sich nicht mehr unter den Tischen und kehrte ihr Gesicht nicht mehr zur Wand. Breitbeinig empfing sie ihn auf ihrer Matratze. Sie sah ihm gerade in die Augen. So konnte sie ihre Fortschritte überprüfen. Und er schlug die Augen nieder, wenn er kam.

»Los!« rief sie. »Wisch das auf!« Sie zeigte auf einen See blassgelben Urins, den sie mitten auf den Gang entlassen hatte.

Er murmelte etwas, verschwand kurz und kehrte mit Lappen und Eimer zurück. Seine Bewegungen waren fahrig und unkonzentriert.

»Schneller!« befahl sie. »Mach das doch schneller, es stinkt, mein Gott!« Und er beugte sich über die Pfütze und wischte schneller. Als er fertig war und hochsah, wich er auf den Knien zurück.

»Nicht«, flüsterte er erschrocken. »Nicht schon wieder!«

Doch sie lächelte nur, mit aufeinandergepressten Lippen, griff an ihr T-Shirt und hob es sich über den Kopf. Die Hose lag schon da. Jetzt war sie nackt bis auf den Schlüpfer.

»Bitte ...« Ein Wimmern.

»Sieh mich an!«

Er sah sie an. Ihre Haut war ein lila gekräuseltes Etwas, ein zerstörter, monströser Taucheranzug aus Feuchtigkeit und Krankheit, übersät von Flecken und Farben und seltsamen Beulen. Die Schmerzen spürte sie kaum noch. Das Fieber betäubte die Schmerzen. Sie wankte auf ihn zu. Er schlug sich die Hände vors Gesicht.

»Sieh mich an!«

»Ich kann nicht!« heulte er.

»Lass mich hier raus!« Sie musste nach Luft schnappen, schreien kostete viel Kraft.

»Ich kann nicht!«

»Ich geh kaputt!!«

»Nein! Ich weiß nicht, ich –«

»Lass mich hier raus!«

»Ich kann nicht!!«

»Dann – sieh – mich – an!«

Sie beugte sich zu ihm und griff ihm an die Hände, um sie von seinem Gesicht zu nehmen. Doch als ihre kranken Hände seine berührten, riss er sich panisch los, sprang auf, packte den Eimer und hetzte zur Tür.

»Jeden Tag!«, rief sie. »Zweimal an jedem Tag. Du hast keine Wahl. Du hast keine Ruhe. Du träumst nachts von mir, habe ich recht? Du kotzt, wenn du nach Hause kommst, habe ich recht?? Ich geh kaputt, wegen dir, das weißt du, nicht wahr? Ach Scheiße, hau doch ab! Renn doch weg! Verschwinde doch! Bis morgen! Bis morgen, hörst du, bis morgen!«

21. Kapitel

Auf dem abendlichen Weg zur Laube machte ich an einer Telefonzelle halt und rief Til an. Eigentlich hatte er mir das verboten. Evelin, seine Investition in die sorgenfreie Zukunft, sollte nicht misstrauisch werden. Aber ich fand, die

Kopien waren eine kleine Grenzüberschreitung wert. Wie nicht anders zu erwarten, reagierte er unwirsch. Mit Mühe konnte ich ihn überreden, später zu mir auf den Friedhof zu kommen, um die Kopien genauer unter die Lupe zu nehmen. Evelin war glücklicherweise nicht bei ihm.

»Na, da haben wir aber noch mal Glück gehabt«, säuselte ich.

»Ach, Helen«, gab er traurig zurück – als träfe mich die Schuld, dass er sich mit einer Frau liiert hatte, in die er nicht mal verliebt war. Er legte auf. Ach, Tilemachos.

Als ich die quietschende Laubentür aufschob, musste ich missmutig entdecken, dass Maria auf meinem Bett hockte. Auch *wenn* es ihre Laube war und auch *wenn* sie einen zweiten Schlüssel besaß, handelte es sich bei diesen Räumlichkeiten doch zur Zeit um meinen Intimbereich, oder nicht? Ich schob meinen Unmut beiseite, setzte mich neben sie, öffnete meine Tasche und holte die Kopien hervor. Stolz legte ich ihr meine Errungenschaft in den Schoß. Aber Maria war schon wieder seltsamer Stimmung. Mit spitzen Fingern hob sie ein paar Blätter hoch, ließ sie achtlos zur Seite gleiten und meinte:

»Wir können es vergessen. Das ist doch nichts. Genauso ein Kauderwelsch wie die anderen Sachen.«

»He, halt mal!« rief ich. »Wir haben die Unterlagen jetzt *im Zusammenhang*! Sieh dir das an!« Ich blätterte ein paar Seiten weiter. »Da. Genau das haben wir schon. Es war ein Ausschnitt aus einem Protokoll von John Potter. Und hier, die Kurve, kommt dir die bekannt vor? Wir werden all die sonderbaren Abkürzungen jetzt *verstehen* können, das heißt, Til wird, hoffentlich – ist das etwa nichts?«

Maria zuckte mit den Schultern und machte dabei ein so abwertendes Gesicht, dass ich das Gefühl hatte, sie wolle mich regelrecht provozieren.

»Sie haben ein paar Leute festgenommen«, sagte sie wie nebenbei.

»Wer ist ›sie‹? Wen haben sie festgenommen?«

»Die Bullen natürlich. Sie haben einen Drogenring ausgehoben. Ich hab's heute morgen in den Nachrichten gehört. Sie sind davon überzeugt, darunter auch die Mörder von den Mädchen zu finden. Sie glauben übrigens nicht, dass die zweite Zwillingsschwester noch lebt.«

Ich lachte auf. »Und was ist hiermit?« Ich griff mir den Papierstapel und knallte ihn vor uns auf den Fußboden. »Wir *wissen* inzwischen, dass da was schiefläuft! Sie *tun* das, sie tun das wirklich, sie testen ihr Scheißzeug. Til wird dir bald mehr sagen können, er kommt gleich!«

»Sie testen es an Ratten«, warf Maria müde ein. »Und an Pavianen. Das ist alles, was wir bisher in diesen Papieren gefunden haben.«

»Und was ist mit den Tests, von denen Til glaubt, dass sie so nur an Frauen gemacht werden können? Und was ist mit der Hautkrankheit?«

»Drogen machen auch nicht gerade schön.«

»Was ist los mit dir, Maria?«

»Schon gut.« Maria stand auf. »Wenn du meinst. Es tut mir Leid, dass ich dich so mit dieser Sache verrückt gemacht habe, und jetzt kommst du nicht mehr davon los. Was mich angeht – ich bin jedenfalls draußen. Kein Interesse mehr.« Sie drehte mir den Rücken zu und ging langsam zur Tür. Ihre langen Haare sahen noch fransiger aus als sonst.

»Maria, bitte!« sagte ich.

Sie ging weiter.

»Maria!«

In der Tür drehte sie sich noch einmal um. »Es tut mir Leid«, sagte sie tonlos. »Ich glaube eben nicht mehr daran. Das kann doch kein Verbrechen sein, oder?« Damit ging sie.

Bis Til um zehn Uhr einlief, hatte ich mich mit heftigen Spaziergängen um die Gräberfelder innerlich halbwegs wieder in Form gebracht. Aber Til machte auch keinen besonders lebhaften Eindruck. Ich hatte das Gefühl, sein Doppelleben gehe ihm doch mittlerweile an die Substanz, und sein Elan, mich durch das Studieren seltsamer kleiner Buchstaben und chemischer Abkürzungen zu becircen, neige sich einem gefährlichen Tiefpunkt entgegen. Darum verschwieg ich ihm die Blutattacke bis auf weiteres und unternahm etwas, was ich nicht mehr unternommen hatte, seit ich mit dreiundzwanzig den Chefredakteur eines Monatsmagazins dazu hatte bringen wollen, mir eine hochdotierte und profilierungsträchtige Serie in seinem Blatt zukommen zu lassen, und auf seinem Bürosofa fast von ihm vergewaltigt worden wäre (*ohne* die Serie zu bekommen) – ich warf mich Til an den Hals und raunte ihm allerlei zärtlichen Unsinn ins Ohr, bis er auftaute. O Gott, ich musste wirklich hinter Fechner her sein. Glücklicherweise kam es nicht zum Äußersten, weswegen mein Gefühl, mich zu prostituieren, sich in Grenzen halten durfte. Til war zu müde, um auf meine Avancen intensiver einzugehen, und außerdem fand er, nachdem er sich die ersten paar Seiten meiner Papiere näher angesehen hatte, tatsächlich Geschmack daran weiterzulesen.

Er vergrub sich in kurzer Zeit schon so tief in die Unterlagen, dass ich meine Zwischenfragen – »Erzähl doch mal, Til! Was *steht* denn da?« – aufgab, ich erntete sowieso nur nervöses Abwinken, und mich daranmachte, eine farblose, wässerige Suppe zu fabrizieren, die mir Heimweh nach Jennifers englischen Kochkünsten machte. Til aß abwesend mit dem Kopf in den Kopien. Später griff ich zu einem Buch und einer Flasche Wein. So saßen wir die halbe Nacht. Irgendwann blätterte er die letzte Seite um, ließ sich aufs Bett fallen, streckte alle viere von sich und schüttelte einfach nur den Kopf.

»Du hattest wirklich recht«, sagte er immer wieder. »Du hattest wirklich recht, du liebe Zeit, du hattest recht. Es ist mir noch nicht alles ganz klar, aber eins weiß ich: Da geht es nicht nur um Mäuse und Affen.«

Ich goss ein Glas Wein ein und reichte es ihm. Er trank in großen, schnellen Schlucken und sagt: »Sie haben Schwierigkeiten bekommen, als sie es von den Nagern auf die Affen übertrugen. Hier«, er erhob sich und wühlte in den Papieren nach einem bestimmten Protokoll. »Hier, guck dir diese Aufzeichnungen an. Keine Aktivität. Nichts. Fehlanzeige.«

Ich sah eine Kurve, die im unteren Bereich eines Koordinatenkreuzes vor sich hin dümpelte, und ein paar Kolumnen mit Zahlen, die mir weder klein noch groß erschienen, nur ziemlich viele Stellen hinter dem Komma hatten.

»Und da, wo *keine* Aktivität sein soll, klettern die Werte nach oben, guck!« Ich guckte.

»Hat das etwas mit diesen Cross-Reaktionen zu tun?« fragte ich.

»Genau, Helen, begreifst du?!« rief Til und zog ein paar weitere Protokolle hervor. »Sie haben dann gemacht und getan, alle, Fechners ganzes Team, John, Marianne, Christoph. Fechner scheint ständig hinter ihnen her gewesen zu sein. Das sind sicherlich seine Anmerkungen hier. ›Noch mal‹, ›nicht aussagekräftig‹, ›das sind Hausnummern, keine Daten!‹ und so weiter. Letztendlich scheinen sie es dann mit den Affen hingekriegt zu haben. Hier: Mit einer leicht veränderten Trägersubstanz und einem Agonisten, dem ein paar Aminosäuren am C-terminalen Ende fehlen, sind die Werte wieder in Ordnung.«

»Na und?« warf ich verwirrt ein. »Wenn die Werte wieder in Ordnung waren, wo lag dann ihr Problem?«

Til grinste und zögerte die Antwort heraus.

»Küss mich mal kurz«, flüsterte er. Dann fuhr er fort: »Die Werte waren in Ordnung, keine Cross-Reaktionen, keine Nebenwirkungen. Die guten kleinen Antikörper griffen nirgendwo mehr an, wo sie nicht sollten. Sie griffen eben *nirgendwo* mehr an, verstehst du?«

»Du meinst, ihr System funktionierte nicht mehr?«

»Genau!« Til warf sich wieder aufs Bett. »Die Wirkung war futsch, der Impfstoff war kein Impfstoff mehr. Die Paviandamen wurden vom bloßen Zugucken schwanger.«

»Oh, Scheiße«, sagte ich. Das musste Fechner hart getroffen haben. »Wieviel Arbeit hatten sie bis dahin investiert?«

»Sieh dir die Daten auf den Protokollen an«, antwortete Til. »Dezember, Januar, März und so weiter bis November des übernächsten Jahres – zwei Jahre! Da haben noch Leute mitgearbeitet, die du jetzt gar nicht mehr kennengelernt hast. Und nach zwei Jahren stellen sie auf einmal fest, dass die Übertragbarkeit der Sache von einem Organismus auf einen anderen eine verdammt wackelige Angelegenheit ist.«

Til und ich dachten eine Weile schweigend nach.

»Wie ging es weiter?« fragte ich schließlich.

»Na ja, da müssen wir jetzt leider ein bisschen vermuten.« Til ließ mich warten und kramte in den Papieren, bis er eine bestimmte Reihe von Protokollen gefunden hatte. »Sie waren natürlich nicht so dumm, ihr weiteres Vorgehen im Detail zu dokumentieren. Aber diese Protokolle hier, sie beginnen vor zwei Jahren und ziehen sich durch bis jetzt«, er klopfte auf die Aufzeichnungen, »die machen mich skeptisch.«

»Warum?«

»Ich glaube einfach nicht ...« Til holte tief Luft und fummelte in den Papieren. »Ich glaube, es geht hier nicht um weitere Versuche an Ratten oder Affen. Obendrüber sind zwar die alten Abkürzungen notiert, und die Protokolle wurden auch fortlaufend weiternummeriert – hier siehst du die Stammnamen von den Ratten. Aber die Parameter, die gemessen wurden, scheinen mir seltsam. Schon wieder hCG – so was misst du doch nicht an Ratten! ›h‹ steht für human! hCG, hier genauso -, das kann mit Pavianen nichts zu tun haben, oder? Und hier, sieh dir die Notiz zu dieser Testreihe an, ›hat angegeben, während der Medikation unter starken Menstruationsbeschwerden gelitten zu haben‹ – ich bitte dich!«

»Wer hat diese Experimente gemacht?«

»Sie stammen jetzt nur noch von Christoph Kraan. Die anderen scheinen nicht daran beteiligt gewesen zu sein.«

»Und was für Frauen können das gewesen sein? Das Institut ist eine reine Forschungseinrichtung. Dahin kommen keine Patientinnen.«

»Nun ja, das ist das Problem. Darüber taucht hier in den Papieren natürlich nichts auf. Vielleicht Studentinnen?«

»Und die beiden Mädchen?«

»Stimmt. Dann habe ich ehrlich gesagt keine Ahnung.«

»Aber im Prinzip ist es das, wonach wir suchen«, setzte ich dagegen.

Til schüttelte den Kopf. »Noch nicht ganz. Es fehlen nämlich Unterlagen. Einige seiner Testreihen brechen mittendrin ab. Während er alle anderen kontinuierlich und in ganz regelmäßigen Abständen weitergeführt hat – Messung, Impfung, Messung, Agonist, Messung, Antagonist, Messung –, hören diese hier plötzlich einfach auf. Ich habe den Eindruck, als ob hier Protokollblätter fehlen.«

»Wie viele Testreihen betrifft das?« fragte ich leise.

»Wie viele wohl?« gab Til zurück. »Zwei natürlich.«

Ich stand auf, ging zum Tisch und verteilte den Rest Wein auf unsere Gläser. Dann öffnete ich die Tür. Klare, kalte Luft strömte herein. Til zog sich das Hemd aus und ließ sich die Brise über die Haut streichen.

»Warum? Warum gerade sie? Warum ist es nicht bei allen schief gegangen?« fragte ich, während ich in die schwarze Nacht draußen starrte.

»Ich kann da nur vermuten.« Til zögerte. »Menschen reagieren manchmal verschieden auf Medikamente. Ich zum Beispiel, ich kann Aspirin nicht vertragen. Und andere Medikamente. Das ist genetisch bedingt. Ich habe zuwenig von einem Enzym. Es trägt den schrecklich langen Namen Glucose-6-Phosphat-Dehydrogenase. Mein Vater hat mir das vererbt. Das kommt bei griechischen und türkischen Männern relativ häufig vor.«

»Was bedeutet das?«

»Man muss das beachten. Es gibt eben Medikamente, die darf ich nicht einnehmen. Vielleicht lag so etwas Ähnliches bei den beiden Mädchen vor. Die Oberflächen ihrer Gewebe wichen vielleicht vom Durchschnitt, von der Normalbevölkerung ab.«

»Das heißt?«

»*Deswegen* beschränkten sich die Antikörper bei den Mädchen nicht darauf, den entstehenden Nachwuchs zu fressen. Sie griffen ihr körpereigenes Gewebe an – weil sich dort, anders als bei den anderen Frauen, Bindungsstellen fanden. Es war eben zu früh für solche Versuche. Sie hätten all diese Möglichkeiten vorher im Reagenzglas durchprobieren müssen.« Er machte eine Pause und setzte etwas leiser hinzu: »Falls man an so vieles überhaupt vorher denken kann. Das Immunsystem ist vielleicht doch einfach zu komplex.«

»O Til, das aus deinem Munde?«

»Ja«, gestand er ein, »ich hab's ja eingesehen. Aber mit meinem Segen oder ohne ihn – für die Mädchen ist es zu spät.«

Nach nur vier Stunden Schlaf, einem leeren Platz neben mir – meinen griechischen Liebhaber hatte wohl am frühen Morgen die Sehnsucht nach seiner unverfänglichen heimatlichen Schlafstätte gepackt – und einer hastig hinuntergegossenen Tasse Kaffee kam ich am dritten und letzten Tag meines Laborbesuchs völlig gerädert im Institut an. Als ich in die kleine Straße einbog, die zu den Parkplätzen führte, sah ich von weitem Fechner und Christoph Kraan, die nebeneinander Richtung Haupteingang gingen. Ich blieb stehen, machte den Motor aus und sah ihnen nach. Christoph schien Fechner etwas klarmachen zu wollen. Er gestikulierte heftig, während Fechner mit gesenktem Kopf und schnellem Schritt voranmarschierte. Dann blieben sie plötzlich stehen. Fechner stellte seinen Metallkoffer ab und bedeutete Christoph, den Mund zu halten. Dann setzte er ihm den Zeigefinger der rechten Hand wie ein Stilett auf die Brust und ... ach, was hätte ich darum gegeben, jetzt dort hinten zu stehen und mit anhören zu können, *was* er sagte. Etwas Kurzes nur, es dauerte keine halbe Minute. Christoph machte eine unwirsche Bewegung mit dem Kopf. Dann kam von der Seite plötzlich Marianne, grüßte und blieb neben den beiden stehen. Alles löste sich in Gelächter auf, und man nahm den Weg zum Institut erneut auf. Ich ließ den Motor wieder an und fuhr auf den Parkplatz.

Für heute war in meinem Programm das aktive Mittun angesagt. Ich sollte an der Seite der Diplomanden, Frank, Randolf und Susanne, Rührbecher und Glaskolben schwingen – für den authentischen Reportageneindruck. »Die sollen sich ruhig mal didaktisch üben«, hatte Fechner gemeint und mich zu ihnen geschoben, aber wahrscheinlich wollte er nur seinen fortgeschritteneren Leuten den Rücken freihalten. Meine Vorbereitungen mit Til in der letzten Woche erwiesen sich nun endgültig als überflüssig. Die drei, auch Susanne machte da keine Ausnahme, behandelten mich wie eine Sechsjährige, obwohl ich doch vorgegeben hatte, irgendwann einmal ein naturwissenschaftliches Studium absolviert zu haben. Sie waren der Meinung, mir erklären zu müssen, wie man einen Dreisatz rechnet, der ja nun selbst aus meinem Reiseseiten-Alltag in London nicht wegzudenken war. Ein ums andere Mal hielten sie mir die Hand mit den kleinen Plastiktöpfchen, wohl damit ich sie nicht kopfüber durch das Labor trug. Offensichtlich machte es ihnen Spaß, vor mir die Experten herauszukehren.

Immer wieder hielt ich nach einer Gelegenheit Ausschau, mich abzusetzen und zu den großen Gefrierkühltruhen hinter dem Spülraum zu gelangen, aber ich hatte keine Chance. Die drei bombardierten mich mit Informationen und Gerätschaften, die ich ausprobieren, tragen, halten, begutachten und bewundern sollte, schleppten mich vom zweiten in den vierten in den ersten Stock, in den Keller zum Stickstoffkessel und wieder zurück – sie ließen mich nicht aus der Zange. Til hatte mir genau eingeschärft, wonach ich in den Truhen suchen sollte. Wir waren übereingekommen, dass ich nach Möglichkeit die fehlenden Protokollblätter auftun und einige der eingefrorenen Originalpräparationen mitgehen lassen sollte. Mit dem gesammelten Beweismaterial würden wir dann zur Polizei gehen. Damit wäre Manuela noch nicht wieder frei, aber sie zu finden könnte dann auch keine Unmöglichkeit mehr sein. Erst hatte ich mich gegen die Idee mit der Polizei gesperrt. In meinem Tatendrang wollte ich die ganze Sache allein zu Ende führen. Aber mir wurde bald klar, dass es für das Mädchen so am besten war.

Doch alle Anstrengung jetzt half nichts. Ich kam unbeobachtet nicht einmal bis auf den Flur, geschweige denn konnte ich in Christophs Schreibtischschubladen wühlen. Ich versuchte, Susanne ein bisschen auszuhorchen, doch außer weiterem Frust kam nichts von Belang.

Immer missmutiger quälte ich mich neben meinen beflissenen Lehrbeauftragten durch den Tag. Fechner ließ sich nicht blicken. Gegen Nachmittag wuchs meine Enttäuschung ins Unerträgliche. Ich musste aufpassen, dass ich mich nicht verplapperte, so lädiert war meine Konzentration. Am Abend dann – als alle ihre Arbeiten abschlossen und ihre Kittel auszogen und die drei Diplomanden mich müde, aber zufrieden entließen – hätte ich vor Wut heulen können. Doch nun kam Fechner aus seinem Arbeitszimmer, und ich musste mich zusammenreißen. Er lächelte, nein: Er strahlte über das ganze erfolgsverwöhnte Gesicht. Ein Sieger, dem niemand je etwas anhaben konnte. *Was hat sie schon gefunden?* musste er denken. *Was kann sie mir schon anhaben? Ich habe gut vorgesorgt, perfekt eingefädelt, meine Spuren verwischt. Sie war nichts weiter als eine lästige Fliege, die drei Tage vergeblich in meinen Laboren umhergeschwirrt ist.*

»Frau Marrow!« sagte er herzlich. »Heute verlassen Sie uns! Ich hoffe, es hat sich für Sie gelohnt – auch wenn ich nicht so viel Zeit für Sie aufbringen konnte, wie Sie sich das vielleicht gewünscht haben!«

Ich beteuerte alles, was er hören wollte, zog mein gesammeltes Floskelrepertoire zu Hilfe, scherzte und lachte über Scherze, drückte seine Hand, versprach ihm ein Belegexemplar meines Artikels, schüttelte die anderen Hände, und gemeinsam verließen wir das Institut. Auf dem Parkplatz lud Fechner mich ein, wiederzukommen, mich zu melden, ihn in Anspruch zu nehmen, wann immer ich es wünschte, winkte noch einmal, stieg in seinen Wagen und fuhr ab. Ich blieb mit den anderen zurück, ging schließlich zu meinem Austin und wollte aufschließen.

Da sah ich auf einmal, dass Barbara gleichfalls in ihr Auto stieg. Ich legte meine Tasche auf den Beifahrersitz, stieg aber nicht ein, sondern lehnte die Tür an und ging zu ihr. Sie sah nicht hoch. Diesen Versuch wollte ich doch noch wagen.

»Leihen Sie mir den?« fragte ich.

»Wen?« Sie blickte auf ihre Hände.

»Den Schlüssel«, sagte ich. »Den Schlüssel vom Institut.«

Sie reagierte nicht. Nervös wartete ich. Endlich entriegelte sie ihren Bund und zog zwei Sicherheitsschlüssel daraus hervor.

»Dieser hier ist für unten, und der andere oben für die Labore. Er passt in all unsere Labortüren«, sagte sie leise.

»Und in sein Arbeitszimmer?« fragte ich.

Sie nickte und verschloss ihren Schlüsselbund wieder.

»Sie haben mich gehört, gestern, nicht wahr? Sie haben genau gehört, dass ich in seinem Zimmer Kopien gemacht habe.«

Sie zuckte nur mit den Schultern.

»Meinen Sie, Sie können mir helfen –«

»Nein. Ich haben meinen Teil versucht. Jetzt sind Sie dran. Sie sind ja Journalistin. Ich halte mich lieber wieder im Hintergrund.« Sie lächelte und richtete ihre farblosen Augen auf mich. »Das ist meine Rolle hier. Mittlerweile habe ich mich daran gewöhnt.«

»Wo ist das Mädchen?« fragte ich eindringlich. »Haben Sie eine Vermutung?«

Sie schüttelte den Kopf, öffnete ihre Wagentür, stieg ein und kurbelte das Fenster hinunter. »Ich notiere Ihnen meine Adresse«, sagte sie. »Sie können mir die Schlüssel dann zuschicken. Ein paar Tage kann ich sie entbehren.« Sie wühlte in ihrem Handschuhfach nach einem Stück Papier und einem Stift, schrieb ihre Adresse auf und reichte sie mir durch das offene Fenster. Dann ließ sie den Motor an.

Ich trat zurück. »Danke«, sagte ich, als sie losfuhr, und hielt noch einmal die Schlüssel hoch. Sie lächelte nur. Als sie fort war, besah ich den Zettel. Säuberliche, runde Buchstaben, mit einer schräg nach links wegkippenden Handschrift.

22. Kapitel

Sie saß auf der Matratze und wartete auf seine Ankunft. Bald müsste er kommen, in dieser oder in der nächsten halben Stunde. Sie legte den Kopf zurück und hörte sich lachen. Auf seinen Angstschweiß freute sie sich. O, wie sie ihn schon terrorisiert hatte! Tausendmal noch in die Ecken gepinkelt und ihn gezwungen, es aufzuwischen. Ihn angeschrien, ihn fertiggemacht. Sich versteckt und beobachtet, wie er aus lauter Furcht vor neuen Glasscherben kreidebleich wurde. Und dann die Lüftung! Sie war ausgefallen, keine frische Luft mehr durch das Gitter da oben gekommen, und sie hatte vorgegeben, es nicht auszuhalten und zu ersticken, zugrunde zu gehen, wenn er nichts unternahm.

»Was soll ich denn machen?« hatte er gequält und unterwürfig gerufen. »Ich kann da nichts machen! Ich weiß nicht, was du hast! Die Luft reicht doch!!«

Aber da hatte sie schon auf der Matratze gelegen, sich in Röchelanfällen gekrümmt und gestöhnt.

Sie sah auf ihre Uhr. Gleich würde er kommen. Heute war das Mitleidsprogramm dran. Ach, wie er reagierte auf ihre Tränen. Er hielt es kaum aus, sie weinen zu sehen, auch wenn er dann nichts tat. Er hätte sich unterstehen sollen, sie zu trösten, das Schwein, die Nerven hatte er zu seinem Glück nicht. Aber es traf ihn, das sah sie, und das machte sie glücklich. Sie beobachtete ihre nackten Füße, spielte mit den Zehen, lachte wieder. Dann sprang sie auf und tanzte ein bisschen im Raum umher. Gleich, gleich würde er kommen. Sie fing an zu summen, zu singen, schräg und schön, das Lied gefiel ihr, es war gar kein Lied. Sie drehte sich, noch mal und noch mal, schneller und immer schneller, die Behälter polterten schon wieder zu Boden, zack, klawumm, wie Instrumente, die sie begleiten wollten. Und gleich würde er kommen!

Da. Sie holte tief Luft. Die Tür ging auf. Sie heulte los, o, das kostete sie keine Mühe, die Tränen flossen nur so, huuh, huuh –

Aber etwas war anders heute.

Er sah sie nicht an. Er blieb nicht stehen. Er zögerte nicht. Zielstrebig – wann war er das letzte Mal zielstrebig gewesen? – trat er auf sie zu, sammelte ein paar von ihren Kleidern ein und sagte barsch:

»Zieh dich an!«

Ihr Herz sackte wie ein abstürzendes Flugzeug in leeres Land.

»Warum denn?« Das sollte patzig klingen, aber es kam nur nervös.

»Weil ich es sage. Los, mach schon.«

Sie drehte sich von ihm weg und fasste die Kleider nicht an.

»Steh aaauuuf!« schrie er.

Da stand sie auf.

Während sie sich anzog, sammelte er die Essenreste vom vergangenen Tag ein und schob sie in der Waschschüssel zusammen. Auf einmal überkam sie Panik.

»Wo ist mein Essen von heute?« Sie hatte schreien wollen, aber das war nur ein Flüstern.

Er reagierte nicht.

»Ich will mein Essen von heute haben! Wo ist mein Essen von heute?«

Er lachte, und auf einmal begriff sie, dass das Ende da war. Im gleichen Augenblick begann sie zu schreien. Sie heulte und wimmerte. Ach Scheiße, alles das, was sie nie mehr hatte tun wollen, was nur er noch hatte tun sollen, sich demütigen, sich erniedrigen, in den Dreck fallen, Füße umklammern – alles das tat sie jetzt. Und jetzt lachte *er*. Und wie er lachte. Das klang auch nicht mehr normal.

Dann hörte er abrupt auf zu lachen, schüttelte sie ab und ließ sie allein.

23. Kapitel

Tilemachos und ich fuhren die folgenden beiden Nächte hinaus zum Institut, um uns mit der Gegend und den Gewohnheiten des Nachtwächters vertraut zumachen. Ich war ungeduldig wegen der Zeit. Mittlerweile wäre ich lieber heute als morgen dort eingestiegen, um die letzten Beweise aufzutun und damit zur Polizei zu rennen. Manuelas ungewisses Schicksal raste von einer Ecke meines Kopfes in die andere und wieder zurück. Aber Til bestand darauf. »Wenn schon, dann lass es uns richtig tun«, sagte er. »Alles andere bedeutet das Aus für das Mädchen, wenn es noch lebt, weiter nichts.« Er hatte ja recht.

Gleich in der ersten Nacht machten wir eine seltsame Beobachtung. Der Wächter, immer derselbe ältere Mann mit Uniform, Funkgerät und Taschenlampe, kam aus dem Eingang und begann seine Runde unten um das Institut. Das machte er jede Stunde einmal. Routiniert und gleichgültig setzte er Schritt vor Schritt, beschienen von dem orangefarbenen Licht zweier kraftloser Strahler, die auf die Wände des Instituts gerichtet waren. Er ging ohne Hund, was mich beruhigte. Mit einem Hund hätte ich es nicht gern aufgenommen. Der Mann ließ den Lichtkegel der Taschenlampe auf dem Rasen tanzen. Plötzlich sah ich einen zweiten Schatten, er tauchte kurz an der Seite des Instituts auf und verschwand dann wieder. Ich war drauf und dran, etwas auszurufen, aber Til legte rechtzeitig seinen Finger auf meine Lippen.

»Pscht!«

Also hatte er es auch gesehen. Der Nachtwächter ging weiter an der Vorderfront des Instituts entlang. An der Seitenwand tauchte die Schattengestalt wieder für einige Sekunden aus dem Dunkel in das orangefarbene Licht. Wer immer diese Person war, sie hockte in dem etwa einen halben Meter tiefen Graben, der das Institut umlief und die Kellerräume mit natürlichem Licht oder frischer Luft versorgen sollte. Die nächtliche Erscheinung schien an einer der Lüftungsklappen zu fummeln. Der Nachtwächter näherte sich dem Punkt, wo die beiden Wände zusammenliefen. Die beiden konnten sich noch nicht sehen. Aber jetzt schien der Schattenmensch etwas gehört zu haben. Er duckte sich rasch in die Böschung des Grabenhanges, Kopf und Haar tauchten zwischen die Büsche. Der Nachtwächter bog um das Institut. Der Lichtstrahl seiner Lampe tastete den Rasen entlang, geisterte über seine Füße und glitt die Böschung hinunter – einen Meter hinter dem Schatten. Ruhig ging der Nachtwächter weiter, bis er die hintere Ecke des Instituts erreicht hatte und hinter dem Gebäude verschwand. Til und ich guckten noch eine Weile, aber der Schatten tauchte nicht wieder auf. Der Graben, die Böschung, die Dunkelheit hatten ihn verschluckt. Wir nahmen uns vor, später einen Blick dort unten hin zu werfen.

Zwei Abende danach saß ich auf der Bank vor der Laube und wartete auf Til. Es war halb zehn, und die Sonne sackte gerade hinter die Steinkreuze, ein dicker roter Ball ohne Aufsehen und ohne Abendrot. Ich sah auf die Uhr. Til war schon seit zwanzig Minuten überfällig. Ich vermutete, dass Evelin dahinter steckte. Jemand bog hinten in den Weg ein. Ich erhob mich. War das Til? Die Gestalt torkelte – und jetzt wusste ich, wer das war: der Obergärtner. Marias Onkel. Offensichtlich hatte er einigen Alkohol getrunken. Das war das erste Mal, dass er mir einen Besuch abstattete. Ich nahm an, Maria hatte ihm auf ihre reizende Art klargemacht, dass er mich in Ruhe lassen sollte. Jetzt steuerte er direkt auf mich zu und stand bald breitbeinig und schwankend vor mir. Seine Alkoholausdünstungen waren beträchtlich, und wie ein gestandener Säufer roch er nicht nur nach Alkohol, sondern auch nach Urin.

Er blieb stehen und beugte sich zu mir, um erkennen zu können, wen er da vor sich hatte.

»Nnn, ‘nn Abnd«, murmelte er. Ich rutschte auf meiner Bank ein Stück von ihm weg. Vertraulich folgte er mir. Himmel!, dachte ich. Til, mach dass du kommst!

»Hhhm Sie mne Nichte geshn?« Er rülpste mir direkt ins Gesicht. »Mria«, setzte er hinzu.

Ich hob beide Hände hoch und verneinte. Er brauchte einige Zeit, um zu begreifen, dass ich sie wirklich, ehrlich, ganz bestimmt seit zwei Tagen nicht mehr von Angesicht zu Angesicht vor mir gehabt hatte. Nachdenklich ließ er den Kopf zu Boden sacken.

»Ab-, aber ... Mria«, nuschelte er, »sie sollte da, da hintn«, er machte eine großzügige Handbewegung quer über den ganzen Friedhof, »da sollte sie ‘nn ppaar Beete anlegn.«

Mit Mühe brachte ich aus ihm heraus, dass auch er Maria seit vier Tagen nicht mehr zu Gesicht bekommen hatte. Wo sie steckte? Er hatte ebenso wenig Ahnung wie ich. Er wusste nicht einmal genau, in welchem Studentenwohnheim sie lebte. Dann sagte er:

»Ds Mächn is sso durchnander.«

Ich hakte nach. Ob sie schon immer oder erst in letzter Zeit so durcheinander gewesen sei, wollte ich wissen.

»Sseit wann se schschlimmer wird? Ssetse herg’komm

ist, zwei Jahre, ddas Mädchn wird immer stiller, setsich d-das so inn Kopf mtm Kerl, gnzschlimm.«

Jetzt kippte sein Kopf vornüber. Ich riss ihn an der Schulter nach hinten. »Welcher Kerl?« herrschte ich ihn an. Hatte Maria ihrem Onkel, dieser ausdünstenden Zumutung, von *Fechner* erzählt? Wollte sie uns mutwillig in Gefahr bringen? Ich konnte es nicht fassen. Der Onkel verdrehte ein bisschen die Augen und kam dann wieder zu sich.

»Ihr V-Vvater«, murmelte er. Wwllnichs von ihr wwissn, siehtse aber einffachnichein.»

»Ihr Vater? Warum ihr Vater?«

Er lachte. »Kann mir doch kkeiner erzähln, dasse nichauch in Kkölnn 'n Studienpl-platz gefundn h-hätte!« Er lachte noch mal und beugte sich dann zu mir. Ich wünschte, eine kleine Brise wäre aufgekommen und hätte seinen Gestank entfernt.

»Se le-lebt nich gern hier«, fuhr er fort. »Zzzu klein, llangweilch. Aber sewollte, dassersich endlich mal mmit ihr beschäftich, mm-mit mehr als den Ali-Alimenten. Sso klein warse«, er zeigte mit der Hand einen Abstand zum Boden, »alser mmeine Schster verlassn h-hhat.«

Mir dämmerte etwas.

»H-hhat anstanslos gezahlt«, sagte er und kicherte grundlos. »Dddass mussman ihm lllassn. F-ffürn Pr-Professor auch kein Problm, hä?«

Damit mühte er sich ächzend in die Höhe und lief, ohne sich zu verabschieden, weiter.

Ich blieb wie vor den Kopf geschlagen auf der Bank zurück.

Fechner war Marias Vater? Das war doch absurd. Oder nicht? Deswegen hatte sie sich nicht entscheiden können, ob sie ihn in die Sache hineinreiten sollte oder nicht. Und deswegen hatte sie dieses elende Hin und Her veranstaltet. Sie war von ihm besetzt und wollte gleichzeitig nicht wahrhaben, was er tat. Was hatte sie jetzt vor? Wir mussten sie unbedingt finden.

Plötzlich hörte ich in der Ferne das Geräusch von Tils Motorrad. Endlich. Ich stand auf. Es war stockfinster geworden.

Das Institut lag dunkel da. Nur die zwei Strahler leuchteten, und zum ersten Mal fiel mir hinter einigen Fenstern das blaue Licht auf.

»Was ist das eigentlich?« fragte ich.

»Ultraviolettes Licht«, flüsterte Til. »Damit macht man nachts die Labore keimfrei.«

Wir nahmen unsere Helme ab und schlossen sie am Motorrad an. Dann machten wir uns auf den Weg. Til trug eine Tasche mit ein paar Werkzeugen bei sich, falls wir gezwungen wären, etwas aufzubrechen. Ich fasste immer wieder mit der rechten Hand in meine Hosentasche, um zu ertasten, ob ich die Schlüssel noch hatte. Mit der Linken umklammerte ich eine Taschenlampe. Ich sah den Nachtwächter eher als Til und drückte ihn und mich hinter einen Straßenbaum.

»Was –«

»Pscht!« flüsterte ich.

Offensichtlich hatte der Mann heute seine Runde etwas später als sonst begonnen, warum nur, um Himmels willen?

Vorsichtig schob ich den Kopf vor und beobachtete ihn, bis er an der Seite des Instituts vorbei war.

»Jetzt!« flüsterte ich.

Wir liefen los, so leise und so schnell es ging. Außer Atem erreichten wir den Eingang des Instituts. Mir zitterten die Hände, als ich die Tür aufschloss, doch ich erwischte auf Anhieb den richtigen Schlüssel. Der inzwischen schon vertraute Geruch von PVC-Bodenbelägen und Chemie schlug mir entgegen. Wir gingen rasch zum Treppenhaus und liefen hinauf in den zweiten Stock, den Gang entlang und zu den Laboren. An einigen Stellen war es so finster, dass wir uns aneinander festhalten mussten. Dann wieder kam genügend Strahlerlicht von außen durch die vereinzelten Fenster. Ich schloss alle drei Labore und Fechners Arbeitszimmer auf und gab Til ein Zeichen, sich über dessen Schreibtisch herzumachen. Währenddessen lief ich zu Christophs Schreibtisch und riss dort die Schubladen auf, um nach den fehlenden Protokollblättern zu suchen. Ich achtete darauf, dass das Licht meiner Taschenlampe nicht im Raum umhergeisterte. Es war seltsam, nachts hier zu sein, ohne die vielen Stimmen und das Klappern, Surren und Summen der Geräte. Ich musste an die Tiere oben denken, die jede Nacht und jeden Tag hier verbrachten bis zu ihrem Tod. Nach einigem Wühlen stieß ich ganz hinten in einem Hängeordner auf einen Schnellhefter, der mit »Briefe – privat« beschriftet war und allem Anschein nach Teile von Protokollen enthielt. Ich legte sie heraus. Til kam frustriert aus Fechners Arbeitszimmer.

»Nichts«, flüsterte er, »aber auch überhaupt nichts. Tut der Kerl etwas anderes, als Übersichtsartikel und Gutachten zu schreiben?«

Ich strahlte ihn mit der Taschenlampe an.

»Er hält Vorträge«, antwortete ich.

Til verdrehte die Augen. Dann fragte er, wo die Kühltruhen stünden. Ich erklärte es ihm, und er zog los. Wenn der Nachtwächter uns den Gefallen tat und in dieser Nacht sonst nichts anders machte als in den beiden vorigen Nächten, dann hätten wir noch zwanzig Minuten Zeit, bis seine Runde ihn hier an den Laboren vorbeiführte. Auf einmal hörte ich ein Knacken auf dem Gang. Ich hielt die Luft an, schaltete die Taschenlampe aus und ließ vorsichtig die Unterlagen in meine Tasche gleiten. Da war das Knacken wieder. Was war das? Schritte? Angst schlich sich in meinen Magen. Ich hielt still, hörte aber nichts mehr. Langsam erhob ich mich, verstaute leise noch einige andere Papiere in meiner Tasche und verließ das Labor, um nach Til zu suchen. Hier vorne war der Gang rabenschwarz. Ich wollte gerade nach rechts Richtung Spülküche und Kühltruhen abbiegen, als ich es ganz deutlich wahrnahm: den Geruch von etwas Verbranntem, ein entfernter, blasser Eindruck nur. Ich streckte die Nase hoch und sog die Luft ein. Ja, kein Zweifel, irgendwo kokelte etwas. Einen Moment lang versuchte ich mir einzureden, es handele sich um eine Normalität, ein Experiment, das über Nacht fortgeführt würde und es erforderlich machte – aber nein. Dann hätte ich es tagsüber auch gerochen, und das hatte ich nicht. Dieser Geruch war ungewohnt hier und fremd. Es brannte. Irgendwo brannte es!

Ich weiß nicht, was in meinem Kopf so schnell kombinierte. Im Grunde genommen dachte ich überhaupt nicht nach. Es war die Eingebung einer Sekunde. Ich vergaß Til und die Gefriertruhen, warf jede Vorsicht über Bord, schaltete meine Taschenlampe ein und lief los – zum Treppenhaus, so schnell ich konnte, und dann immer dem Brandgeruch nach. Erster Stock. Weiter. Erdgeschoss. Noch eine Treppe. Ich hastete die Stufen in großen Sprüngen nach unten. Als ich die schwere Kellertür aufzog, kam mir schon Rauch entgegen. O nein, schoss mir durch den Kopf. Das schaffe ich nicht! Das schaffe ich nie! »Tiiil!!!« schrie ich, so laut ich konnte. Aber ich hatte keine Zeit, auf ihn zu warten. Die Taschenlampe vor mich gestreckt wie eine Waffe, lief ich in die Kellergänge hinein. Nach wenigen Metern schon blieb ich stehen. So kopflos ging das nicht, ich musste mich konzentrieren. Wo stand ich jetzt? Dort war das Treppenhaus, drüben müsste die Frontwand des Instituts sein, also musste ich hier, seitlich gehen, um dorthin zu kommen, wohin mein Instinkt mich trieb. Ich hustete, als der Rauch immer dichter wurde. Und plötzlich sah ich die ersten Flammen. Sie schlugen um das Ende des Ganges. Ich erschrak. Damit hatte ich – warum? – nicht gerechnet. Ein Fluchtinstinkt ergriff mich, ich wollte mich umdrehen und weglaufen, um mein Leben zu retten – ich zögerte nur eine Sekunde zu lang. Vielleicht hätte ich ihn sonst gesehen, wie er, ohne sein Gesicht zu zeigen, neben mir aus dem Schatten trat, ausholte und mir die Taschenlampe aus der Hand schlug. Ich stöhnte auf und umfasste mit der anderen Hand meinen schmerzhaft getroffenen Knöchel. Die Taschenlampe ging aus. Alles um mich versank in Schwärze. Ich drehte mich hastig um, einmal, zweimal, schlug um ich, wollte abwehren und mich schützen. Aber meine Schläge gingen ins Leere – da war niemand mehr. Ich hatte die Orientierung verloren, bückte mich und tastete nach der Taschenlampe. Da lag sie. Aber sie ließ sich nicht mehr anschalten. Ich erhob mich wieder. Rauch drang mir in Nase und Hals. Vorsichtig tat ich ein paar Schritte, lief vor eine Wand, ging weiter. Ich tastete mich vor, immer mit der einen Hand an dem rauhen Beton. Mit der anderen ruderte ich in der schwarzen Luft. Plötzlich stieß ich auf Metall, ich fühlte daran entlang. Der Kessel mit dem flüssigen Stickstoff! Frank und Susanne hatten ihn mir gezeigt. Jetzt wusste ich wieder, wo ich war. Aber ich wollte den Keller nicht verlassen, noch nicht. Ich blieb stehen. Da atmete etwas. War ich das? War er das? Ich hielt die Luft an. Es atmete weiter, ganz nah, direkt vor mir. Etwas durchfuhr mich in diesem Moment. Ich griff neben mich – ich wusste, dass hier die Lichtschalter waren – drückte sie nach unten, sprang gleichzeitig einen großen Schritt vor und schlug auf ihn ein.

»Wo ist sie??« schrie ich. »Woooo?!«

Meine Stimme überschlug sich. Ich griff ihm mit den Fingernägeln in Nase und Mund, riss daran, auf Christoph Kraans Gesicht machte sich eine Mischung aus Hohn und Verrücktheit breit – blanke, in die Enge getriebene Verrücktheit. Er ekelte und entsetzte mich. Dann rammte ich ihm mit voller Wucht die Taschenlampe in den Unterleib. Der Benzinkanister fiel ihm aus der Hand und er krümmte sich, sackte in sich zusammen und konnte nur noch stöhnen.

»Du warst es!« schrie ich.

»Nein!« stöhnte er.

»Du hast ihre Schwester überfahren!«

»Nn-nnein!«

»Du hast mir das verdammte Blut hingehängt!«

»Sie ... Sie sollten einfach nur verschwinden!«

»Du hältst Manuela hier fest!«

Er krümmte sich weiter und antwortete nicht. Und dann kam von hinten ein entfernter, erstickter Schrei.

»Zeig sie mir! Los, steht auf! Geh vor, hast du mich verstanden? Hoch!!«

Ich zerrte Christoph hoch, so weit es ging, und er stolperte voran, auf das Ende des Ganges, auf die Flammen zu, die schon höher griffen, laut knatterten und uns entgegenleckten. Einen Moment dachte ich, er liefe vor meinen Augen geradewegs in die Flammen. Seine Schuhe und seine Hose waren bereits versengt, seine langen Arme über und über mit Ruß bedeckt. Doch jetzt hielt er vor der grünen Metalltür an.

»Hier drin«, stöhnte er. Seine Stimme war kaum zu hören.

»Los, mach das auf!« schrie ich.

Er mühte sich an der Verriegelung ab. Es dauerte eine Ewigkeit, bis er sie endlich aufbekam. Ich stieß ihn zur Seite und warf mich mit aller Kraft gegen die Tür. Sie glitt langsam zur Seite.

Unten auf dem Boden lag Manuela. Ein Bündel aus Schmutz und Angst. Ich bückte mich, und plötzlich kniete er neben mir. Gemeinsam hoben wir sie hoch. Sie konnte nicht laufen, ich wollte ihren Arm um meinen Hals legen, sie ziehen, aber Christoph machte mir ein Zeichen und nahm sie auf seine Arme. Aus ihrer Hand fiel etwas zu Boden. Ich bückte mich und hob es auf. Eine kleine orangefarbene Tube. »Dermetholit«, stand darauf. »Cortisonhaltige Salbe gegen allergische Erkrankungen der Haut.«

Ich hatte keine Zeit, darüber nachzudenken, wie verrückt das war, Manuela ausgerechnet Christoph zu überlassen. Wir liefen los. Von draußen waren Sirenen zu hören. Durch den Rauch stolperten wir zum Treppenhaus, ins Erdgeschoss hinauf und dann den Gang zum Ausgang hin. Ich taumelte, stürzte beinahe, endlich öffnete sich die Tür, und wir waren draußen an der Luft.

Wir wankten mitten in das Gewimmel von Autos und Menschen. Fremde redeten auf uns ein. Half uns denn niemand? Ich stieß Christoph mit dem Mädchen in Richtung eines Krankenwagens, der da stand, aber er konnte nicht mehr, Manuela entglitt seinen Armen. Ich nahm sie entgegen, bat sie, zu versuchen, ihre Beine zu benutzen, und sie nickte und versuchte es. Die Sanitäter sahen uns schon von weitem und kamen uns entgegengelaufen. Til lief neben ihnen, auch Maria, alle waren da, ich sah Marianne irgendwo, die halbe Institutsbelegschaft war auf den Beinen. Weit abseits stand auch Fechner. Reglos. Das Gesicht starr dem flammenden Institut zugewandt.

Kurz bevor die Sanitäter bei uns waren, brach Manuela weinend zusammen. Ich nahm sie in die Arme, flüsterte etwas, ich weiß nicht mehr was, es kam der Name Kathy darin vor, aber das war egal. Ich hielt sie fest, und sie klammerte sich an mich. Dann nahmen die Sanitäter sie mir ab, wickelten eine Decke um sie, hoben sie hoch, und ich blieb zurück.

Jetzt loderten die Flammen schon bis zum zweiten Stock. Es war ein mächtiger Anblick: die schwarze Nacht um uns, die aufgeregten Feuerwehrmänner, Rufe und Schreie und das Meer von Rot dort hinten, hinter jedem Fenster tobten die Flammen. Das gesamte Institut würde unter ihrem Hunger vergehen. Sie brachen sich laut und fordernd ihren Weg durch die Räume, immer wieder hörte man die Explosionen der Chemikalien. Die Flammen züngelten, hetzten, krachten und zerstörten. Sie würden die Laborbänke fressen und die Zentrifugen, die Schreibtische, Kühlschränke und Gefrierkühltruhen. Und alle Arbeit, alle Papiere und Proben – die von Mäusen, Ratten und Kaninchen, von Pavianen und Menschen. Til legte seinen Arm um mich.

»Mein Gott, ich habe die Feuerwehr angerufen und gemacht, dass ich wegkam. Ich dachte, du kommst nie mehr da raus«, flüsterte er.

Maria starrte mit weit aufgerissenen Augen in die Flammen. Auf meiner anderen Seite stand Christoph. Er fuhr sich verzweifelt mit den Händen durchs Haar. Sein Gesicht war schmerzverzerrt. Er fasste mich an die Schulter.

»Er hat mich dazu gebracht«, flüsterte er heiser. »Glauben Sie mir? Er war es, er allein. Fechner hat mich gezwungen, es zu tun!«

Ich konnte darauf nichts erwidern.

»Glauben Sie mir!« Christoph flehte, weinte fast. Til ging zu ihm.

»Komm«, sagte er ruhig und zeigte auf einen Einsatzwagen der Polizei. »Komm mit.«

Christoph wehrte sich nicht, aber während er Til folgte, drehte er sich immer wieder zu mir um und wimmerte:

»Er war das. Er allein. Es war seine Idee. Er hat mich gezwungen. Er hat die andere überfahren. Er hat einen Wagen besorgt und es getan. Er wollte beide erwischen, aber als ihm das nicht gelang, sollte ich ... ich sollte diese erledigen. Aber ich konnte das nicht, die ganze Zeit nicht. Und ich habe es nicht getan! Ihr seht doch, dass ich es nicht getan habe! Sie lebt, oder nicht? Er hätte mich durchfallen lassen. Drei Jahre Arbeit, dieses Schwein! Ich konnte nicht mehr. Er hat mich verrückt gemacht. Immer wieder hat er mich gefragt, ob ich sie beiseite geschafft habe. ›Ja‹, habe ich gesagt. ›Ja doch. Ich habe sie fertiggemacht. Sie ist weg.‹ Aber er hat mir nicht geglaubt. Verrückt gemacht hat er mich. Bis ich nicht mehr konnte und nur noch ... *Alles sollte brennen*!«

Til zog ihn immer weiter. Jetzt hörte ich seine durchgedrehte Stimme kaum noch.

»Ich werde auspacken! Fechner denkt, dass man ihm nichts nachweisen kann. Immer denkt er, was er macht, ist perfekt. Aber ich werde auspacken. Dieses Schwein! Dieses miese Schwein!«

24. Kapitel

Erst nach Tagen war Sanner soweit, dass er wieder aufstehen konnte. Die Prellungen und Blutergüsse schmerzten noch, aber nicht mehr so sehr, dass er sich nicht hätte aufrichten und anziehen können, um zu tun, was er jetzt tun musste. Welche Entschuldigung er für sein Fernbleiben in der Redaktion vorgebracht hatte, wusste er schon kaum noch. Auch Rommbarts eindringlicher Anruf war nur noch eine blasse Erinnerung, weil die Schmerzen und das Fieber in seinem Kopf die Realität verbogen hatten. Rommbart hatte wohl durchblicken lassen, erinnerte er sich jetzt, dass er ihm die Krankheit nicht abnahm und davon überzeugt war, er, Sanner, sei schon wieder auf dem Weg nach unten, Richtung Aufgeben und Versagen.

Sanner lächelte, während er sich den letzten Schluck Kaffee eingoss, die Kaffeemaschine ausstellte und gleichzeitig seinen Schlips geraderückte. Aufgeben und Versagen? Heute war er nicht mit dem Kaffee nach unten in den Garten gelaufen und barfuß umher geschlichen. Es war ihm nicht einmal in den Sinn gekommen. Er nahm sein Jackett von der Garderobe, kämmte sich vor dem Spiegel im Flur die Haare – sein Gesicht sah immer noch zum Fürchten aus – und machte sich auf den Weg. Der Verkehr hielt sich in Grenzen, und er kam gut durch. Er sah sie schon von weitem vor ihrem Hotel, die Journalistin. Ihr helles Haar leuchtete in der Sonne. Sie trug ein blassgrünes, klassisch geschnittenes Sommerkostüm und lachte. Ein schöne Frau. Eine Frau mit Kraft.

Lachend stand sie neben ihrem seltsamen, rostigen Auto, griff einer jüngeren Frau, die verlegen zu Boden sah, scherzhaft an beide Schultern und schüttelte sie.

Sanner parkte und stieg aus, ein mulmiges Gefühl von Enttäuschung im Magen. Was war das? Da standen Koffer. Reiste sie schon ab? Wie konnte sie, jetzt, wo er erwachte und bereit war, mit ihr zusammenzuarbeiten, alles im Stich lassen?

Als die Journalistin sein blaugrün verquollenes Gesicht sah, kam sie ihm bestürzt ein paar Schritte entgegen. Auch die junge Frau starrte ihn erschrocken an. Er lächelte und zuckte mit den Schultern, während er auf die beiden zuging.

Er versuchte, leichthin zu klingen, als er sagte: »Sie haben mich ein bisschen in die Mangel genommen.«

»Sie sind Sanner?« fragte die junge Frau rasch und fordernd. »Wer hat sie verprügelt? Haben Sie ihn erkannt?«

»Einen habe ich gesehen«, antwortete er. »Einen, der sicher Geld dafür bekommen hat. Den anderen – nein, leider nicht. Vielleicht würde ich seine Stimme wiedererkennen.«

»Das müssen Sie versuchen. Bestimmt war das Fechner. Aber wir brauchen doch noch Beweise«, murmelte die junge Frau bitter. »Wir müssen ihn festnageln, irgendwie. Der darf doch nicht so davonkommen!«

»Maria!« Die Journalistin schüttelte den Kopf. »Warte doch ab. Er kommt schon nicht davon, aber das ist nun wirklich Sache der Polizei.«

»Wer?« fragte Sanner hilflos. »Wissen Sie denn, ich war gekommen, um –«

»Wie lange haben Sie mit diesen Verletzungen«, die Journalistin deutete auf sein Gesicht, »zu Hause gelegen?«

»Ein paar Tage ...« Er brach ab und begann zu begreifen.

»Das Mädchen wurde vorgestern gefunden. Im Keller des Instituts. Ein Mitarbeiter Fechners hat sie dort festgehalten. Ohne Ihren –« die Journalistin zögerte, und er spürte, wie sie versuchte, eine Wendung zu finden, die ihn stützte und ihm half, »ohne Ihren wirklich großen Mut, mit dem Sie im richtigen Moment geschrieben und offensichtlich ja auch im richtigen Moment geschwiegen haben, wäre sie vielleicht nicht freigekommen. Sie lebt. Sie ist sehr krank, aber sie lebt.«

»Was genau ist da passiert?« fragte Sanner. »Ich habe die anonymen Briefe ja kaum verstanden.«

»Der Hausarzt!« Die junge Frau verzog abschätzig den

Mund. »Dr. Weingart. Er hat mit ihnen unter einer Decke gesteckt. Alle drei Tage ist entweder sein Mitarbeiter Christoph Kraan oder Fechner selbst bei Weingart vorbei und hat sich Blut abgeholt, das der seinen Patientinnen abgenommen hat. Die meisten von ihnen wussten nicht einmal, warum man das mit ihnen macht. Es hat ihnen gereicht, dass ihr Arzt es für richtig hielt. Er hat ihnen einfach erzählt, dass es da ein neues Verhütungsmittel gibt, und sie haben mitgemacht. Achtzehn Frauen. Können Sie sich das vorstellen?«

Einen Augenblick lang schwiegen sie alle.

»Und es ist überall zu Komplikationen gekommen?« fragte Sanner.

Die Journalistin schüttelte den Kopf. »Nur bei den beiden Mädchen. Bei allen anderen lief es glatt. Und es funktionierte sogar, ein perfektes Steuersystem der Schwangerschaftsimmunisierung. Aber als ich bei dem Arzt ankam und mich nach den Mädchen erkundigte, wurde der nervös. Erst Ihr Kommentar, dann meine Fragen – irgendwo war eine undichte Stelle. Er hat Fechner gleich angerufen und ihn gedrängt, etwas zu unternehmen. Daraufhin hat Fechner Sie ja anscheinend auspressen lassen. Mir gegenüber blieb er ruhig, vielleicht weil ich eine Frau bin. Da hat ihn seine Selbstsicherheit ein Stück zu weit getrieben. Die Briefe kamen übrigens von seiner technischen Angestellten. Ihr waren die Experimente nicht geheuer, an denen sie mitarbeiten musste.«

Die Journalistin machte eine Pause und fragte ihn dann: »Sie sind gekommen, um einzusteigen, nicht wahr?«

Er sah auf seine Schuhe. »Zu spät.«

»Nein«, sie lächelte ermutigend. »Es kann nie zu spät sein, das Richtige zu tun. Sie könnten sich außerdem um die Familie kümmern. Vor allem die Mutter braucht jetzt Hilfe. Und das Mädchen wird sich vielleicht nie wieder von diesem Alptraum und auch von der Krankheit erholen. Und das sind keine leichten Menschen. Sie werden da nicht nur auf Dankbarkeit stoßen.« Sie machte einem Schritt zurück und hob beide Arme.

»Es tut mir Leid«, sagte sie, »aber ich verlasse euch jetzt, in Ordnung? London wartet auf mich. Eine chaotische Schwägerin wartet auf mich, der ich begreiflich machen muss, dass sie ihr Bett auf meinem Hängeboden abbauen darf, um eines meiner Zimmer zu beziehen. Und ein engstirniger Chef wartet auf mich, der mir meinen alten Job wiedergeben soll – oder mir auf Wiedersehen sagen kann.«

Sie lachte. »Genau das, was ich jetzt tun werde – ich sage auf Wiedersehen.«

Sanner half ihr, die Taschen im Kofferraum zu verstauen. Als sie schon eingestiegen war, bemerkte er einen kleinen Zettel hinter den Scheibenwischern ihres Wagens. Er zeigte fragend darauf.

»Wären Sie so freundlich?« bat sie. Sanner reichte ihr den Zettel. Sie las, lächelte amüsiert und ein bisschen wehmütig, knüllte das Papier schließlich zusammen und warf es auf die Straße.

Dann fuhr sie los.

Beide verloren sie ihren Wagen aus den Augen. Die junge Frau stand neben ihm, die Hände missmutig in den Taschen ihres Overalls vergraben. Vor Sanners Fuß lag das zusammengeknüllte Stück Papier. Er bückte sich, hob es auf und las.

Hallo Helen, komm bitte doch nicht mehr bei mir vorbei. Ich glaube, das wäre nicht gut. Für die Zukunft alles Liebe. Kuss – T.

Dann fiel ihm plötzlich ein, dass auch er noch einen Zettel in der Jackentasche trug. Er zog ihn hervor und faltete ihn auf, da riss die junge Frau ihm das Papier aus der Hand.

»Aber das ist seine Schrift!«, murmelte sie. »Fechner hat das geschrieben! Ich bin mir ganz sicher. Woher haben Sie das?«